CAÇADA MORTAL

LAWRENCE BLOCK

CAÇADA MORTAL

Tradução de
GUSTAVO MESQUITA

1ª edição

EDITORA RECORD
RIO DE JANEIRO • SÃO PAULO
2014

CIP-BRASIL. CATALOGAÇÃO NA FONTE
SINDICATO NACIONAL DOS EDITORES DE LIVROS, RJ

Block, Lawrence, 1938-
B611 Caçada mortal / Lawrence Block; tradução de Gustavo Mesquita. – 1. ed. -
Rio de Janeiro: Record, 2014.

Tradução de: A walk among the tombstones
ISBN 978-85-01-40121-2

1. Ficção americana I. Mesquita, Gustavo. II. Título.

CDD: 813
14-16199 CDU: 821.111(73)-3

Título original:
A WALK AMONG THE TOMBSTONES

Texto revisado segundo o novo Acordo Ortográfico da Língua Portuguesa.

Impresso no Brasil

ISBN 978-85-01-40121-2

para LYNNE

AGRADECIMENTOS

Fico feliz por reconhecer as substanciais contribuições do Writers Room, onde foi feita boa parte dos trabalhos preliminares deste livro, e da Ragdale Foundation, onde foi escrito. Obrigado também a George Cabanas e Eddie Lama, e ainda a Jack Hitt e Paul Tough, que me apresentaram aos Kongs. E, por fim, a Sarah Elizabeth Miles, que jura que fará qualquer coisa — qualquer coisa! — para ter seu nome incluído num livro.

Baby, baby, naughty baby
Hush, you squalling thing, I say
Peace this moment, peace, or maybe
Bonaparte will pass this way

Baby, baby, he's a giant
Tall and black as Monmouth steeple
And he breakfasts, dines and suppers
Every day on naughty people

Baby, baby, if he hears you
As he gallops past the house
Limb from limb at once he'll tear you
Just as a pussy tears a mouse

And he'll beat you, beat you, beat you
And he'll beat you all to pap
And he'll eat you, eat you, eat you
Every morsel snap snap snap!*

Canção de ninar inglesa

---

*Tradução livre do poema: Nenê, nenê, nenê travesso/Fique quieto, seu chorão/Um pouco de paz, paz, ou eu confesso/Vou chamar Napoleão/Nenê, nenê, ele é gigante/Grande e preto como um torreão/E ele toma café, almoça e janta gente/Todo dia, come e come menino chorão/Nenê, nenê, se ele ouvir um pio/Quando passar galopando pelo mato/Vai lhe picar até não deixar um fio/Como o gato faz com o rato/E vai bater, bater, bater/Vai esmagar, paf, paf, paf!/E vai comer, comer, comer/Cada pedacinho, nhac, nhac, nhac! (N. do T.)

1

Na primeira quinta-feira de março, em algum momento entre dez e meia e onze da manhã, Francine Khoury avisou ao marido que ia sair, precisava fazer compras.

— Vai no meu carro — sugeriu ele. — Não vou a lugar nenhum.

— Ele é grande demais — respondeu a esposa. — Quando eu dirijo aquilo, parece que estou conduzindo um navio.

— Você que sabe.

Os carros, o Buick Park Avenue dele e o Toyota Camry dela, dividiam a garagem nos fundos da casa, uma construção neotudor em enxaimel na Colonial Road, entre as ruas 78 e 79, na região de Bay Ridge, no Brooklyn. Francine deu partida no Camry, saiu de ré, acionou o controle remoto para fechar o portão da garagem e manobrou o carro até a rua. No primeiro sinal vermelho, colocou uma fita de música clássica. Beethoven, um dos últimos quartetos. Ela ouvia jazz em casa, era o estilo preferido de Kenan, mas música clássica de câmara era o que escutava ao dirigir.

Francine era uma mulher atraente: um metro e sessenta e oito, cinquenta e dois quilos, seios fartos, cintura fina, quadris torneados. Cabelos negros lustrosos e cacheados, penteados para trás e divididos ao meio. Olhos pretos e nariz aquilino, boca generosa e carnuda.

A boca está sempre fechada nas fotografias. Ela possuía, fiquei sabendo, incisivos superiores proeminentes e um retrognatismo considerável, e essa característica a abstinha de sorrir demais. Nas fotos do casamento, Francine está sorridente e radiante, porém os dentes permanecem invisíveis.

Sua tez era acobreada, e a pele se bronzeava rapidamente. Francine já tinha dado início ao bronzeado do verão; ela e Kenan passaram a última semana de janeiro na praia de Negril, na Jamaica. Ela já estivera mais morena, no entanto, Kenan a fez usar protetor solar e limitar as horas ao sol.

— Não faz bem para você — dissera ele. — Bronzeado em excesso não é atraente. Ficar debaixo do sol é o que transforma uma ameixa em passa.

E o que é tão bom nas ameixas?, perguntara ela. Elas são tenras e suculentas, respondera o marido.

Quando havia se afastado meio quarteirão de casa, na altura da esquina da 78 com a Colonial, o motorista de um furgão azul ligou o motor. O sujeito deu a Francine outro meio quarteirão de dianteira, saiu com o carro e passou a segui-la.

Ela entrou à direita na Bay Ridge Avenue, então à esquerda na Quarta. Reduziu a velocidade quando chegou ao mercado D'Agostino's, na esquina com a 63, e encontrou uma vaga meio quarteirão depois.

O furgão azul passou pelo Camry, deu a volta no quarteirão e estacionou ao lado de um hidrante em frente ao supermercado.

Quando Francine Khoury saiu de casa, eu ainda tomava o café da manhã.

Havia ido dormir tarde na noite anterior. Eu e Elaine jantamos num dos restaurantes indianos da rua 6 Leste; depois assistimos a uma montagem de *Mãe Coragem e seus filhos* no Teatro Público da Lafayette. Os assentos não eram dos melhores, e era difícil ouvir alguns atores. Teríamos ido embora no intervalo, mas um dos artistas era namorado de uma vizinha de Elaine, então queríamos ir até o camarim depois de as cortinas fecharem para garantir que ele havia estado ótimo. Acabamos nos reunindo ao sujeito para um drinque num bar próximo, que estava completamente lotado por algum motivo que desconheço.

— Aquilo foi ótimo — comentei ao sairmos. — Por três horas, não consegui ouvir ele no palco e na última hora não conseguia ouvir ele do outro lado da mesa. Estou começando a me perguntar se o cara não é mudo.

— A peça não durou três horas — retrucou Elaine. — Estava mais para duas horas e meia.

— Pareceu durar três horas.

— Pareceram cinco — disse. — Vamos para casa.

Fomos à casa dela. Elaine fez café para mim e chá para si mesma, assistimos à CNN por meia hora e conversamos durante os comerciais. Então fomos para a cama, e depois de mais ou menos uma hora, levantei e me vesti no escuro. Estava saindo do quarto quando ela perguntou aonde eu estava indo.

— Desculpa — falei. — Não quis acordar você.

— Tudo bem. Não conseguiu dormir?

— Evidentemente não. Estou ligado. Não sei por quê.

— Leia na sala. Ou liga a TV, não vai me incomodar.

— Não — recusei. — Estou inquieto demais. Uma caminhada pela cidade vai me fazer bem.

O prédio de Elaine fica na rua 51, entre a Primeira e a Segunda Avenidas. Meu hotel, o Northwestern, na 57, entre a Oitava e a Nona. Estava frio e, a princípio pensei em pegar um táxi, mas depois de andar um quarteirão já não o sentia mais.

Enquanto esperava o sinal abrir, vi de relance a lua entre dois prédios altos. Estava quase cheia, o que não me surpreendeu. A noite possuía um jeito de lua cheia, mudava a maré no sangue. Eu sentia vontade de fazer alguma coisa e não suspeitava o quê.

Se Mick Ballou estivesse na cidade, talvez fosse até o bar procurá-lo. Mas ele estava fora do país, e bar algum era lugar para mim, inquieto como eu estava. Fui para casa e peguei um livro; eram quase quatro da manhã quando apaguei as luzes para dormir.

Por volta das dez eu estava no Flame, a uma esquina do hotel. Tomei um café da manhã frugal e li o jornal, concentrando a atenção nas páginas policiais locais e esportivas. Globalmente, estávamos entre crises, por isso eu não dava grande atenção ao panorama mais amplo. A merda precisa bater de verdade no ventilador antes que eu comece a me interessar por assuntos nacionais e internacionais. De outra forma, parecem ser remotos demais, e minha mente se recusa a encará-los.

Deus sabe como tive tempo para todas as notícias e também para os classificados e editoriais. Na semana anterior trabalhei três dias para a Reliable, uma grande agência de detetives com escritórios no edifício Flatiron, mas eles não tinham nada para mim desde então. O último trabalho que fiz por conta própria foi há séculos. Eu estava bem de dinheiro, não precisava trabalhar, e sempre fui capaz de dar um jeito de enfrentar os dias, porém ficaria satisfeito por ter algo para fazer. A inquietude que senti na noite anterior não tinha passado com o nascer do dia. Ainda estava lá, uma febre branda no sangue, uma coceira em algum lugar debaixo da pele, onde não se pode tocar.

Francine Khoury passou meia hora no D'Agostino's enchendo um carrinho de compras. Pagou em dinheiro. Um rapaz colocou as três sacolas no carrinho e a acompanhou até o carro.

O furgão azul permanecia estacionado ao lado do hidrante. As portas traseiras estavam abertas; dois homens haviam saído e estavam na calçada, aparentemente estudando algo na prancheta que um segurava. Quando Francine passou por eles, acompanhada pelo carregador do supermercado, olharam em sua direção. Ao abrir a mala do Camry, estavam de volta ao furgão, com as portas traseiras fechadas.

O rapaz colocou as sacolas no porta-malas. Francine estendeu para ele dois dólares, o dobro do que a maioria das pessoas dava, para não falar na porcentagem surpreendentemente alta de clientes que o deixavam a ver navios. Kenan a havia ensinado a dar boas gorjetas; nada ostentoso, mas generoso. "Podemos nos dar ao luxo de ser generosos", dissera.

O rapaz voltou para a loja com o carrinho. Francine se sentou ao volante, deu a partida no motor e seguiu para o norte pela Quarta Avenida.

O furgão azul a seguia a meio quarteirão de distância.

Não sei exatamente que caminho levou Francine do D'Agostino's ao empório de importados na Atlantic Avenue. Ela pode ter seguido direto pela Quarta, pode ter pegado a Gowanus Expressway até o sul do Brooklyn. Não há como saber e não tem muita importância. De uma forma ou de outra, ela foi com o Camry até a esquina da Atlantic com a Clinton Street. Há um restaurante sírio chamado Aleppo numa das esquinas do cruzamento e, ao lado dele, na avenida, um supermercado, um empório grande na verdade, chamado The Arabian Gourmet. (Francine nunca o chamava assim. Como a maioria das pessoas que fazia compras lá, chamava a loja de Ayoub's, em referência ao antigo dono, que a havia vendido e se mudara para San Diego há dez anos.)

Francine estacionou numa área com parquímetro na Atlantic, na calçada oposta ao The Arabian Gourmet, e quase em frente ao empório. Caminhou até a esquina, esperou o sinal fechar e atravessou a rua. Quando entrava no empório, o furgão azul estava estacionado numa área de carga e descarga em frente ao restaurante Aleppo, a poucos metros do The Arabian Gourmet.

Ela não passou muito tempo na loja. Comprou poucas coisas e não precisou de ajuda para carregá-las. Francine saiu do empório por volta de meio-dia e meia. Vestia um casaco longo de pelo de camelo, calça cinza escura e dois suéteres, um cardigã de lã bege sobre um pulôver de gola rulê chocolate. Com a bolsa a tiracolo, segurava uma sacola de compras numa das mãos e as chaves do carro na outra.

As portas traseiras do furgão foram abertas, e os dois homens que saíram dele mais cedo desceram para a calçada. Quando Francine saiu da loja, eles a ladearam. Ao mesmo tempo, um terceiro homem, o motorista do furgão, ligou o motor.

— Sra. Khoury? — chamou um dos homens. Francine se virou e ele abriu e fechou a carteira, mostrando de relance um distintivo ou absolutamente nada.

— A senhora vai precisar vir conosco — acrescentou o segundo.

— Quem são vocês? — perguntou ela. — Do que se trata? O que vocês querem?

Eles a seguraram pelos braços. Antes que ela entendesse o que estava acontecendo, os homens a levaram pela calçada até o fundo aberto do furgão. Em questão de segundos estavam dentro do veículo, as portas foram fechadas e o carro deu uma guinada do meio-fio para o tráfego.

Apesar de o dia estar claro e de o sequestro ter acontecido numa rua comercial movimentada, quase ninguém estava em condições de ver o que tinha acontecido. As poucas pessoas que presenciaram a cena não faziam uma ideia clara do que viram. Tudo deve ter ocorrido muito rápido.

Se Francine tivesse recuado e gritado quando foi abordada...

Mas não o fez. Antes que pudesse fazer qualquer coisa estava dentro do furgão com as portas fechadas. Pode ter gritado então, ou lutado, ou tentado lutar. Mas já era tarde demais.

Sei exatamente onde eu estava quando a pegaram. Fui à reunião de meio-dia do grupo de Fireside, que vai de meio-dia e meia a uma e meia durante a semana na ACM da 73 Oeste. Cheguei cedo, portanto, quase com certeza devia estar sentado com um copo de café enquanto os dois homens carregavam Francine pela calçada até o fundo do furgão.

Não me lembro de nenhum detalhe da reunião. Já faz alguns anos que frequento o AA com uma regularidade surpreendente. Não vou a tantas reuniões quanto ia logo que fiquei sóbrio, mas ainda assim devo manter uma média de umas cinco por semana. A reunião certamente seguiu o formato usual do grupo, com uma pessoa contando sua história por quinze a vinte minutos e o restante da hora dedicado à discussão. Não acredito que tenha falado durante o período de discussão. Era provável que lembrasse. Tenho certeza de que foram ditas coisas interessantes e engraçadas. Isso sempre acontece, porém não consigo me lembrar de nada específico

Após a reunião, almocei em algum lugar e, depois do almoço, liguei para Elaine. A secretária eletrônica atendeu, o que significava que ela não estava em casa ou que tinha companhia. Elaine é garota de programa, e ter companhia é como ganha a vida.

Conheci Elaine algumas vidas atrás, quando eu era um policial alcoólatra com um novo distintivo dourado no bolso, uma esposa e dois filhos em Long Island. Por alguns anos tivemos um relacionamento muito conveniente para ambos. Eu era o amigo dela na força policial, estava lá para ajudá-la com aborrecimentos. Uma vez fui chamado para levar um cliente morto da cama dela para um beco no distrito financeiro. E ela era a amante dos sonhos: bonita, inteligente, engraçada, competente, sempre agradável e nada exigente, como só uma puta pode ser. Quem poderia querer mais?

Depois que deixei minha casa, minha família e meu emprego, eu e Elaine praticamente perdemos contato. Então, um monstro saído do nosso passado comum apareceu para nos ameaçar e fomos atirados um contra o outro pelas circunstâncias. Surpreendentemente, permanecemos juntos.

Elaine tinha o apartamento dela e eu, meu quarto de hotel. Nos víamos duas, três ou quatro noites por semana. Essas noites geralmente terminavam no apartamento dela, e o mais comum era que eu ficasse por lá. De vez em quando, a gente deixava a cidade por alguns dias ou durante o fim de semana. Quando não nos víamos, quase sempre nos falávamos ao telefone, não raro mais de uma vez.

Apesar de nunca termos falado em renunciar a outras pessoas, foi essencialmente o que fizemos. Eu não via mais ninguém, ela tampouco — à exceção dos clientes. Elaine ia a quartos de hotel ou os recebia em casa. Isso nunca me incomodou no início do nosso relacionamento — a bem da verdade, provavelmente foi parte da atração —, então não via por que deveria me incomodar agora.

Se me incomodasse, eu sempre podia pedir a ela que parasse. Elaine havia faturado um bom dinheiro ao longo dos anos e tinha guardado a maior parte, investindo o grosso em imóveis. Poderia se aposentar sem precisar mudar o estilo de vida.

Algo me impedia de pedir isso a ela. Suponho que relutava em admitir a qualquer um de nós que me incomodava. E, da mesma maneira, relutava em fazer qualquer coisa que pudesse mudar os elementos do nosso relacionamento. Não estava quebrado, e eu não queria remendá-lo.

Mas as coisas mudam. É inevitável. Às vezes são alteradas pelo simples fato de não mudarem.

A gente evitava usar a palavra com *A*, apesar de amor ser certamente o que eu sentia por ela e ela por mim. Evitávamos discutir a possibilidade de nos casarmos ou de morarmos juntos, apesar de saber que eu pensava a respeito e de não ter dúvida de que ela também. Mas a gente não falava disso. Era a única coisa sobre a qual não conversávamos, tirando amor ou o que ela fazia para viver.

Mais cedo ou mais tarde precisaríamos pensar nessas coisas, é claro, e falar sobre elas, até mesmo lidar com elas. Por enquanto, a gente vivia um dia de cada vez, que é como fui aconselhado a levar a vida desde que parei de tentar beber uísque mais rápido do que conseguem destilá-lo. Como alguém já disse, é melhor cuidar dessa história toda um dia de cada vez. Afinal, é assim que o mundo a oferece.

Às quinze para as quatro naquela mesma tarde, o telefone tocou na casa dos Khourys na Colonial Road. Quando Kenan Khoury atendeu, uma voz masculina disse sem rodeios:

— E aí, Khoury. Ela não voltou para casa, não foi?

— Quem está falando?

— Não é da porra da sua conta quem está falando. A gente está com a sua esposa, seu árabe de merda. Você quer ela de volta ou não?

— Onde ela está? Me deixa falar com ela.

— Ei, vai se foder, Khoury — xingou o homem, e desligou.

Khoury ficou parado por alguns instantes gritando "alô" no telefone mudo e tentando pensar no que fazer em seguida. Correu para fora de casa, constatou que o Buick estava lá, mas não o Camry de Francine. Correu pelo caminho de acesso da garagem até a rua, olhou para um lado e para o outro, voltou para casa e pegou o telefone. Escutou o tom de discagem e tentou pensar em alguém para ligar.

— Meu Deus! — exclamou em voz alta. Colocou o fone de lado e gritou: — *Francey!*

Subiu correndo as escadas e entrou no quarto do casal, gritando o nome da esposa. Claro que ela não estava lá, mas Khoury não podia evitar, precisava verificar todos os cômodos. Era uma casa grande, e ele entrou e saiu correndo de cada um, gritando o nome dela, ao mesmo tempo espectador e participante do próprio pânico. Por fim estava de volta à sala de estar e viu que havia deixado o fone fora do gancho. Aquilo era genial. Se estivessem tentando falar com ele, não conseguiriam. Colocou o fone no gancho pedindo que tocasse, o que aconteceu quase de imediato.

Era uma voz diferente desta vez, mais calma, mais civilizada.

— Sr. Khoury — disse o homem. — Estou tentando ligar e só ouço o sinal de ocupado. Com quem estava falando?

— Com ninguém. Esqueci o fone fora do gancho.

— Espero que não tenha ligado para a polícia.

— Não liguei para ninguém — avisou Khoury. — Cometi um erro, achei que tivesse colocado o fone no gancho, mas coloquei ao lado do aparelho. Onde está a minha esposa? Me deixa falar com a minha esposa.

— Você não deve deixar o fone fora do gancho. E não deve ligar para ninguém.

— Eu não liguei.

— E certamente não para a polícia.

— O que você quer?

— Quero ajudar o senhor a ter a sua esposa de volta. Isso se quiser ela de volta. O senhor quer ela de volta?

— Deus, o que você...

— Responde a pergunta, Sr. Khoury.

— Sim, eu quero ela de volta. É claro que eu quero ela de volta.

— E eu quero ajudar o senhor. Mantenha a linha desocupada, Sr. Khoury. Vou voltar a entrar em contato.

— Alô? — falou ele. — Alô?

Mas a linha estava muda.

Por dez minutos, ele andou de um lado para o outro, esperando o telefone tocar. Então, uma calma gélida se instalou e Kenan Khoury se permitiu relaxar. Parou de andar e se sentou numa cadeira ao lado do telefone. Quando o aparelho tocou, pegou-o e não disse nada.

— Khoury? — Era o primeiro homem outra vez, o bruto.

— O que você quer?

— O que eu quero? Que merda você acha que eu quero?

Ele não respondeu.

— Dinheiro — respondeu o homem um tempo depois. — A gente quer dinheiro.

— Quanto?

— Seu árabe de merda. Quem disse que você pode fazer as perguntas? Quer me responder isso?

Ele esperou.

— Um milhão de dólares — declarou então o homem. — Que tal, seu idiota?

— Isso é ridículo — disse ele. — Escuta, não consigo falar com você. Peça ao seu amigo para me ligar, talvez eu consiga falar com ele.

— Seu árabe de merda, o que você está tentando...

Dessa vez foi Khoury quem desligou.

Parecia para ele que era uma questão de controle.

Tentar controlar uma situação como aquela, era isso que enlouquecia. Porque era impossível. Eles tinham todas as cartas.

Mas, se abrisse mão da necessidade de controlá-la, podia ao menos deixar de dançar a música deles, arrastando os pés de um lado para o outro como um urso adestrado de um circo búlgaro.

Kenan Khoury foi até a cozinha e preparou um café forte e doce na chaleira de cobre com asa longa. Enquanto esfriava, pegou uma garrafa de vodca da geladeira e serviu uma dose generosa; bebeu num único gole e sentiu a calma gélida dominá-lo por completo. Ele levou o café para a sala e estava terminando quando o telefone voltou a tocar.

Era o segundo homem, o gentil.

— O senhor irritou o meu amigo, Sr. Khoury. Ele é difícil de lidar quando está irritado.

— Acho que vamos nos entender melhor se você passar a fazer as ligações.

— Não vejo...

— Porque dessa forma podemos dar um jeito nisso em vez de criar um drama — acrescentou Khoury. — Ele mencionou um milhão de dólares. Isso está fora de cogitação.

— O senhor não acha que sua esposa valha um milhão?

— Ela vale qualquer preço — explicou Khoury —, mas...

— Quanto ela pesa, Sr. Khoury? Cinquenta, cinquenta e cinco quilos?

— Eu não...

— Por volta de cinquenta quilos, eu diria.

Lindo.

— Cinquenta quilos a vinte mil dólares por quilo, bem, faça a conta para mim, Sr. Khoury. Um milhão, certo?

— Onde você quer chegar?

— Onde quero chegar é que o senhor pagaria um milhão se ela fosse um produto, Sr. Khoury. Pagaria se ela fosse pó. Ela não vale tanto como carne e osso?

— Não posso pagar o que eu não tenho.

— O senhor tem bastante.

— Eu não tenho um milhão.

— Quanto o senhor tem?

Ele havia tido tempo para pensar na resposta.

— Quatrocentos.

— Quatrocentos mil.

— Sim.

— Isso é menos da metade.

— São quatrocentos mil — disse ele. — É menos que algumas coisas e mais que outras. É o que eu tenho.

— O senhor pode conseguir o restante.

— Não sei como. Eu provavelmente poderia fazer algumas promessas e cobrar alguns favores para levantar um pouco mais, só que não tanto. E precisaria de pelo menos alguns dias, provavelmente uma semana.

— E o senhor acha que a gente está com pressa?

— *Eu* estou com pressa — declarou ele. — Quero a minha esposa de volta e quero vocês fora da minha vida. Estou com pressa nos dois casos.

— Quinhentos mil.

Viu? Havia elementos que ele era capaz de controlar no final das contas.

— Não — retrucou Kenan Khoury. — Não vou barganhar, não quando a vida da minha esposa está em jogo. Já dei o limite. Quatrocentos.

Uma pausa, então um suspiro.

— Ah, enfim. Bobagem minha achar que iria conseguir me sair bem com um de vocês num acordo de negócios. Estão nesse jogo há anos, não é? São tão ruins quanto os judeus.

Ele não sabia o que responder, então deixou passar.

— Quatrocentos, então — concordou o homem. — Quanto tempo o senhor precisa para arrumar tudo?

Quinze minutos, pensou.

— Duas horas.

— Podemos fazer a troca hoje à noite.

— Tudo bem.

— Arruma tudo. Não liga para ninguém.

— Para quem eu ligaria?

Meia hora depois, Khoury estava sentado à mesa da cozinha olhando para quatrocentos mil dólares. Ele tinha um cofre no porão, um grande e velho Mosler que pesava mais de uma tonelada, instalado numa parede forrada de pinho e protegido por um alarme, além da própria fechadura. As notas eram todas de cem, cinquenta em cada maço atado com um elástico, oitenta maços de cinco mil dólares. Ele os havia contado e atirado três a quatro de cada vez num cesto plástico de tela que Francine usava para colocar a roupa suja.

Ela não precisava lavar roupa, pelo amor de Deus. Podia contratar toda ajuda que precisasse, tinha dito Kenan vezes a fio. Mas Francine gostava, era uma mulher à moda antiga; gostava de cozinhar, limpar e cuidar da casa.

Ele pegou o telefone, segurou o fone com o braço estendido e o colocou de volta no gancho. Não ligue para ninguém, tinha dito o homem. Para quem eu ligaria?, havia perguntado Khoury.

Quem havia feito aquilo com ele? Armado para ele, roubado sua esposa. Quem faria algo assim?

Bem, talvez muita gente. Talvez qualquer um, se achasse que conseguiria se safar.

Pegou o fone outra vez. Era seguro, não tinha grampos. A casa inteira era, por sinal. Ele possuía dois aparelhos, ambos supostamente de ponta. Só podiam ser, pelo que custaram. Um era um alerta de grampos telefônicos, instalado na linha. Se houvesse qualquer mudança na voltagem, na resistência ou na capacitância em qualquer ponto da linha, Kenan Khoury saberia. O outro era um Track-Lock, que vasculhava automaticamente o espectro de rádio em busca de microfones escondidos. Havia pagado cinco, seis mil pelos dois aparelhos, em torno disso, o que valia cada centavo se mantivessem privadas suas conversas.

Era quase uma pena que não houvesse policiais escutando nas duas últimas horas. Policiais que rastreariam quem fez as ligações, que cairiam em cima dos sequestradores, que trariam Francey de volta...

Não, era a última coisa que precisava. Os policiais apenas fariam com que tudo aquilo explodisse. Ele tinha o dinheiro. Pagaria e a teria de volta ou não. Há coisas que se pode e outras que não se pode controlar — ele podia controlar o pagamento do dinheiro, os desdobramentos disso até certo ponto, mas não o que aconteceria depois.

Não liga para ninguém.

Para quem eu ligaria?

Ele pegou o telefone outra vez e discou um número que não precisou consultar. O irmão respondeu ao terceiro toque.

— Petey, preciso de você aqui. Pega um táxi, eu pago, mas vem logo, está me ouvindo?

Uma pausa. Então:

— Querido, faço qualquer coisa por você, sabe disso...

— Então pega logo um táxi, cara!

— ... mas não pode ser nada relacionado ao seu trabalho. Simplesmente não pode ser, querido.

— Não é trabalho.

— O que é então?

— É Francine.

— Deus, qual é o problema? Esquece, você me diz quando eu chegar. Você está em casa, certo?

— Isso, estou em casa.

— Vou pegar um táxi. Estou saindo agora mesmo.

Enquanto Peter Khoury procurava um taxista disposto a levá-lo à casa do irmão no Brooklyn, eu assistia a alguns jornalistas discutirem na ESPN a probabilidade de uma redução no salário dos jogadores. Não fiquei de coração partido quando o telefone tocou. Era Mick Ballou, que ligava de Castlebar, no condado de Mayo. A linha estava clara como água; ele podia estar ligando da sala dos fundos do Grogan's.

— Isso aqui é incrível — comentou Mick. — Se você acha que os irlandeses são loucos em Nova York, devia ver eles na terra natal. Um em cada dois estabelecimentos comerciais é um pub e ninguém sai antes da hora de fechar.

— Eles fecham cedo, não é?

— Cedo demais. No hotel, por outro lado, são obrigados a servir uma bebida a qualquer hora para qualquer hóspede que quiser. Isso sim é um país civilizado, não acha?

— Com certeza.

— Mas todos eles fumam. Sempre tem gente acendendo um cigarro e oferecendo o maço. Os franceses são ainda piores. Quando fui lá visitar o pessoal do meu pai eles ficavam irritados comigo por não fumar. Acho que os americanos são os únicos no mundo que tiveram o bom senso de parar.

— Você ainda encontra alguns fumantes por aqui, Mick.

— Boa sorte para eles, então, sofrendo nas viagens de avião, no cinema e com todas as regras sobre lugares públicos. — Ele contou uma longa história sobre um homem e uma mulher que conhecera havia algumas noites. Era engraçada e ambos rimos, então perguntou como eu estava e respondi que tudo bem. — Tem certeza? — questionou Mick.

— Um pouco inquieto, talvez. Tenho tido bastante tempo livre ultimamente. E a lua está cheia.

— Está — disse ele. — Aqui também.

— Que coincidência.

— Mas ela sempre está cheia sobre a Irlanda. Que bom que chove sem parar. Assim você não precisa olhar para ela o tempo todo. Matt, tenho uma ideia. Pega um avião e vem para cá.

— O quê?

— Aposto que você nunca veio à Irlanda.

— Eu nunca saí do país — falei. — Espera um pouco, não é verdade, fui duas vezes ao Canadá e uma ao México, mas...

— Você não conhece a Europa?

— Não.

— Ah, pelo amor de Deus, entra num avião e vem de uma vez. Traz ela se for o caso. — Elaine, Mick queria dizer. — Ou vem sozinho, não faz diferença. Falei com Rosenstein e ele disse que é melhor eu ficar fora mais um pouco. Disse que pode dar um jeito em tudo, mas que tem a porra de uma força-tarefa federal na jogada e que não me quer em território americano antes que esteja tudo limpo. Posso ficar preso nesse buraco por mais um mês ou dois. Qual é a graça?

— Achei que você amasse o lugar. Agora é um buraco.

— Qualquer lugar é um buraco quando não se está com os amigos. Vem, cara. O que me diz?

Peter Khoury chegou à casa do irmão pouco depois de Kenan ter tido outra conversa com o sequestrador mais gentil. O homem foi menos gentil dessa vez, principalmente no fim, quando Khoury tentou exigir uma prova de que Francine estava viva e bem.

KHOURY: Quero falar com a minha esposa.

SEQUESTRADOR: Impossível. Ela está num lugar seguro. E estou num telefone público.

KHOURY: Como posso saber que ela está bem?

SEQUESTRADOR: Porque nós temos todos os motivos para cuidar bem dela. Veja quanto ela vale para a gente.

KHOURY: Meu Deus, como posso saber que sequer estão com ela?

SEQUESTRADOR: O senhor conhece bem os peitos dela?

KHOURY: Hein?

SEQUESTRADOR: Reconheceria um deles? Seria a forma mais simples. Eu corto um dos peitos e coloco na soleira da sua porta, assim o senhor fica mais tranquilo.

KHOURY: Meu Deus, não diz isso. Não diz uma coisa dessas.

SEQUESTRADOR: Então não vamos falar em prova, está bem? A gente precisa confiar um no outro, Sr. Khoury. Acredite em mim, confiança é tudo nesse negócio.

Aquilo havia sido tudo, disse Kenan a Peter. Ele precisava confiar naqueles homens, mas como poderia? Nem ao menos sabia quem eram.

— Tentei pensar em alguém para ligar — declarou Kenan. — Você sabe, gente do ramo. Alguém para ficar do meu lado, me dar uma força. Todos que me vieram à mente, até onde eu sei, podem estar envolvidos. Como posso descartar um deles? Alguém armou essa história.

— Como eles...

— Não sei. Não sei de nada, tudo que sei é que ela foi fazer compras e não voltou. Ela saiu, entrou no carro e cinco horas depois o telefone tocou.

— Cinco horas?

— Não sei, por volta disso. Petey, eu não sei o que estou fazendo, não tenho nenhuma experiência com essa merda.

— Você faz negócios o tempo todo, querido.

— Uma negociação de drogas é completamente diferente. Você estrutura a coisa para que todos estejam seguros, cobertos. Neste caso...

— As pessoas morrem em negociações de drogas o tempo todo.

— É, mas geralmente existe um motivo. Número um, fazer negócios com gente que você não conhece. Isso mata. Parece estar tudo bem e então se transforma numa cilada. Número dois, ou talvez seja um e meio, negociar com pessoas que você acha que conhece, mas não conhece de verdade. E a outra coisa, seja qual for o número que quiser dar, as pessoas se metem em encrencas porque tentam arrumar um jeitinho. Tentam fazer o negócio sem o dinheiro, acreditando que vão dar um jeito depois. Elas entram na história se achando espertas, saem numa boa, até que uma bela hora não saem. E você sabe por que isso acontece em nove de cada dez vezes: as pessoas se envolvem com o próprio produto e o julgamento delas vai pelo ralo.

— Ou elas fazem tudo certo e aí seis jamaicanos derrubam a porta e atiram em todo mundo.

— Bem, isso acontece — admitiu Kenan. — E não precisam ser jamaicanos. Li outro dia sobre laosianos em São Francisco. Toda semana tem um novo grupo étnico querendo matar você. — Ele fez que não. — O que acontece é que numa negociação de drogas justa dá para evitar qualquer coisa que não pareça certa. Você nunca é obrigado a fazer o negócio. Se tiver o dinheiro, pode gastar em outro lugar. Se tiver o produto, pode vender para outra pessoa. Você só fica no negócio enquanto ele estiver funcionando e pode proteger a retaguarda, criar garantias no meio do caminho e no começo conhece as pessoas e aprende se pode ou não confiar nelas.

— Enquanto aqui...

— Enquanto aqui, não temos nada. A gente está de mãos atadas, isso sim. Eu disse: "A gente leva o dinheiro e vocês levam a minha esposa"; eles falaram: "Não." Disseram que não é assim que funciona. O que eu vou dizer? Que fiquem com a minha esposa? Que vendam ela para outra pessoa, se não gostam da forma como faço negócios? Não posso fazer isso.

— Não.

— Mas eu fiz. Ele disse um milhão, eu disse quatrocentos mil. Eu disse foda-se, é o que eu tenho; ele engoliu. Se eu tivesse dito...

O telefone tocou. Kenan falou por alguns minutos, tomando nota num bloco de anotações.

— Eu não vou sozinho — disse a certa altura. — Meu irmão está aqui, ele vai comigo. Sem discussão.

Ele escutou um pouco mais e estava para dizer alguma coisa quando ouviu o clique na linha.

— Precisamos ir — avisou Kenan. — Eles querem o dinheiro em dois sacos de lixo. Fácil. Eu me pergunto por que dois. Talvez nunca tenham visto quatrocentos mil, quanto espaço ocupa.

— Talvez o médico tenha dito para não carregarem peso.

— Talvez. Precisamos ir para a esquina da Ocean Avenue com a Farragut Road.

— Isso fica em Flatbush, não é?

— Acho que sim.

— Claro, Farragut Road, fica a poucos quarteirões do Brooklyn College. O que tem lá?

— Uma cabine telefônica. — Depois de colocarem o dinheiro em dois sacos de lixo, Kenan estendeu para Peter uma arma, uma pistola 9 milímetros. — Pega — insistiu. — Não vamos querer entrar nisso desarmados.

— Não vamos querer entrar nisso de qualquer maneira. Que bem uma arma pode me fazer?

— Não sei. Pega de qualquer jeito.

Quando saíram da casa, Peter segurou o braço do irmão.

— Você se esqueceu de ligar o alarme.

— E daí? Eles estão com Francey e nós estamos levando o dinheiro. O que resta para roubarem?

— Você tem o alarme, devia ligar. Não pode ser menos útil do que as malditas armas.

— É, você está certo — falou, e entrou na casa. — Um sistema de segurança de ponta — comentou ao voltar. — Você não pode arrombar a minha casa, não pode grampear os meus telefones, não pode instalar escutas. Tudo que pode fazer é sequestrar a minha esposa e me fazer correr pela cidade com sacos de lixo cheios de notas de cem dólares.

— Qual é o melhor caminho, querido? Estava pensando em Bay Ridge Parkway e então Kings Highway até a Ocean.

— É, acho que sim. Tem dezenas de caminhos e esse é tão bom quanto qualquer outro. Quer dirigir, Petey?

— Você quer que eu dirija?

— É, por que não dirige? Do jeito que estou, vou acabar batendo na traseira de uma viatura. Ou atropelando uma freira.

Eles deviam estar no telefone público da Farragut Road às oito e meia. Chegaram três minutos antes, de acordo com o relógio de Peter, que ficou no carro enquanto Kenan foi até o telefone aguardar que tocasse. Mais cedo, Peter tinha colocado a pistola sob o cinto, nas costas. Sentia a pressão da arma ao dirigir, e, agora, pegou-a e segurou-a sobre o colo.

O telefone tocou e Kenan atendeu. Oito e meia, segundo o relógio de Peter. Estariam cronometrando aquilo ou de olho na operação, com alguém sentado à janela de um dos prédios do outro lado da rua assistindo a tudo acontecer?

Kenan se apressou de volta ao carro e se encostou na carroceria.

— Para a Veterans Avenue.

— Nunca ouvi falar.

— É algum lugar entre Flatlands e Mill Basin, naquela região. Ele me deu o caminho, Farragut até Flatbush e Flatbush até a avenida N, que dá na Veterans.

— E a partir daí?

— Outro telefone público na esquina da Veterans com a 66 Leste.

— E por que esse vai e vem, tem alguma ideia?

— Para enlouquecer a gente. Para garantir que a gente não tem reforços. Sei lá, Petey. Talvez eles só queiram curtir com a nossa cara.

— E estão conseguindo. — Kenan deu a volta no carro e entrou. — Farragut até Flatbush, Flatbush até a N. Entro à direita na Flatbush e depois à esquerda na N, certo?

— Certo. À direita na Flatbush e à esquerda na N.

— Quanto tempo temos?

— Não disseram. Acho que não mencionaram a hora. Mandaram a gente se apressar.

— Acho que não vamos parar para um café, então.

— Não — respondeu Kenan. — Acho que não.

O esquema foi o mesmo da esquina da Veterans com a 66. Peter esperou no carro. Kenan foi até o telefone, que tocou quase imediatamente.

— Muito bem — começou o sequestrador. — Não demoraram nada.

— E agora?

— Onde está o dinheiro?

— No banco de trás. Em dois sacos de lixo, como você disse.

— Bom. Agora quero que o senhor e o seu irmão subam a 66 a pé até a avenida M.

— Você quer que a gente vá a pé?

— Sim.

— Com o dinheiro?

— Não, deixa o dinheiro onde está.

— No banco de trás do carro.

— Sim. E mantenha o carro destrancado.

— A gente deixa o dinheiro num carro destrancado e caminha um quarteirão...

— Dois quarteirões, na verdade.

— E então o quê?

— Esperem cinco minutos na esquina da avenida M. Então voltem para o carro e vão para casa.

— E quanto à minha esposa?

— A sua esposa está bem.

— Como eu...

— Ela vai estar esperando o senhor no carro.

— É melhor que esteja.

— Como é?

— Nada. Escuta, tem uma coisa que me incomoda: deixar o dinheiro à toa num carro destrancado. Fico preocupado que alguém pegue o dinheiro antes de vocês chegarem.

— Não precisa se preocupar — avisou o homem. — Essa é uma boa vizinhança.

Eles deixaram o carro destrancado com o dinheiro no banco de trás e caminharam um quarteirão curto e outro longo até a avenida M. Esperaram cinco minutos, segundo o relógio de Peter. Então voltaram para o Buick.

Não acho que cheguei a descrevê-los, certo? Eles pareciam de fato irmãos, Kenan e Peter. Kenan tinha um metro e oitenta, devia ser uns três centímetros mais alto que o irmão. Ambos possuíam a compleição ágil de pesos-médios, apesar de Peter ter começado a ganhar alguns poucos centímetros na cintura. Ambos tinham pele morena e cabelos pretos e lisos, que partiam à esquerda e penteavam impecavelmente para trás. Aos 33, a testa de Kenan começava a avançar e os cabelos rareavam. Peter, dois anos mais velho, ainda não precisava se preocupar com isso.

Eram homens atraentes, com nariz longo e fino, olhos escuros firmes e sobrancelhas proeminentes. Peter usava um bigode bem-cuidado. Kenan, o rosto barbeado.

Se julgasse pelas aparências e precisasse encarar os dois, você derrubaria Kenan primeiro. Ou tentaria, de qualquer forma. Algo nele sugeria que era o mais perigoso dos irmãos, que suas reações seriam mais súbitas e seguras.

Então era assim que se pareciam, ao caminhar rápido, mas não tanto, de volta à esquina onde o carro de Kenan estava estacionado. Permanecia lá e permanecia destrancado. Os sacos com dinheiro não estavam mais no banco traseiro. Tampouco havia sinal de Francine Khoury.

— Foda-se essa merda, cara — praguejou Kenan.

— A mala?

Ele abriu o porta-luvas e acionou o botão que abria a mala. Deu a volta no carro e levantou a tampa. Não havia nada ali além do estepe e do macaco. Tinha acabado de fechar a tampa quando o telefone público tocou, a dez metros de distância.

Ele correu e arrancou o fone do gancho.

— Vá para casa — mandou o homem. — Ela provavelmente vai chegar antes do senhor.

Fui à habitual reunião noturna na esquina do meu hotel, na St. Paul's Chapel, mas saí no intervalo. Voltei para o meu quarto, liguei para Elaine e falei sobre a conversa com Mick.

— Acho que você deve ir — sugeriu ela. — Parece uma ótima ideia.

— E se nós dois formos?

— Ah, não sei, Matt. Eu perderia aulas.

Ela fazia um curso nas noites de quinta na Hunter; na verdade, havia acabado de chegar quando liguei. Arte e arquitetura indiana sob o domínio mongol.

— A gente ficaria fora apenas uma semana ou dez dias — falei. — Você só perderia uma aula.

— Uma aula não é grande coisa.

— Exatamente. Então...

— Então acho que no fim das contas eu não quero ir. Eu seria um estorvo, não seria? Tenho uma imagem na minha cabeça de você e Mick a mil pelo interior ensinando os irlandeses a botar pra quebrar.

— É uma boa imagem.

— Mas o que quero dizer é que seria uma coisa de rapazes, certo? E quem precisa de uma garota junto? É sério, não estou com vontade de ir, mas sei que você está inquieto e acho que seria muito bom. Você nunca viajou para a Europa?

— Nunca.

— Há quanto tempo Mick está por lá? Um mês?

— Por aí.

— Acho que você deve ir.

— Talvez. Vou pensar.

Ela não estava lá.

Em lugar algum da casa. Kenan ia compulsivamente de cômodo em cômodo, sabendo que era inútil, sabendo que ela não teria passado pelo alarme sem dispará-lo ou desligá-lo. Quando acabaram os cômodos, ele voltou para a cozinha, onde Peter preparava café.

— Petey, isso é uma grande merda.

— Eu sei, querido.

— Está fazendo café? Acho que não quero. Você se incomoda se eu beber alguma coisa?

— Eu me incomodo se *eu* beber alguma coisa. Não você.

— Só pensei... Esquece. Eu nem ao menos quero beber.

— É nisso que somos diferentes, querido.

— É, acho que sim. — Kenan se virou. — Por que estão me enrolando assim, Petey? Dizem que ela vai estar no carro e não está. Dizem que vai estar aqui e não está. Que merda está acontecendo?

— Talvez eles tenham ficado presos no trânsito.

— Cara, o que acontece agora? Nós ficamos aqui sentados esperando? Nem sei pelo que estamos esperando. Eles estão com o dinheiro, e a gente? A gente está fodido, isso sim. Não sei quem são eles ou onde estão. Não sei droga nenhuma e... Petey, o que a gente faz?

— Não sei.

— Eu acho que ela está morta — comentou Kenan.

Peter ficou em silêncio.

— Por que aqueles filhos da puta não fariam isso? — prosseguiu Kenan. — Ela poderia identificá-los. É mais seguro matar ela do que mandar de volta. Matar, enterrar e fim de papo. Caso encerrado. É o que eu faria, se fosse eles.

— Não, você não faria.

— Eu disse se fosse eles. Não sou, eu não sequestraria uma mulher para começo de conversa, uma mulher inocente e gentil que nunca fez mal a ninguém, que nunca teve um *pensamento* ruim...

— Vai com calma, querido.

Os dois ficavam em silêncio e então a conversa recomeçava. O que mais havia para fazer? Depois de meia hora o telefone tocou e Kenan atendeu num pulo.

— Sr. Khoury.

— Onde ela está?

— Me desculpe. Houve uma pequena mudança nos planos.

— Onde ela *está*?

— A uma esquina daí, na... rua 79, acho que no lado sul da rua, a três ou quatro casas da esquina...

— O quê?

— Tem um carro estacionado em local proibido, ao lado de um hidrante. Um Ford Tempo cinza. A sua esposa está dentro dele.

— Ela está dentro do carro?

— No porta-malas.

— Você colocou ela no porta-malas?

— Tem bastante ar. Mas a noite está fria, então eu tiraria ela de lá o quanto antes.

— E a chave? Como eu...

— A fechadura está quebrada. O senhor não vai precisar da chave.

Correndo rua abaixo, Kenan falou a Peter ao dobrar a esquina:

— O que ele quis dizer com “a fechadura está quebrada”? Se a mala não está trancada por que ela não sai? Do que ele estava falando?

— Não sei, querido.

— Talvez ela esteja amarrada. Fita adesiva, algemas, algo que a impeça de se mexer.

— Talvez.

— Ah, meu Deus, Petey...

O carro estava onde deveria estar, um Tempo castigado com muitos anos de estrada, o para-brisa rachado e a porta do passageiro bastante amassada. Não possuía nem ao menos fechadura na mala. Kenan levantou a tampa.

Não havia ninguém. Apenas pacotes, embrulhos de algum tipo. Embrulhos de tamanhos variados envoltos em plástico preto fechado com fita adesiva.

— Não — disse Kenan.

Ele ficou imóvel, dizendo "Não, não, não". Um tempo depois, Peter pegou um dos pacotes da mala, tirou um canivete do bolso e cortou a fita. Ele abriu o embrulho de plástico preto — parecido com o dos sacos de lixo no qual o dinheiro havia sido entregue — e tirou dele um pé, cortado poucos centímetros acima do tornozelo. Três dedos estavam pintados de vermelho. Os outros dois estavam faltando.

Kenan jogou a cabeça para trás e uivou como um cão.

2

Isso foi na quinta-feira. Na segunda, havia um recado para mim na recepção quando voltei do almoço. Ligue para Peter Curry, dizia, e havia um número com o código de área 718, o que significava Brooklyn ou Queens. Eu não conhecia nenhum Peter Curry no Brooklyn ou no Queens ou em qualquer lugar, diga-se de passagem, apesar de não ser raro para mim receber telefonemas de pessoas que não conheço. Subi para o meu quarto e liguei para o número.

— Sr. Curry? — falei, quando um homem atendeu.

— Sim?

— O meu nome é Matthew Scudder, recebi um recado para ligar para o senhor.

— Você recebeu um recado para ligar para mim?

— Isso. Aqui diz que o senhor ligou meio-dia e quinze.

— Como é mesmo o seu nome? — Eu informei outra vez.

— Ah, espera um minuto. Você é o detetive, certo? O meu irmão ligou para você, o meu irmão Peter.

— Aqui diz Peter Curry.

— Um minuto.

Eu esperei e, pouco depois, outra voz, parecida com a primeira, porém um tom mais grave e um pouco mais brando, atendeu.

— Matt, aqui quem fala é Pete.

— Pete — repeti. — Eu conheço você, Pete?

— É, a gente se conhece, mas talvez você não lembre o meu nome. Vou com bastante frequência à St. Paul's Chapel e me apresentei numa reunião lá, umas cinco ou seis semanas atrás.

— Peter Curry — falei.

— É Khoury — corrigiu. — Tenho ascendência libanesa, deixa eu ver como posso me descrever. Estou sóbrio há cerca de um ano e meio, moro numa pensão bem a oeste na rua 55 e venho trabalhando como mensageiro e entregador, apesar da minha área ser edição de vídeo, só não sei se vou conseguir voltar a atuar nela...

— Um bocado de drogas na sua história.

— Isso, mas foi o álcool que me derrubou no final. Associou o nome à pessoa?

— Ahã. Eu estava lá quando você falou. Mas nunca soube o seu sobrenome.

— Bem, viva o programa.

— O que eu posso fazer por você, Pete?

— Eu gostaria que viesse até aqui e conversasse comigo e com o meu irmão. Você é detetive e acho que é disso que precisamos.

— Pode me dar alguma ideia do que se trata?

— Bem...

— Não por telefone?

— Acho melhor não, Matt. É trabalho de detetive e é importante. Vamos pagar o que você pedir.

— Bem — falei —, não sei se estou disponível agora, Pete. Tenho uma viagem marcada. Vou para o exterior no fim de semana.

— Para onde?

— Irlanda.

— Parece ótimo. Mas escuta, Matt, você não pode só vir até aqui para darmos os detalhes? Você ouve e, se decidir que não pode fazer nada pela gente, sem ressentimentos e pagamos pelo seu tempo e pelos táxis para vir e voltar. — O irmão disse algo ao fundo que não entendi. — Está bem — respondeu Peter a ele. — Matt, Kenan falou que podemos ir até aí buscar você, mas precisaríamos voltar para cá. Acho que é mais rápido se você pegar um táxi.

Me veio à mente que eu estava ouvindo demais sobre táxis para um sujeito que trabalhava como mensageiro e entregador, então o nome do irmão chamou minha atenção.

— Você tem mais de um irmão, Pete? — indaguei.

— Só ele.

— Acho que você mencionou ele na sua apresentação, algo sobre a profissão dele.

Uma pausa.

— Matt, só estou pedindo para vir até aqui e escutar.

— Onde vocês estão?

— Você conhece o Brooklyn?

— Eu precisaria estar morto.

— Como assim?

— Nada. Só estava pensando em voz alta. Um conto famoso, *Só os mortos conhecem o Brooklyn*. Eu conhecia bem algumas regiões do bairro. Onde vocês estão no Brooklyn?

— Bay Ridge. Colonial Road.

— Isso é fácil.

Ele me deu o endereço e eu anotei.

A linha R, também conhecida como linha Broadway da BMT, percorre todo o caminho desde a rua 179, na Jamaica Avenue, até alguns quarteirões da ponte Verrazano, no sudoeste do Brooklyn. Entrei na estação na esquina da 57 com a Sétima Avenida e desci a duas estações do fim da linha.

Há quem sustente que, uma vez que se deixa Manhattan, você sai da cidade. Estão enganados, você apenas está em outra parte da cidade, mas não há como negar que a diferença é palpável. É possível senti-la de olhos fechados. O nível de energia é diferente, o ar não tem o mesmo zumbido intenso e urgente.

Caminhei um quarteirão na Quarta Avenida, passando por um restaurante chinês, uma quitanda coreana, uma casa de apostas e dois bares irlandeses, entrei na Colonial Road e achei a casa da Kenan Khoury. Era um trecho da rua com casas de classe média, construções quadradas sólidas que pareciam ter sido construídas no entreguerras. Tinha um jardim pequeno e degraus de madeira que levavam à porta da rua. Toquei a campainha.

Pete abriu a porta e me acompanhou até a cozinha. Ele me apresentou ao irmão, que se levantou para me cumprimentar e apontou para uma cadeira. Foi até o fogão e se virou para mim.

— Agradeço por ter vindo. O senhor se incomoda com algumas perguntas, Sr. Scudder? Antes da gente começar.

— Nem um pouco.

— Algo para beber antes? Não uma *bebida* bebida, eu sei que o senhor e Petey se conheceram no AA, mas tenho café ou posso oferecer um refrigerante. É um café libanês, parecido com o café turco ou o armênio, bem encorpado e forte. Mas tenho Yuban instantâneo, se preferir.

— O café libanês parece ótimo.

E estava ótimo.

— O senhor é detetive, certo? — perguntou Kenan Khoury, depois que tomei um gole.

— Não licenciado.

— O que isso quer dizer?

— Que não tenho uma situação oficial. Presto serviço para uma das grandes agências ocasionalmente, e nessas ocasiões opero sob a licença deles, mas, fora isso, o que faço é privado e informal.

— E o senhor foi policial.

— Isso. Há alguns anos.

— Ahã. Sargento, detetive ou o quê?

— Investigador.

— Tinha um distintivo dourado, então?

— Exato. Fiquei lotado no 6º Distrito, no Village, por vários anos, e antes disso trabalhei algum tempo no Brooklyn. No 78º Distrito, que cobre Park Slope e a área ao norte que agora estão chamando de Boerum Hill.

— É, eu sei onde fica. Cresci na região. Conhece a Bergen Street? Entre a Bond e a Nevins?

— Claro.

— Foi onde crescemos, eu e Petey. Tem muita gente do Oriente Médio por lá, nos poucos quarteirões entre a Court e a Atlantic. Libaneses, sírios, iemenitas, palestinos. A minha esposa era palestina, os pais dela moravam na President, perto da Henry. Fica em South Brooklyn, mas acho que agora estão chamando de Carroll Gardens. O café está bom?

— Muito bom.

— Se quiser mais é só avisar. — Ele começou a falar alguma outra coisa, então se voltou para o irmão. — Não sei, cara. Não acho que isso vai funcionar.

— Explica a situação para ele, querido.

— Eu simplesmente não sei. — Ele se voltou para mim, girou a cadeira e se sentou de frente para o encosto. — O que acontece é o seguinte, Matt. Posso chamar você assim? — Respondi que sim. — O que acontece é o seguinte: preciso saber se posso contar algo para você sem me preocupar com quem vai falar. Acho que o que estou perguntando é até que ponto você ainda é um policial.

Era uma boa pergunta, que eu mesmo me fazia com alguma frequência.

— Fui policial por anos. E de certa forma ainda tenho sido desde que saí da corporação. O que você está perguntando é se o que me disser vai permanecer confidencial. Legalmente, não sou como um advogado. O que me disser não é informação privilegiada. Ao mesmo tempo, também não sou um servidor de segurança pública, de modo que não tenho mais obrigação do que qualquer outro cidadão de reportar questões que venham ao meu conhecimento.

— Então, qual é o seu ponto?

— Não sei. Os pontos mudam bastante. Não posso oferecer muitas garantias, já que não sei o que você está pensando em me contar. Vim até aqui porque Pete não quis dizer nada pelo telefone, e agora você também não me parece estar disposto a dizer nada aqui. Talvez eu deva ir embora.

— Talvez deva — concordou ele.

— Querido...

— Não — interrompeu Khoury, levantando-se. — Foi uma boa ideia, cara, mas não está funcionando. Vamos encontrar os caras nós mesmos. — Ele tirou um rolo de dinheiro do bolso, puxou uma nota de cem e a estendeu sobre a mesa para mim. — Pelos táxis para vir e voltar e pelo seu tempo, Sr. Scudder. Sinto muito termos arrastado o senhor até aqui por nada. — Como eu não toquei na nota, ele voltou a falar. — Talvez o seu tempo valha mais do que pensei. Aqui, e sem ressentimentos, certo? — Ele acrescentou uma segunda nota à primeira e eu ainda não fiz menção de pegá-las.

Arrastei a cadeira para trás e me levantei.

— O senhor não me deve nada — declarei. — Não sei quanto vale o meu tempo. Digamos que foi uma troca justa pelo café.

— Pega o dinheiro. Pelo amor de Deus, um táxi deve custar uns vinte e cinco dólares.

— Eu vim de metrô.

Ele me olhou, incrédulo.

— O senhor veio até aqui de metrô? O meu irmão não disse para pegar um táxi? Para que economizar trocados, principalmente quando eu estou pagando a conta?

— Guarda o seu dinheiro — falei. — Eu vim de metrô porque é mais simples e mais rápido. Como vou de um lugar para o outro é da minha conta, Sr. Khoury, e cuido dos meus assuntos como quero. O senhor não me diz como circular pela cidade e eu não digo ao senhor como vender crack para crianças, que tal?

— Meu Deus.

Então me dirigi a Pete.

— Sinto muito que a gente tenha desperdiçado o tempo um do outro. Obrigado por pensar em mim. — Ele me perguntou se eu queria uma carona de volta para a cidade ou ao menos até a estação do metrô. — Não. Acho que gostaria de caminhar um pouco por Bay Ridge. Não venho aqui há anos. Tive um caso que me trouxe a poucos quarteirões daqui, na Colonial Road, só que mais ao norte. Bem em frente ao parque. O parque Owl's Head, acho.

— Fica a oito, dez quarteirões daqui — comentou Kenan Khoury.

— Acho que sim. O cara que me contratou foi acusado de assassinar a esposa. O trabalho que fiz ajudou a retirar as queixas contra ele.

— E ele era inocente?

— Não, ele matou ela — respondi, lembrando a história toda. — Eu não sabia na época. Descobri depois.

— Quando não havia nada que pudesse fazer.

— Claro que havia — garanti. — Tommy Tillary era o nome dele. Esqueci o nome da esposa, mas a namorada era

Carolyn Cheatham. Quando ela morreu, Tillary acabou atrás das grades.

— Ele matou ela também?

— Não, ela se suicidou. Eu dei um jeito para que parecesse assassinato e para que ele pagasse pelo crime. Livrei o sujeito de uma coisa que não merecia se livrar, então parecia justo que envolvesse ele em outra.

— Qual foi a pena?

— A maior possível. Ele morreu na prisão. Esfaqueado. — Suspirei. — Pensei em passar em frente a casa e ver se isso despertava algumas memórias, mas elas parecem ter brotado por si próprias.

— E isso incomoda o senhor?

— Lembrar, o senhor quer dizer? Não exatamente. Posso pensar em muitas coisas que fiz que me incomodam mais. — Procurei em volta pelo casaco, então lembrei que não havia levado um. Era primavera, clima de jaqueta esportiva, apesar de a temperatura ficar na casa dos dez graus à noite.

Estava me dirigindo para a porta, mas fui detido por Kenan Khoury.

— Por favor, espera, Sr. Scudder.

Olhei para ele.

— Eu passei dos limites — disse ele. — Peço que me desculpe.

— Não precisa se desculpar.

— Preciso. Eu perdi a cabeça. Isso não foi nada. Hoje mais cedo quebrei um telefone; a linha estava ocupada e fiquei tão furioso que bati o fone na parede até soltar o reboco. — Ele balançou a cabeça. — Nunca fico assim. Estou sob muita pressão.

— Tem muita pressão por aí hoje em dia.

— É, acho que sim. Outro dia uns caras sequestraram a minha esposa, cortaram ela em pedaços, embrulharam em plástico e mandaram de volta para mim no porta-malas de um carro. Talvez seja o mesmo tipo de pressão experimentado por todo mundo. Simplesmente não sei.

— Vai com calma, querido... — recomendou Pete.

— Não, eu estou bem — falou Kenan. — Matt, senta um minuto. Me deixa contar a história toda, do começo ao fim; então você decide se quer ir embora ou não. Esquece o que eu disse antes. Não estou preocupado com quem você vai falar ou deixar de falar. Só não quero dizer isso em voz alta, porque faz com que pareça real. Mas já é real, não é?

Ele me colocou a par de tudo, dando os pormenores da história essencialmente como a contei antes. Incluí alguns detalhes com fatos que levantei durante a investigação, mas os irmãos Khoury já tinham reunido um bom volume de informações por conta própria. Na sexta-feira encontraram o Toyota Camry onde ela o havia estacionado na Atlantic, o que apontou para The Arabian Gourmet, enquanto as sacolas de compras no porta-malas revelaram que Francine tinha passado antes no D'Agostino's.

Quando ele terminou, recusei uma segunda xícara de café e aceitei um copo de água com gás.

— Tenho algumas perguntas — falei.

— Vai em frente.

— O que vocês fizeram com o corpo?

Os irmãos se entreolharam e Pete gesticulou para Kenan falar. Ele respirou fundo.

— Tenho um primo veterinário, ele tem uma clínica na... bem, não importa onde, é no velho bairro. Telefonei para ele e disse que precisava de acesso às instalações.

— Quando foi isso?

— Liguei para ele na tarde de sexta e, à noite, peguei as chaves e fui até lá. Ele tem uma unidade, acho que podemos chamar de forno, que usa para cremar os animais que coloca para dormir. Nós pegamos, é... nós pegamos...

— Vai com calma, querido.

Kenan fez que não, impaciente.

— Eu estou bem, só não sei como dizer. Como posso chamar? Nós pegamos os pedaços de... de Francine e cremamos ela.

— Vocês desembrulharam os...

— Não, para quê? A fita e o plástico queimaram com todo o resto.

— Mas você tem certeza de que era ela.

— Sim. Sim, a gente desembrulhou o bastante para... é... para ter certeza.

— Preciso perguntar tudo isso.

— Eu entendo.

— Isso quer dizer que não existe um corpo, estou certo?

Ele assentiu.

— Apenas cinzas. Cinzas e lascas de osso; se resume a isso. Você pensa em cremação e acha que vai acabar com nada além de pó de cinzas, como o que sai de uma fornalha, mas não é assim que funciona. Existe uma unidade auxiliar para pulverizar os fragmentos de ossos, de modo que os restos fiquem menos óbvios. — Ele levantou os olhos, buscando os meus. — Quando eu estava no ensino médio, trabalhava à tarde na clínica do Lou. Eu não ia mencionar o nome dele. Foda-se, que diferença pode fazer? Meu pai queria que eu fosse médico, achava que seria uma boa experiência. Não sei se foi ou não, mas conheço o lugar e os equipamentos.

— Seu primo sabe por que você precisava usar a clínica?

— As pessoas sabem o que querem saber. Ele com certeza não imaginou que eu ia até lá à noite para tomar uma vacina antirrábica. Passamos a noite na clínica. A unidade é feita para animais de estimação, então tivemos que fazer várias viagens e esperar que esfriasse entre as cargas. Meu Deus, falar nisso está me matando.

— Sinto muito.

— Não é culpa sua. Lou sabe que usei o forno? Acho que sabe. Ele conhece bem o meu ramo de negócios. Talvez pense que eu matei um rival e queria me livrar das provas. As pessoas vêm essas coisas na televisão e acham que é assim que o mundo funciona.

— E ele não se recusou?

— Ele é da família. Sabia que era urgente e que não era algo sobre o qu a gente devia conversar. E dei algum dinheiro para ele. Ele não queria, mas o cara tem dois filhos na faculdade, como podia recusar? Não foi muito.

— Quanto?

— Dois mil. Bem barato para um funeral, não é? Quero dizer, é possível gastar mais apenas num caixão. — Ele fez que não. — Coloquei as cinzas numa lata e guardei no cofre, no porão. Não sei o que fazer com elas. Não faço ideia do que Francine teria desejado. Nunca falamos sobre isso. Meu Deus, ela tinha 24 anos. Nove anos mais nova que eu, nove anos menos um mês. Casamos há dois anos.

— Filhos?

— Não. A gente ia esperar mais um ano e então... ah, meu Deus, isso é terrível. Você se incomoda se eu beber alguma coisa?

— Não.

— Petey diz a mesma coisa. Foda-se, não vou beber nada. Bebi uma dose na quinta à tarde depois de falar ao telefone com eles e não bebi nada desde então. Sinto vontade e coloco de lado. Sabe por quê?

— Por quê?

— Porque eu quero sentir isso. Você acha que fiz a coisa errada? Levar ela para a clínica do Lou, cremar. Acha que foi um erro?

— Acho que foi ilegal.

— É, bem, eu não estava preocupado com esse aspecto da situação.

— Sei que não. Você estava apenas tentando fazer o que era decente. Mas, no processo, destruiu evidências. Os corpos mantêm um grande número de informações para quem sabe o que procurar. Quando se reduz um corpo a cinzas e fragmentos de ossos, toda essa informação se perde.

— E faz diferença?

— Podia ajudar a saber como ela morreu.

— Eu não me importo agora. Tudo que quero saber é quem matou.

— Uma coisa pode levar à outra.

— Então você acha que eu fiz a coisa errada. Meu Deus, eu não podia ligar para a polícia, entregar a eles um saco cheio de corte de carne e dizer, "Ei, essa é a minha esposa, cuidem bem dela". Eu nunca ligo para a polícia, estou num negócio onde não se faz isso, mas, se tivesse aberto a mala do carro e ela estivesse inteira, morta mas intacta, talvez, talvez, eu tivesse ligado. Mas assim...

— Eu entendo.

— Mas acha que fiz a coisa errada.

— Você fez o que tinha que fazer — assegurou Peter. — Não é isso que todo mundo faz?

— Não sei sobre certo e errado — falei. — Eu, provavelmente, teria feito a mesma coisa se tivesse um primo com um crematório no quintal. Mas o que eu teria feito é irrelevante. Você fez o que fez. A questão é o que você faz a partir daqui.

— O quê?

— Essa é a questão.

Não era a única. Fiz muitas e muitas perguntas, a maioria mais de uma vez. Fui e voltei com os dois na história e fiz muitas anotações na minha caderneta. Começou a parecer que o corpo esquartejado de Francine Khoury era a única evidência tangível naquilo tudo e ele havia virado fumaça.

Quando finalmente fechei a caderneta, os irmãos Khoury ficaram na expectativa de que eu dissesse algo.

— De acordo com o que vocês me relataram, os sequestradores parecem bem seguros — comentei. — Planejaram a ação e agiram sem dar a vocês nenhuma pista de quem são. Se deixaram rastros em algum lugar, eles ainda não apareceram. É possível que alguém no supermercado ou no empório na Atlantic tenha reconhecido um deles ou anotado a placa do carro. Uma investigação intensiva para tentar encontrar essa testemunha é válida, mas meramente hipotética a essa altura. É provável que não haja testemunhas ou que o que viram não leve a lugar nenhum.

— Você está dizendo que não temos chances.

— Não. Não foi o que eu disse, de modo algum. O que estou dizendo é que a investigação deve fazer algo além de trabalhar com as pistas deixadas para trás. Um ponto de partida é o fato de que eles escaparam com quase meio milhão de dólares. Existem duas coisas que podem fazer e ambas podem colocar eles em evidência.

Kenan pensou a respeito.

— Gastar o dinheiro é uma — respondeu. — Qual é a outra?

— Falar a respeito. Criminosos falam o tempo todo, principalmente quando têm algo para se gabar. Às vezes falam com gente que venderia a informação sobre eles sorrindo. O truque é espalhar a informação para que essas pessoas saibam quem pagaria por isso.

— E você tem alguma ideia de como fazer isso?

— Tenho muitas ideias — admiti. — Mais cedo você quis saber até que ponto eu ainda sou um policial. Não sei, mas ainda abordo esse tipo de problema do jeito que fazia quando carregava um distintivo, que é virar ele de um lado para o outro até conseguir compreender de alguma forma. Num caso como esse, vejo várias linhas de investigação que podem ser seguidas imediatamente. Existe toda a chance do mundo de que nenhuma dê em lugar algum, mas ainda assim são abordagens que devem ser tentadas.

— Então você quer dar uma chance?

Olhei para minha caderneta.

— Bem, tenho dois problemas. Acho que mencionei o primeiro a Pete pelo telefone. Estou com uma viagem marcada para a Irlanda no fim de semana.

— A trabalho?

— Lazer. Acabei de acertar tudo hoje de manhã.

— Você poderia cancelar.

— Poderia.

— Se você perder dinheiro com o cancelamento, os honorários que vou pagar vão mais do que compensar. Qual é o outro problema?

— O outro é o que você vai fazer com o que eu descobrir.

— Bem, você sabe a resposta.

Assenti.

— Esse é o problema.

— Porque você não vai ser capaz de construir um caso contra eles, para que sejam julgados por sequestro e assassinato. Não existem provas de crime algum, apenas uma mulher desaparecida.

— Isso mesmo.

— Então você precisa saber o que eu quero, qual é o objetivo disso tudo. Quer que eu diga?

— Acho melhor.

— Quero aqueles filhos da puta mortos. Quero estar lá, quero fazer isso, quero ver eles morrerem. — Declarou isso com calma, impassível, num tom de voz sem nenhuma emoção. —

É isso o que eu quero. Nesse momento, quero tanto que não quero mais nada. Não consigo nem imaginar que um dia vá querer outra coisa. Era o que você suspeitava?

— Algo do tipo.

— Pessoas que fazem esse tipo de coisa, que pegam uma mulher inocente e reduzem ela a pedaços, você se importa com o que pode acontecer com elas?

Pensei a respeito, mas não por muito tempo.

— Não — respondi.

— A gente vai fazer o que precisa ser feito, eu e meu irmão. Você não precisa participar disso.

— Em outras palavras, vou apenas sentenciar eles à morte.

Khoury fez que não.

— Eles se sentenciaram. Com o que fizeram. Você só vai ajudar a colocar as cartas na mesa. O que me diz?

Hesitei.

— Você tem outro problema, não é? — perguntou Kenan. — A minha profissão.

— É um fator — concordei.

— Aquilo sobre vender crack para crianças. Eu não... é... não vendo em escolas.

— Não achei que vendesse.

— Propriamente falando, não sou um traficante. Sou o que chamam de distribuidor. Você entende a diferença?

— Claro — admiti. — Você é um peixe grande que consegue ficar fora das redes.

Ele riu.

— Não sei se sou exatamente grande. Em certos aspectos, os intermediários são os maiores, eles movimentam um volume maior. Eu negocio com peso, o que significa que importo produtos em grandes quantidades ou compro de quem importa e vendo para alguém que vende quantidades menores. Os meus clientes provavelmente movimentam mais dinheiro, porque compram e vendem o tempo todo, enquanto eu faço dois ou três negócios por ano.

— Mas se vira bem.

— Eu me viro. É perigoso, é preciso se preocupar com a lei e com gente disposta a passar a perna em você. Onde os riscos são altos, a recompensa geralmente acompanha. E o negócio está aí. As pessoas querem o produto.

— Por produto você quer dizer cocaína.

— Na verdade, não trabalho muito com coca. Concentro os meus negócios em heroína. Um pouco de haxixe, mas basicamente heroína nos dois últimos anos. Escuta, vou dizer de uma vez, não vou pedir desculpas por isso. As pessoas usam, ficam viciadas, roubam a bolsa da mãe, arrombam casas, têm overdose e morrem com uma agulha espetada no braço, compartilham seringas e contraem Aids. Conheço a história. Tem pessoas que fabricam armas, pessoas que destilam bebidas, pessoas que cultivam tabaco. Quantas pessoas morrem por ano por causa da bebida e do fumo comparado ao número das que morrem pelo uso de drogas?

— Álcool e tabaco são legalizados.

— Que diferença isso faz?

— Faz alguma diferença. Não sei ao certo quanta.

— Talvez. Não vejo nenhuma. Seja como for, o produto é sujo. Mata as pessoas ou é a substância que elas usam para matar a si mesmas ou umas às outras. Um ponto ao meu favor: eu não promovo o que vendo. Não tenho lobistas no Congresso, não contrato relações públicas para dizerem ao público que a merda que vendo é boa para ele. No dia que as pessoas deixarem de querer drogas, vou encontrar outra coisa para comprar e vender e não vou choramingar, tampouco procurar o governo em busca de subsídios federais.

— Ainda assim, você não vende pirulitos, querido — comentou Peter.

— Não, não. O produto é sujo. Nunca falei que não era. Mas faço o que faço de forma limpa. Não sacaneio as pessoas, não mato, negocio de forma justa e escolho bem os meus parceiros. É por isso que estou vivo, que não estou atrás das grades.

— Você já esteve?

— Não. Nunca fui preso. Então, se a sua questão comigo for uma consideração sobre como poderia soar o fato de estar trabalhando para um conhecido traficante de drogas...

— Não é uma consideração.

— Bem, do ponto de vista oficial, eu não sou um traficante conhecido. Não vou dizer que ninguém do Departamento de Narcóticos ou da DEA saiba quem eu sou, mas não tenho antecedentes criminais. Pelo que eu saiba, nunca fui alvo de uma investigação. A minha casa não tem escutas e o meu telefone não está grampeado. Eu saberia, como já expliquei.

— Sim.

— Espere aqui um minuto, quero mostrar uma coisa a você. — Ele foi até o cômodo ao lado e voltou com uma foto, um retrato colorido num porta-retratos prata. — É o nosso casamento. Há dois anos. Não dois anos exatamente, seriam dois anos em maio.

Ele estava de fraque e ela, toda de branco. Kenan tinha um sorriso enorme no rosto, enquanto Francine não sorria, como acho que mencionei antes. Mas estava radiante, e era nítido que transmitia felicidade.

Eu não sabia o que dizer.

— Não sei o que fizeram com ela — declarou Khoury. — Essa é uma das coisas que não vou me permitir pensar. Mas eles mataram e esquartejaram Francine, fizeram algum tipo de piada macabra por intermédio dela. Preciso fazer alguma coisa porque vou morrer se não fizer. Eu faria tudo sozinho se pudesse. Nós tentamos, inclusive, eu e Petey, mas não fazemos ideia de como, não temos o conhecimento, não sabemos as manhas. As perguntas que você fez antes, a abordagem que adotou, no mínimo me mostraram que essa é uma área que não sei como proceder. Então, quero a sua ajuda e posso pagar o que for preciso, dinheiro não é problema, tenho bastante e vou gastar o que for necessário. E, se você disser não, vou encontrar outra pessoa ou tentar fazer isso eu mesmo, porque o que mais posso fazer? — Ele se curvou sobre a mesa, tirou a fotografia das minhas mãos e olhou para ela. — Meu Deus, aquele foi um dia perfeito, assim como todos os dias desde então, até que tudo se transformou em merda. — Ele olhou para mim. — Sim, eu sou um distribuidor, um traficante de drogas, o que quiser chamar, e, sim, é a minha intenção matar esses filhos da puta. Está tudo sobre a mesa. O que me diz? Está dentro ou fora?

Meu melhor amigo, o homem com quem eu planejava me encontrar na Irlanda, era um criminoso. Reza a lenda que uma noite ele andou pelas ruas de Hell's Kitchen carregando uma bolsa de bola de boliche com a cabeça de um inimigo. Não posso jurar que isso tenha acontecido, porém, mais recentemente, estive ao lado dele num porão em Maspeth quando decepou a mão de um homem com um golpe de cutelo. Eu segurava uma arma naquela noite e a usei.

Então, em certos aspectos, eu ainda era um policial, e, em outros, havia passado por uma mudança considerável. Já engolira o camelo há muito tempo; por que filtrar o mosquito?

— Estou dentro.

3

Cheguei ao meu hotel pouco depois das nove. Tive uma longa sessão com Kenan Khoury, preenchendo páginas da minha caderneta com nomes de amigos, associados e parentes. Fui até a garagem inspecionar o Toyota Camry e encontrei o cassete de Beethoven ainda no toca-fitas. Se havia mais pistas no carro de Francine, eu não consegui enxergá-las.

O outro carro, o Tempo cinza usado para entregar o corpo esquartejado dela, não estava disponível para inspeção. Os sequestradores o haviam estacionado num local proibido, e, em algum momento durante a semana, um guincho do Departamento de Trânsito apareceu para levá-lo. Eu poderia ter tentado rastrear o carro, mas para quê? Certamente havia sido roubado para a ocasião e provavelmente fora abandonado antes disso, dadas as condições em que se encontrava. Uma equipe de peritos poderia encontrar algo no porta-malas ou no interior, manchas ou fibras ou marcas de algum tipo, o que poderia apontar uma linha de investigação proveitosa. Mas eu não possuía os recursos para esse tipo de inspeção. Atravessaria o Brooklyn para examinar um carro que não me diria absolutamente nada.

No Buick, nós três fizemos um caminho complicado, que passava pelo D'Agostino's e pelo empório árabe na Atlantic, então seguia ao sul até o primeiro telefone público na esquina da Ocean com a Farragut, e mais ao sul pela Flatbush e a leste na N até a segunda cabine na Veterans. Eu não precisava necessariamente ver esses lugares, não se reúne um volume tremendo de informação apenas olhando para um telefone público, mas eu sempre achava útil dedicar algum tempo à cena, caminhar pelas calçadas, subir as escadas e ver tudo com meus próprios olhos. Ajuda a tornar real.

Também me deu a chance de fazer com que os Khourys repassassem tudo outra vez. Numa investigação policial, as testemunhas quase sempre se queixam de precisar relatar a mesma história vezes a fio a uma série de pessoas. Isso parece não fazer sentido para elas, mas há um motivo. Se você conta a história diversas vezes, talvez surja alguma coisa que tenha deixado de fora ou talvez alguém escute algo que passou despercebido para os demais.

Em algum ponto da investigação, paramos no Apollo, um café na Flatbush. Todos pedimos o *souvlaki*. Estava bom, mas Kenan mal tocou a comida.

— Eu devia ter pedido ovos ou outra coisa — falou, quando já estávamos de volta ao carro. — Desde aquela noite o gosto de carne me dá enjoo. Não consigo comer, embrulha o meu estômago. Tenho certeza de que vai passar, mas por enquanto preciso lembrar de pedir outra coisa. Não faz sentido pedir uma coisa que você não consegue comer.

Peter me deixou em casa no Camry. Ele ficaria na Colonial Road. Estava lá desde o sequestro, dormindo no sofá da sala, e precisava passar no quarto para pegar algumas roupas.

Caso contrário, eu teria chamado um táxi. Fico à vontade no metrô, raramente me sinto inseguro, mas me parecia uma economia besta poupar na corrida do táxi com dez mil dólares no bolso. Eu teria me sentido um imbecil se topasse com um batedor de carteiras.

Aqueles eram os meus honorários, dois maços de cinquenta notas de cem presas com elástico, indistinguíveis dos oitenta maços pagos pelo resgate de Francine Khoury. Eu sempre tive trabalho para colocar um preço nos meus serviços, mas nesse caso fui poupado da decisão. Kenan largou dois maços na mesa e perguntou se era o suficiente para começar. Respondi que era mais que suficiente.

— Posso bancar — avisou ele. — Tenho bastante dinheiro. Eles não limparam os meus bolsos, não chegaram nem perto.

— Você poderia ter pagado um milhão?

— Não sem sair do país. Tenho uma conta nas ilhas Caimã, com meio milhão. Tinha pouco menos de setecentos mil no cofre. Na verdade, talvez eu pudesse ter levantado os outros trezentos aqui na cidade, se fizesse algumas ligações. Isso não sai da minha cabeça.

— O quê?

— Ah, um pensamento insano. Suponhamos que eu tivesse pagado um milhão. Eles entregariam ela viva? Suponhamos que eu não tivesse pressionado os caras pelo telefone, suponhamos que eu tivesse sido gentil, que tivesse puxado o saco deles.

— Eles teriam matado ela de qualquer forma.

— É o que digo a mim mesmo, mas como posso ter certeza? Não consigo deixar de me perguntar se havia alguma coisa que eu pudesse ter feito. Suponhamos que eu tivesse jogado duro até o fim, nenhum centavo a não ser que me dessem uma prova de que ela estava viva.

— Ela provavelmente já estava morta quando eles ligaram.

— Rezo para que você esteja certo — disse Kenan. — Mas não sei. Fico pensando que devia haver alguma forma de salvar Francine. Que a culpa foi minha.

Pegamos as vias expressas para retornar à Manhattan, a Shore Parkway e a Gowanus até o túnel. Não havia muito trânsito no horário, mas Pete ia devagar, raramente passando dos setenta por hora. Não falamos muito a princípio, e os momentos de silêncio tendiam a ser longos.

— Esses foram dois dias e tanto — comentou ele, por fim. Perguntei como estava segurando as pontas. — Ah, eu estou bem.

— Tem ido a reuniões?

— Vou com frequência. — Ele fez uma pausa antes de voltar a falar. — Não tive a chance de ir a uma reunião desde que essa merda começou. Você sabe, tenho estado muito ocupado.

— Você só pode ajudar seu irmão se estiver sóbrio.

— Eu sei disso.

— Há reuniões em Bay Ridge. Você não precisaria ir até a cidade.

— Eu sei. Ia a uma ontem à noite, mas acabei não indo. — Ele tamborilava os dedos no volante. — Achei que poderíamos chegar a tempo de ir à St. Paul's Chapel hoje à noite, mas não. Já vai ter passado muito das nove quando a gente chegar.

— Tem uma reunião às dez na Houston.

— Ah, eu não sabia — disse ele. — Até eu chegar no meu quarto, pegar o que preciso...

— Se perder a das dez tem outra à meia-noite. No mesmo lugar, na Houston, entre a Sexta Avenida e a Varick.

— Eu sei onde fica.

Algo no tom dele não convidava a mais sugestões.

— Sei que não devo deixar as reuniões de lado — declarou Peter após algum tempo. — Vou tentar ir na das dez. Já a de meia-noite, não sei. Não quero deixar Kenan sozinho por muito tempo.

— Talvez você encontre uma reunião no Brooklyn amanhã, durante o dia.

— Talvez.

— E quanto ao seu trabalho? Vai deixar de lado?

— Por enquanto, sim. Liguei na sexta e hoje dizendo que estava doente, mas, se acabarem me dispensando, não vai ser o fim do mundo. Não é difícil encontrar esse tipo de emprego.

— O que você faz mesmo? Mensageiro?

— Entregas, na verdade. Para uma *deli* na esquina da 57 com a Nona.

— Deve ser difícil ter um emprego como esse enquanto o seu irmão fatura alto.

Peter ficou em silêncio por um momento.

— Tenho que manter as coisas separadas, sabe? Kenan queria que eu trabalhasse para ele, com ele, como preferir. Eu não iria conseguir trabalhar nisso e me manter sóbrio. Não que você fique às voltas com drogas o tempo todo, porque não fica, não há tanto contato físico com o produto. É a atitude, o estado mental, entende o que quero dizer?

— Claro.

— Você estava certo no que disse sobre as reuniões. Tenho sentido vontade de beber desde que soube sobre Francey. Sobre o sequestro, quero dizer, antes de fazerem o que fizeram. Não cheguei perto nem nada, mas é difícil manter o pensamento longe. Eu forço e ele volta.

— Você tem mantido contato com seu padrinho?

— Eu não tenho um. Eles me deram um padrinho interino assim que fiquei sóbrio, e eu ligava para ele regularmente a princípio, mas meio que acabamos nos afastando. É difícil falar com ele pelo telefone, de qualquer forma. Eu devia encontrar um padrinho regular, mas, por algum motivo, nunca levei isso adiante.

— Um dia desses...

— Eu sei. Você tem um padrinho?

Fiz que sim.

— Nos encontramos ontem à noite. A gente costuma jantar aos domingos, para repassar a semana juntos.

— Ele dá conselhos para você?

— Às vezes — respondi. — E então eu faço o que eu quero.

Quando cheguei ao meu quarto de hotel, a primeira ligação que fiz foi para Jim Faber.

— Falei de você ainda há pouco — comentei. — Um cara me perguntou se o meu padrinho me dá conselhos, e eu disse que sempre faço exatamente o que você sugere.

— Que sorte Deus não ter feito você cair duro.

— Eu sei. Mas decidi não ir para a Irlanda.

— Ah, é? Você parecia determinado ontem à noite. Tudo mudou depois de uma noite de sono?

— Não — admiti. — Estava tudo igual, então, essa manhã, fui a uma agência de viagens e arrumei um assento barato num voo de sexta à noite.

— Ah, é?

— E essa tarde alguém me ofereceu um trabalho e eu disse sim. Quer passar três semanas na Irlanda? Não acho que eu vou conseguir o dinheiro de volta.

— Tem certeza? É uma pena jogar dinheiro fora.

— Bem, eles me disseram que não era reembolsável e já paguei. Mas tudo bem, vou ganhar o bastante no trabalho para poder abrir mão de algumas centenas de dólares. Mas quis informar a você que não estou a caminho da terra de Sodoma e Begorra.

— Você parecia estar forçando a barra para si mesmo — disse ele. — Por isso fiquei preocupado. Mas você é capaz de jogar conversa fora com o seu amigo no bar e continuar sóbrio...

— Ele bebe por nós dois.

— Bem, de um jeito ou de outro parece funcionar. Mas do outro lado do oceano, com o seu sistema de apoio a milhares de quilômetros de distância e com você inquieto assim...

— Eu sei. Mas pode relaxar agora.

— Mesmo que não possa receber o crédito.

— Ah, não sei. Talvez a sua mão esteja nisso. Deus age por meios misteriosos para realizar suas maravilhas.

— É — respondeu Jim. — Age mesmo, não é?

No fim das contas, Elaine achou péssimo eu não ir para a Irlanda.

— Imagino que não havia a possibilidade de adiar o trabalho — disse ela.

— Não.

— Ou de terminar até sexta.

— Eu mal vou ter começado na sexta.

— Que chato. Mas você não parece estar decepcionado.

— Acho que não estou. Pelo menos não liguei para Mick, então não preciso ligar de novo e dizer que mudei de ideia. Para dizer a verdade, estou satisfeito por ter conseguido esse trabalho.

— Algo para focar.

— Exatamente. É o que preciso de verdade, mais do que férias.

— E o caso é bom?

Eu ainda não tinha dito nada a respeito para Elaine.

— É um caso terrível.

— Ah, é?

— Meu Deus, as coisas que as pessoas fazem umas com as outras. Era de se esperar que eu fosse acabar me acostumando, mas não.

— Você quer falar sobre isso?

— Quando nos encontrarmos. Amanhã à noite está de pé?

— A não ser que o seu trabalho interfira.

— Não vejo por quê. Pego você por volta das sete. Se precisar me atrasar um pouco, eu ligo.

Tomei um banho quente e tive uma boa noite de sono. Na manhã seguinte fui ao banco e acrescentei setenta notas de cem à reserva no meu cofre. Depositei dois mil dólares na minha conta e guardei o resto no bolso.

Houve um tempo em que teria me apressado para doá-lo. Eu costumava passar muitas horas livres em igrejas vazias e pagava o dízimo religiosamente, por assim dizer, enfiando precisos dez por cento de tudo que ganhava na primeira caixa de esmolas que aparecesse pela frente. Esse curioso hábito foi embora com a sobriedade. Não sei por que deixei de fazê-lo, mas, por outro lado, também não sei por que comecei.

Eu poderia ter enfiado o bilhete da Aer Lingus na caixa de esmolas mais próxima, por todo o bem que conseguiria com isso. Passei na agência de viagens e confirmei o que já suspeitava, que o bilhete de fato não era reembolsável.

— Numa situação comum, eu diria para o senhor pedir a um médico que escrevesse uma carta atestando que precisou cancelar a viagem por motivo de saúde — disse o sujeito. — Só que isso não funcionaria nesse caso, já que não é com a empresa aérea que está tratando, mas com uma empresa que compra assentos das companhias aéreas no atacado e revende com grandes descontos. — Ele se ofereceu para revender o bilhete, então o deixei na agência e caminhei até o metrô.

Passei o dia no Brooklyn. Pegara uma fotografia de Francine Khoury antes de deixar a casa na Colonial Road e a mostrei para funcionários do D'Agostino's, na Quarta Avenida, e do The Arabian Gourmet, na Atlantic. Trabalhava com um rastro mais frio do que gostaria — já era terça e o sequestro tinha acontecido na quinta —, mas não havia nada que pudesse fazer a respeito disso agora. Teria sido bom se Pete houvesse me ligado na sexta, em vez de esperar o fim de semana passar, mas eles tinham outras coisas para lidar.

Além da foto, eu mostrava um cartão da Reliable com o meu nome. A investigação estava ligada a um prêmio de seguro, eu explicava. Um carro havia batido no carro da minha cliente e ido embora, e o processo seria acelerado se eu identificasse o outro motorista.

No D'Agostino's, falei com a operadora do caixa, que se lembrava de Francine como uma cliente recorrente que sempre pagava em dinheiro, uma característica memorável na nossa sociedade, mas padrão nos círculos de traficantes.

— E posso dizer mais uma coisa a respeito dela — alegou a mulher. — Aposto que cozinha bem. — Eu devo ter parecido surpreso. — Nada de comida pronta, congelada, nada disso. Sempre ingredientes frescos. Não são muitas jovens como ela que gostam de cozinhar. Mas você nunca vê refeições congeladas no carrinho dela.

O carregador também se lembrava de Francine e comentou que ela sempre dava dois dólares de gorjeta. Perguntei sobre uma van e ele falou de um furgão azul que estava estacionado em frente à loja e foi embora depois dela. O rapaz não notou o modelo ou a placa, mas tinha quase certeza da cor e acreditava que havia algo sobre assistência técnica de TV pintado na lateral.

Lembraram mais informações na Atlantic Avenue, porque havia mais detalhes a serem notados. A mulher do caixa reconheceu a foto imediatamente e foi capaz de me dizer com precisão o que Francine havia comprado — azeite, tahine, grão-de-bico e outros termos que não reconheci. Mas ela não tinha visto o sequestro, pois estava atendendo outra pessoa. Sabia que algo diferente havia acontecido, porque um cliente entrara com uma história sobre dois homens e uma mulher correndo da loja e entrando na traseira de um furgão. O sujeito havia pensado que tinham roubado o empório e estavam fugindo.

Consegui interrogar mais algumas pessoas antes do meio-dia, quando pensei em almoçar no restaurante ao lado. Em vez disso, me lembrei do conselho que havia sido tão rápido em dar a Peter Khoury. Eu não ia a uma reunião desde sábado; já era terça e eu passaria a noite com Elaine. Liguei para a central e soube que haveria uma reunião ao meio-dia e meia a dez minutos dali, em Brooklyn Heights. A oradora era uma senhorinha de aparência tão pudica e recatada como é possível ser e a história dela deixava claro que nem sempre fora assim. Ela havia sido uma sem-teto, dormia debaixo de marquises e nunca tomava banho ou trocava de roupa. Insistia em dizer o quanto era suja, como cheirava mal. Foi difícil associar a história à pessoa em frente à mesa.

Depois da reunião, voltei para a Atlantic e retomei de onde havia parado. Comprei um sanduíche e uma lata de refrigerante numa *deli* e interroguei o proprietário enquanto estava lá. Comi em pé do lado de fora, caminhei até uma banca de jornal na esquina e falei com o atendente e dois clientes. Entrei no Aleppo e falei com o caixa e dois garçons. Voltei ao Ayoub's — tinha passado a pensar no The Arabian Gourmet com esse nome, pois as pessoas com quem eu falava insistiam em chamá-lo assim. Dessa vez, a mulher lembrou o nome do cliente que acreditara que os homens do furgão azul haviam roubado o empório. Encontrei-o na lista telefônica, mas ninguém atendeu.

Abandonei a história da investigação de seguros ao chegar à Atlantic Avenue, visto que ela não batia com o que as pessoas viram. Por outro lado, não queria dar a impressão de que havia algo relacionado a sequestro e assassinato, pois alguém podia acreditar ser seu dever cívico falar com a polícia. A história que criei, que tendia a variar um pouco dependendo da audiência do momento, seguia basicamente as seguintes linhas:

Minha cliente tinha uma irmã que estava considerando um casamento arranjado com um estrangeiro interessado em ficar no país. O noivo em questão tinha uma namorada cuja família se opunha fortemente ao casamento. Dois homens, parentes da namorada, importunavam a minha cliente havia dias numa tentativa de conseguir seu apoio para impedir o casamento. Ela era solidária às intenções dos homens, mas não queria se envolver.

Ela estava sendo seguida ao chegar ao Ayoub's na quinta. Ao sair, colocaram-na na traseira do furgão sob um pretexto qualquer e rodaram a esmo, tentando convencê-la. Quando a deixaram sair, ela estava praticamente histérica e, ao se afastar, perdeu não apenas as compras (azeite, tahine e por aí vai) mas também a bolsa, onde guardava um bracelete valioso. Ela não sabia o nome dos homens ou como entrar em contato com eles, e...

Não acho que faça muito sentido, mas eu não estava tentando vender o piloto de uma série para um canal, usava a história apenas para dar a cidadãos razoavelmente íntegros a impressão de que era tanto seguro quanto nobre me ajudar. Recebi muitos conselhos desnecessários — na linha de "Esses casamentos não são uma coisa boa, ela devia dizer à irmã que não vale a pena", por exemplo. Mas também um bom volume de informações.

Dei o dia por encerrado um pouco depois das quatro e peguei um trem até a estação Columbus Circle, antecipando-me à hora do rush em poucos minutos. Havia correspondências para mim na recepção, a maioria lixo. Eu tinha comprado algo num catálogo certa vez e agora recebia dúzias deles todo mês. Moro num quarto pequeno e não teria espaço nem para os catálogos, quanto mais para os produtos que querem me vender.

Ao entrar, joguei tudo no lixo a não ser a conta de telefone e dois recados, ambos informando que "Ken Curry" havia ligado, primeiro às duas e meia e então às quinze para as quatro. Não retornei de imediato. Estava exausto.

O dia havia sugado minhas energias. Eu não fizera grande coisa fisicamente, não tinha passado oito horas carregando sacos de cimento, mas todas aquelas conversas com todas aquelas pessoas cobraram seu preço. É preciso se concentrar bastante, e o processo é ainda mais exigente quando se usa uma história inventada. A não ser para mentirosos patológicos, a ficção é mais árdua que a verdade; esse é o princípio no qual se baseia o detector de mentiras, e a minha experiência tende a confirmar isso. Um dia inteiro mentindo e atuando é de derrubar qualquer um, principalmente se você passa a maior parte do tempo de pé.

Tomei banho e fiz a barba, então liguei a TV no noticiário e escutei por quinze minutos com os pés para cima e os olhos fechados. Por volta das cinco e meia, liguei para Kenan Khoury e disse que tinha feito algum progresso, apesar de não ter nada específico para relatar. Ele queria saber se havia algo que pudesse fazer.

— Ainda não — falei. — Vou voltar à Atlantic amanhã para ver se consigo preencher mais algumas lacunas. Quando terminar, passo na sua casa. Você vai estar lá?

— Claro — respondeu Kenan. — Não tenho para onde ir.

Ajustei o alarme e voltei a fechar os olhos. O relógio me arrancou de um sonho às seis e meia. Vesti terno e gravata e fui para a casa de Elaine. Ela bebeu água Perrier e me serviu café. Então pegamos um táxi até a Asia Society, onde recentemente havia inaugurado uma exposição sobre o Taj Mahal que a interessava pela relação com o curso na Hunter. Depois de caminharmos pelas três salas da exposição, seguimos a multidão até outro cômodo, onde nos sentamos em cadeiras dobráveis e escutamos uma apresentação solo de cítara. Não faço a menor ideia se o sujeito era bom ou não. Não sei como seria possível avaliar ou como o próprio solista saberia se o instrumento estava desafinado.

Em seguida, houve uma recepção com queijos e vinhos.

— Não precisamos demorar — sussurrou Elaine.

Após alguns minutos de sorrisos e murmúrios estávamos na rua.

— Você amou cada minuto — declarou ela.

— Foi interessante.

— Ah, meu Deus. As coisas que um homem aguenta na esperança de transar.

— Vamos — falei —, não foi tão ruim. É a mesma música que tocam nos restaurantes indianos.

— Mas lá você não precisa escutar.

— E quem escuta?

Fomos a um restaurante italiano. Enquanto tomávamos café falei sobre Kenan Khoury e o que havia acontecido com sua esposa. Quando terminei, Elaine ficou em silêncio por algum tempo, olhando para a toalha da mesa como se houvesse algo escrito ali. Depois ergueu os olhos lentamente, buscando os meus. Ela é uma mulher independente, segura de si, mas naquele momento, e de forma tocante, pareceu vulnerável.

— Meu Deus do céu.

— As coisas que as pessoas fazem.

— Simplesmente não tem fim, tem? Não tem fundo. — Ela bebeu um gole de água. — A crueldade, o sadismo absoluto. Por que alguém... Bem, para que perguntar por quê?

— Acho que só pode ser por prazer — sugeri. — Deve ter excitado eles; não apenas matar, mas esfregar no nariz dele, fazer de bobo, dizer que a esposa estaria no carro, que estaria em casa quando ele chegasse e então, finalmente, fazer com que a encontrasse em pedaços na mala do Ford. Não precisariam ser sádicos para matar a mulher. Poderiam ver isso como uma forma mais segura do que deixar uma testemunha que os identificaria. Mas não havia nenhuma vantagem prática em torcer a faca como fizeram. Eles tiveram bastante trabalho para desmembrar o corpo. Desculpe, é um ótimo assunto para a mesa, não é?

— Isso não é nada comparado com a sua eficácia com preliminares.

— Deixa a gente no clima, hein?

— Nada como uma história dessas para fazer o sangue correr mais rápido. Não, sério, eu não me incomodo. Quero dizer, me incomodo, é claro que me incomodo, mas não fiquei chocada. É nojento cortar alguém em pedaços, mas isso é na verdade apenas a ponta do iceberg, não é? O verdadeiro choque é que exista esse tipo de mal no mundo e que ele surja do nada e acabe com você por um motivo qualquer. Isso é que é terrível. É tão ruim de estômago cheio quanto de estômago vazio.

Voltamos ao apartamento e Elaine colocou um disco de solos para piano de Cedar Walton que ambos gostávamos e ficamos juntos no sofá, sem falar muito. Quando o disco terminou, ela virou o lado e, na metade do lado B, fomos para a cama e fizemos amor com uma intensidade curiosa. Depois, nenhum de nós falou por um longo tempo até que ela rompeu o silêncio:

— Vou te contar, moço, se continuarmos assim um dia vamos ficar bons.

— Você acha mesmo?

— Não me surpreenderia. Matt? Durma aqui hoje.

Eu a beijei.

— Estava nos meus planos.

— Hummm. Bom plano. Não quero ficar sozinha.

Nem eu.

4

Fiquei para o café da manhã e já eram quase onze horas quando cheguei à Atlantic Avenue. Passei cinco horas por lá, a maior parte do tempo na rua e em lojas, mas também numa biblioteca pública e ao telefone. Pouco depois das quatro, caminhei dois quarteirões e peguei um ônibus para Bay Ridge.

Quando o vira pela última vez, Kenan Khoury estava com as roupas amarfanhadas e a barba por fazer; porém, agora, estava calmo e arrumado, com calças de gabardina cinza e uma camisa xadrez discreta. Acompanhei-o até a cozinha e ele me disse que o irmão fora trabalhar em Manhattan naquela manhã.

— Petey disse que ficaria aqui, que não se incomoda com o trabalho, mas quantas vezes vamos ter a mesma conversa? Convenci ele a levar o Toyota, para ter como ir e voltar. E quanto a você, Matt? Está chegando a algum lugar?

— Dois homens por volta da minha altura raptaram a sua esposa na rua em frente ao The Arabian Gourmet e colocaram ela na traseira de um furgão azul-escuro — relatei. — Um furgão parecido, provavelmente o mesmo, estava seguindo Francine quando ela saiu do D'Agostino's. O veículo tinha letras nas portas de trás, brancas, de acordo com uma das testemunhas. Venda e Assistência Técnica de TVs, com o nome da empresa formado por iniciais indeterminadas. B & L, H & M, pessoas diferentes viram coisas diferentes. Duas se lembraram de um endereço no Queens e uma falou que sem dúvida era em Long Island.

— Essa empresa existe?

— A descrição é muito vaga, de modo que dez ou mais empresas se encaixariam no relato. Duas iniciais, assistência técnica de TVs, um endereço no Queens. Liguei para seis ou sete empresas e não encontrei nenhuma que tenha furgões azul-escuros ou um veículo roubado recentemente. E não esperava encontrar.

— Por que não?

— Não acho que o furgão tenha sido roubado. A minha aposta é que eles vigiaram sua casa na manhã de quinta, esperando que sua esposa saísse sozinha. Quando saiu, seguiram ela. É provável que não tenha sido a primeira vez que seguiram Francine à espera de uma oportunidade. Eles não iam roubar um furgão toda vez e rodar o dia inteiro num veículo que entraria a qualquer momento na lista da polícia.

— Você acha que o furgão é deles?

— É o mais provável. Acho que pintaram o nome e o endereço de uma empresa fictícia nas portas e, assim que realizaram o sequestro, substituíram o nome por outro. Eu não me surpreenderia se a essa altura o veículo todo já estiver pintado de outra cor.

— E quanto à placa?

— Provavelmente foi trocada para a ocasião, mas não faz diferença, já que ninguém anotou. Uma testemunha acreditava que os três haviam roubado o empório, que eram ladrões, e tudo que queria era entrar na loja para ver se todo mundo estava bem. Outro homem achou que algo estranho estava acontecendo e não anotou a placa, tudo que lembra era que tinha um nove.

— Isso ajuda.

— Bastante. Os homens estavam vestidos do mesmo jeito, com calça e camisa de trabalho escura e jaqueta da mesma cor. Parecia um uniforme e, com o veículo comercial que dirigiam, tinham aparência legítima. Aprendi há alguns anos que você pode entrar em praticamente qualquer lugar se estiver carregando uma prancheta, já que parece que está fazendo o seu trabalho. Eles tinham pensado nisso. Duas pessoas disseram que acreditaram se tratar de agentes da imigração disfarçados pegando uma imigrante ilegal. Esse foi um dos motivos para que ninguém interferisse; o outro foi o fato de que estava tudo acabado antes que alguém tivesse tempo de reagir.

— Esperto — comentou Kenan.

— O uniforme também teve outro efeito. Fez com que se tornassem invisíveis, porque tudo que as pessoas viram foram as roupas, e tudo que lembram é que os dois eram parecidos. Mencionei que também usavam boné? As testemunhas descreveram bonés e jaquetas, coisas que vestiram para a ação e que se livraram depois.

— Então, de fato, não temos nada.

— Isso não é verdade. Não temos nada que nos leve a eles, mas temos alguma coisa. A gente sabe o que fizeram e como. Que são inteligentes, que planejaram a ação. Como acha que eles escolheram você?

Kenan deu de ombros.

— Eles sabem que eu sou traficante — respondeu. — Isso foi mencionado. Torna você um bom alvo. Sabem que você tem dinheiro e que não vai chamar a polícia.

— O que mais eles sabiam a seu respeito?

— A origem da minha família. Um dos caras, o primeiro, me chamou de coisas ofensivas.

— Acho que você mencionou.

— Árabe de merda. Simpático, não? Árabe de merda... Ele deixou de fora jóquei de camelo, que eu costumava ouvir dos garotos italianos na St. Ignatius. "Ei, Khoury, seu jóquei de camelo de merda!" O único camelo que vi na vida foi no maço de cigarro.

— Você acha que o fato de ser árabe tornou você um alvo?

— Isso nunca me ocorreu. Existe muito preconceito, sem dúvida, mas não costumo ter consciência disso. Eu comentei que a família de Francine é palestina?

— Sim.

— Para eles é mais difícil. Conheço palestinos que dizem ser libaneses ou sírios apenas para evitar inconvenientes. "Ah, você é palestino, deve ser terrorista." Esse tipo de comentário ignorante, e tem pessoas com preconceito contra árabes como um todo. — Ele revirou os olhos. — Meu pai, por exemplo.

— Seu pai?

— Eu não diria que ele era antiárabe, mas tinha uma teoria complexa de que a gente não é árabe. A nossa família é cristã, entende?

— Estava me perguntando o que você fazia na St. Ignatius.

— Eu me perguntei a mesma coisa muitas vezes. Não, somos cristãos maronitas e, de acordo com meu velho, somos fenícios. Já ouviu falar dos fenícios?

— Tempos bíblicos, certo? Comerciantes e exploradores, algo assim?

— Eles mesmos. Grandes navegadores, contornaram a África, colonizaram a Espanha e provavelmente chegaram à Inglaterra. Fundaram Cartago, no norte da África, e muitas moedas cartaginenses foram encontradas na Inglaterra. Eles foram o primeiro povo a descobrir Polaris, ou estrela Polar, quero dizer, o fato de ser fixa e poder ser usada na navegação. Desenvolveram um alfabeto que serviu como base para o alfabeto grego. — Ele parou, ligeiramente encabulado. — Meu pai falava neles o tempo todo. Acho que algumas coisas ficaram.

— Parece que sim.

— Ele não era obcecado pelo assunto, mas sabia muito a respeito. É daí que vem o meu nome. Os fenícios chamavam a si mesmos de kena'ani ou canaanitas. O meu nome deve ser pronunciado como Ke-*nan*, mas todo mundo diz *Ke*-nan.

— Ou "Ken Curry", como dizia a mensagem que recebi ontem.

— É, isso é típico. Peço coisas pelo telefone e elas chegam endereçadas a Keane & Curry, o que soa como uma dupla de advogados irlandeses. Enfim, de acordo com meu pai, os fenícios eram um povo distinto dos árabes. Eles eram os canaanitas, já eram um povo nos tempos de Abraão, enquanto os árabes descendem de Abraão.

— Eu achava que os judeus é que fossem descendentes de Abraão.

— Isso, através de Isaac, que era o filho legítimo de Abraão e Sara. Os árabes eram os filhos de Ismael, filho de Abraão com Agar. Meu Deus, faz muito tempo que não penso nisso. Quando era criança, meu pai tinha uma birra com o dono de uma mercearia na Dean Street. Ele costumava se referir ao sujeito como "aquele maldito ismaelita". Meu Deus, que figura ele era.

— Ele ainda está vivo?

— Não, morreu há três anos. Era diabético e, com os anos, isso enfraqueceu o coração. Quando estou para baixo digo a mim mesmo que ele morreu de coração partido pelo que os filhos se tornaram. Ele esperava um arquiteto e um médico e, em vez disso, recebeu um bebum e um traficante. Mas não foi isso que matou meu pai. Foi a alimentação. Ele era diabético e estava mais de vinte quilos acima do peso. Eu e Petey podíamos ter nos tornado Jonas Salk e Frank Lloyd Wright e isso não mudaria nada.

Por volta das seis, Kenan fez o primeiro de uma série de telefonemas depois que nós dois trabalhamos numa abordagem. Ele discou um número, esperou que tocasse, então discou o próprio número e desligou.

— Agora a gente espera — avisou, mas não precisamos esperar muito. Em menos de cinco minutos o telefone tocou.

— Ei, Phil, como vão as coisas? Ótimo. O negócio é o seguinte. Não sei se você conheceu minha esposa. O que acontece é que recebemos uma ameaça de sequestro e eu tive que mandar ela para fora do país. Não sei do que se trata, mas acho que tem a ver com o negócio, entendeu? Então arrumei um cara para dar uma olhada nisso para mim, um profissional. E quero, você sabe, alertar o pessoal, porque acho que esses caras não estão para brincadeira e sinto que são assassinos frios. Isso. Isso mesmo, cara, a gente é alvo fácil, tem bastante dinheiro vivo e não pode pedir ajuda à polícia, e isso faz da gente o alvo perfeito para invasões a domicílio e todo o resto... Isso. O que estou dizendo é para você tomar cuidado, para ficar de olhos e ouvidos abertos. E espalhe a novidade, você sabe, para qualquer um que quiser escutar. E se acontecer qualquer merda, me liga, cara, entendeu? Isso.

Ele desligou e se virou para mim.

— Não sei — disse Kenan. — Acho que tudo que consegui foi convencer ele de que estou ficando paranoico depois de velho. "Para que você mandou ela para o exterior, cara? Por que não compra um cachorro, contrata um guarda-costas?" Porque ela está morta, seu imbecil. Mas não podia dizer isso para ele. Se isso se espalhar, vou acabar tendo problemas. Merda.

— Qual é o problema?

— O que eu digo para a família da Francine? Toda vez que o telefone toca fico com medo de que seja uma das primas dela. Os pais são separados. A mãe se mudou para a Jordânia, mas o pai ainda mora na velha vizinhança e ela tem parentes por todo o Brooklyn. O que eu digo para eles?

— Não sei.

— Vou precisar contar a verdade mais cedo ou mais tarde. Por enquanto, vou dizer que ela está num cruzeiro, algo assim. Sabe o que vão pensar?

— Que vocês dois não estão bem.

— Isso mesmo. A gente acabou de voltar de Negril; por que ela iria sair num cruzeiro? Os Khourys devem estar com problemas. Bem, podem pensar o que quiserem. A verdade é que nunca dissemos uma palavra atravessada um para o outro, nunca tivemos um dia ruim. Meu Deus. — Ele pegou o telefone, discou um número, discou o próprio número. Desligou e tamborilou os dedos na mesa, impaciente, até que o telefone tocou.

— E aí, cara, tudo certo? Sério? Não brinca. Escuta, é o seguinte...

5

Fui à reunião das oito e meia da noite na St. Paul's Chapel. No caminho, passou pela minha cabeça que eu poderia encontrar Peter Khoury por lá, mas ele não apareceu. Ao final, ajudei a dobrar as cadeiras, e me juntei a um grupo que foi tomar café no Flame. Não me demorei, pois às onze estava no Poogan's Pub, na 72 Oeste, um dos dois lugares onde Danny Boy Bell costumava estar entre as nove da noite e as quatro da manhã. Durante o resto do tempo não dava para contar com a possibilidade de encontrá-lo em qualquer lugar.

O outro lugar era um clube de jazz chamado Mother Goose, na Amsterdam. O Poogan's ficava mais perto, então foi a primeira tentativa. Danny Boy estava à mesa habitual, nos fundos, conversava com um negro de queixo pontudo e nariz amassado. O sujeito usava óculos escuros com lentes espelhadas e um terno azul-bebê com mais volume nos ombros do que Deus ou qualquer Gold's Gym poderia proporcionar. Na cabeça, tinha um chapéu de palha pequeno enfeitado com uma faixa rosa-flamingo.

Pedi uma Coca no bar e esperei o sujeito concluir os negócios com Danny Boy. Cerca de cinco minutos depois, ele se levantou, deu um tapinha no ombro de Danny Boy, soltou uma risada retumbante e ganhou a rua. Virei para pegar o troco no bar e, quando me voltei, o lugar já havia sido ocupado por um homem branco, calvo, com um bigode espesso e uma barriga forçando a camisa. Não reconheci o primeiro sujeito, a não ser genericamente, mas conhecia esse cara. O nome era Selig Wolf, tinha dois estacionamentos e recebia apostas para eventos esportivos. Eu o prendera eras atrás por uma acusação de lesão corporal, mas a vítima havia decidido retirar a queixa.

Quando Wolf saiu, levei minha segunda Coca comigo e me sentei.

— Noite animada — comentei.

— Eu sei — concordou Danny Boy. — Pega um número e espera, isso aqui está parecendo o Zabar's. É bom ver você, Matthew. Eu te vi antes, mas precisei sofrer com o Wolf. Você deve conhecer Selig.

— Claro, mas não conheço o outro cara. Ele é diretor de arrecadação do United Negro College Fund ou o quê?

— A mente é algo terrível de se perder — comentou Danny Boy solenemente. — E pensar que você desperdiçaria a sua julgando pelas aparências. O cavalheiro vestia um clássico, Matthew, conhecido como terno *zoot*. Aquele era um terno *zoot*, como você bem sabe, com paletó comprido e calças com pregas. O meu pai tinha um no armário, lembrança da sua juventude reluzente. De vez em quando, ele pegava o terno e ameaçava usar, e a minha mãe revirava os olhos.

— Bom para ela.

— O nome dele é Nicholson James — continuou Danny Boy. — Deveria ter sido James Nicholson, mas os nomes foram invertidos em alguns documentos oficiais e ele decidiu que assim tem mais estilo. Dá para dizer que combina com a moda retrô que ele segue. O Sr. James é cafetão.

— Não me diga. Eu nunca teria adivinhado.

Danny Boy se serviu de um pouco de vodca. A moda que ele seguia era a elegância discreta: terno escuro sob medida, gravata e um colete preto e vermelho com padronagem ousada.

É um afro-americano albino muito baixo e franzino — seria estranho chamá-lo de negro, visto que é tudo menos isso. Ele passa a noite em bares e é chegado a luzes brandas e pouco barulho. É rigoroso como o Drácula a não se aventurar à luz do dia e raramente atende o telefone ou a porta durante essas horas. Toda noite, entretanto, está no Poogan's ou no Mother Goose ouvindo as pessoas e dizendo-lhes coisas.

— Elaine não está com você.

— Hoje à noite não.

— Mande lembranças.

— Mandarei — respondi. — Tenho uma coisa para você, Danny Boy.

— É?

Coloquei duas notas de cem na palma da sua mão. Ele olhou para o dinheiro sem demonstrar nada, então olhou para mim com as sobrancelhas arqueadas.

— Tenho um cliente abastado — expliquei. — Ele quer que eu ande de táxi.

— Você quer que eu chame um?

— Não, mas pensei em espalhar um pouco da grana dele por aí. Tudo que você precisa fazer é espalhar uma história.

— E que história é essa?

Contei a história oficial em linhas gerais sem mencionar o nome de Kenan Khoury. Danny Boy escutou, franzindo a testa de vez em quando, concentrado. Quando terminei, pegou um cigarro, olhou para ele por um instante e o colocou de volta no maço.

— Uma questão vem à tona — falou.

— Manda.

— A esposa do seu cliente está fora do país, presumivelmente a salvo daqueles que querem fazer mal a ela. Então ele supõe que vão dirigir as atenções para outra pessoa.

— Isso.

— Bem, e por que ele deveria se importar? Adoro a ideia de traficantes com consciência social, como aqueles produtores de maconha do Oregon que fazem grandes doações anônimas para a Earth First e ecoterroristas. Quando criança, eu adorava Robin Hood, diga-se de passagem. Mas que diferença faz para o sujeito se os malfeitores sequestrarem a queridinha de outra pessoa? Eles recebem o resgate e isso apenas deixa um concorrente com problemas de fluxo de caixa. Ou cometem um erro e é o fim da linha para eles. Contanto que a esposa do seu cliente esteja fora da jogada...

— Meu Deus, a história era ótima até eu contar para você, Danny Boy.

— Sinto muito.

— A esposa dele não saiu do país. Eles sequestraram ela e a mataram.

— Ele tentou jogar duro? Não quis pagar o resgate?

— Ele pagou quatrocentos mil. E os caras mataram a esposa de qualquer forma. — Danny Boy arregalou os olhos. — E isso fica entre nós — acrescentei. — A morte dela não foi informada à polícia, então essa parte não deve ir para as ruas.

— Entendo. Bem, isso deixa a motivação dele mais fácil de entender. Ele quer se vingar. Alguma ideia de quem são os homens?

— Não.

— Mas você acha que vão voltar a agir.

— Quem sai da mesa quando está numa maré de sorte?

— Ninguém. — Danny Boy serviu mais vodca. Nos seus refúgios habituais, trazem a garrafa para ele num balde com gelo. Danny Boy bebe grandes quantidades sem dar muita importância, como se fosse água. Não sei para onde aquilo vai ou como o corpo dele processa.

— Quantos eles são?

— No mínimo três.

— Para dividir quarenta por cento de um milhão. Eles devem estar pegando muitos táxis, você não acha?

— Cheguei à mesma conclusão.

— Então, se alguém estiver esbanjando dinheiro por aí, isso pode ser uma informação útil.

— Pode.

— E os traficantes, especialmente os figurões, devem saber que correm o risco de serem sequestrados. Dá muito bem para pegar o traficante, você não acha? Não precisa ser uma mulher.

— Não tenho tanta certeza disso.

— Por quê?

— Acho que eles gostaram de matar. Acho que excita eles. Acredito que ela foi abusada sexualmente e torturada, então, quando a novidade acabou, mataram.

— O corpo tinha sinais de tortura?

— O corpo foi devolvido em vinte ou trinta pedaços, embrulhados individualmente. E isso também não é para a rua. Eu não planejava mencionar.

— Agora, preferia que não tivesse, para dizer a verdade. Matthew, é imaginação minha ou o mundo está ficando mais desagradável?

— Não me parece estar ficando mais agradável.

— Não parece, não é? Lembra da Convergência Harmônica, todos os planetas se alinhando como soldados? Aquilo não deveria ser o prenúncio para o despertar de algum tipo de Nova Era?

— Vou esperar sentado.

— Bem, dizem que é sempre mais escuro antes do amanhecer. Mas entendo o que você quer dizer. Se matar é parte da diversão e se eles sentem prazer com estupro e tortura, bem, não vão pegar um traficante medonho com barriga de cerveja e barba por fazer. Esses caras não são nada gays.

— Não.

Danny Boy pensou por alguns instantes.

— Eles vão fazer outra vez — disse por fim. — Não se pode esperar que se aposentem depois de uma cartada como essa. Mas eu me pergunto...

— Se já fizeram isso antes? Estou me perguntando a mesma coisa.

— E aí?

— Eles foram bem eficientes — respondi. — Suspeito que tenham alguma prática.

Assim que terminei o café da manhã no dia seguinte caminhei até a delegacia de Midtown North na 54 Oeste. Encontrei Joe Durkin sentado à sua mesa e ele me pegou desprevenido ao elogiar minha aparência.

— Você tem se vestido melhor ultimamente. Acho que é coisa daquela mulher. Elaine, certo?

— Isso.

— Bem, acho que ela é uma boa influência.

— Tenho certeza que sim — admiti —, mas do que diabos você está falando?

— Esse paletó é bonito, só isso.

— Esse blazer? Deve ter uns dez anos.

— Bem, você nunca veste ele.

— Eu uso isso o tempo todo.

— Talvez seja a gravata.

— O que tem de tão especial nessa gravata?

— Jesus! — exclamou ele. — Alguém já disse que você é um cara difícil pra cacete? Eu comento que você está bem e, quando menos espero, estou na porra do banco de testemunhas. O que me diz da gente recomeçar? "Oi, Matt, bom te ver. Você está uma merda. Sente-se." Melhorou?

— Muito.

— Que bom. Senta. O que traz você aqui?

— Senti vontade de cometer um crime.

— Sei como é. É difícil haver um dia que eu não sinta a mesma coisa. Tem algum crime em especial em mente?

— Estava pensando num delito classe D.

— Bem, são muitos. Posse de dispositivos de falsificação é um delito classe D e você, provavelmente, está cometendo um nesse exato momento. Tem uma caneta no bolso?

— Duas canetas e um lápis.

— Nossa, acho que é melhor ler os seus direitos e levar você para o fichamento. Mas não acho que seja esse delito classe D que tem em mente.

Fiz que não.

— Estava pensando em violar a Seção duzentos ponto zero zero do Código Penal.

— Duzentos ponto zero zero. Você vai me fazer procurar, não vai?

— Por que não?

Ele me olhou atravessado, pegou uma pasta preta e passou a folheá-la.

— É um número familiar — começou. — Ah, certo, aqui. "Duzentos ponto zero zero. Suborno em terceiro grau. Uma pessoa é culpada de suborno em terceiro grau quando confere, oferece ou concorda em conferir qualquer vantagem a um servidor público sob acordo ou compreensão de que voto, opinião, julgamento, ação, decisão ou exercício de função do respectivo servidor público seja desta forma influenciada. Suborno em terceiro grau é um delito classe D." — Ele continuou a ler em silêncio por um momento, então disse: — Você tem certeza de que não prefere violar a Seção duzentos ponto zero três?

— Que seria...?

— Suborno em segundo grau. É o mesmo, só que é um delito classe C. Para ser qualificado como suborno em segundo grau, a vantagem que se confere, oferece ou concorda em conferir, meu Deus, você não adora a forma como eles escrevem essas coisas?, a vantagem deve ser superior a dez mil dólares.

— Ah — falei. — Acho que classe D é o meu limite.

— Temia por isso. Posso perguntar uma coisa? Antes que cometa o seu delito classe D? Há quantos anos você saiu da corporação?

— Faz algum tempo.

— Então, como lembrou a classe do delito, para não falar no número do artigo?

— Eu tenho uma memória e tanto.

— Conversa. Eles renumeraram as seções com os anos, acabaram mudando metade do livro. Só quero saber como você fez.

— Quer saber mesmo?

— Sim.

— Olhei no livro de Andreotti quando estava vindo para cá.

— Só para me sacanear.

— Só para te deixar afiado.

— Apenas pensando no melhor para mim.

— Com certeza. — Eu havia separado uma nota no bolso do paletó antes e agora a coloquei na palma da mão e a enfiei no bolso onde ele guarda os cigarros, a não ser nos intervalos, quando jura que vai parar e fumar o dos outros. — Compre um terno.

Estávamos sozinhos na sala, então Durkin pegou a nota e a examinou.

— Vamos precisar atualizar a terminologia. Um chapéu é vinte e cinco dólares, um terno, cem. Não sei quanto um bom chapéu custa hoje em dia, não me lembro da última vez que comprei um. Mas não sei onde você arranjaria um terno por menos de cem, a não ser num brechó. "Aqui estão cem dólares, leve a sua esposa para jantar." Para que isso, afinal?

— Preciso de um favor.

— Ah.

— Li a respeito de um caso — expliquei. — Deve ter sido há uns seis meses, mas pode ter sido um ano. Dois caras agarraram uma mulher na rua e sumiram com ela num furgão. Ela apareceu num parque alguns dias depois.

— Morta, presumo.

— Morta.

— "A polícia suspeita de assassinato." Não posso dizer que soe familiar. Não foi um dos seus casos, foi?

— Nem ao menos aconteceu em Manhattan. Se não me engano, ela foi encontrada num campo de golfe no Queens, mas pode muito bem ter sido em algum lugar no Brooklyn. Não prestei muita atenção na época, foi só uma matéria que li bebendo a segunda xícara de café.

— E o que você quer agora?

— Quero refrescar a memória.

Ele me encarou.

— Você está ficando bem generoso com a sua grana, não? Por que fazer uma doação para o meu guarda-roupa quando pode ir à biblioteca e pesquisar os arquivos do *Times*?

— Pesquisar o quê? Não sei onde nem quando aconteceu ou nenhum dos nomes. Eu precisaria vasculhar todas as edições do último ano, e nem ao menos sei em que jornal li a matéria. O caso pode não ter chegado ao *Times*.

— Seria mais fácil se eu fizesse algumas ligações.

— Era o que eu estava pensando.

— Por que você não vai dar uma volta? Beba um café. Arrume uma mesa naquele estabelecimento grego na Oitava Avenida, eu provavelmente vou aparecer por lá daqui a uma hora para tomar café e comer um wienerbrød.

Quarenta minutos depois, ele sentou à minha mesa no café da esquina da Oitava com a 53.

— Um pouco mais de um ano — relatou. — O nome da mulher era Marie Gotteskind. O que isso quer dizer, parece "*God is kind*"?

— Acho que é "filha de Deus".

— Isso é melhor, porque Deus não foi bom com Marie. A queixa diz que ela foi sequestrada à plena luz do dia enquanto fazia compras na Jamaica Avenue, em Woodhaven. Dois homens levaram ela num furgão e, três dias depois, dois rapazes que atravessavam a pé o campo de golfe Forest Park toparam com o corpo. Agressão sexual, múltiplas facadas. A 104ª pegou o caso e despachou para a 112ª quando ela foi identificada, porque era lá que o crime tinha acontecido.

— Eles chegaram a algum lugar?

Durkin fez que não.

— Mas o cara com quem falei lembrava bem do caso. Os moradores da região ficaram abalados por algumas semanas. Uma mulher respeitável caminha pela rua e dois palhaços levam ela. É como ser atingido por um raio, entende o que quero dizer? Se pode acontecer com ela, pode acontecer com qualquer um, e você não está seguro nem mesmo na sua própria casa. Eles temiam que houvesse mais, estupro coletivo sobre rodas, a velha história do assassino em série. Como foi mesmo aquele caso em Los Angeles, que usaram numa minissérie?

— Não sei.

— Dois italianos, acho que eram primos. Eles matavam putas e as desovavam nos morros. Estrangulador do Morro, era como chamavam. Deveria ter sido Estranguladores, mas acho que a imprensa deu um nome ao caso antes de descobrirem que era mais de uma pessoa.

— Sobre a mulher em Woodhaven... — falei.

— Certo. Temiam que fosse a primeira de uma série, mas não houve mais e todo mundo relaxou. Concentraram muitos esforços no caso, mas não chegaram a lugar nenhum. Ele continua em aberto e a conclusão foi que a única solução seria os caras serem pegos agindo outra vez. O cara com quem conversei perguntou se tínhamos alguma informação relacionada ao caso. Temos?

— Não. O que o marido da mulher fez, você sabe?

— Acho que ela não era casada. Acho que era professora do ensino fundamental. Por quê?

— Ela morava sozinha?

— Que diferença isso faz?

— Eu adoraria ver a pasta, Joe.

— Adoraria, né? Por que não vai até a 112ª e pede para mostrarem para você?

— Acho que não vai funcionar.

— Não, né? Você quer dizer que existem policiais nessa cidade que não se dariam ao trabalho de ajudar um detetive particular? Meu Deus, estou chocado.

— Eu agradeceria muito.

— Uma ligação ou duas é uma coisa — declarou Durkin. — Não cometi nenhuma infração flagrante nos procedimentos, nem o cara do Queens. Mas você está pedindo acesso a documentos confidenciais. Aquela pasta não pode sair da delegacia.

— E não precisa. Tudo que ele precisa fazer é enviar um fax. Não vai levar mais de cinco minutos.

— Você quer a pasta toda? É uma investigação completa de homicídio, deve ter umas vinte, trinta páginas naquela pasta.

— O departamento pode arcar com o custo do fax.

— Não sei — retrucou. — O prefeito diz o tempo todo que a cidade está quebrada. Qual é o seu interesse nisso, afinal?

— Não posso dizer.

— Meu Deus, Matt. Você quer tudo fluindo numa direção só, não é?

— É um assunto confidencial.

— Não diga. É confidencial, mas documentos oficiais são um livro aberto, não é verdade? — Durkin acendeu um cigarro e tossiu. — Isso não teria nada a ver com certo amigo seu, teria?

— Não entendi.

— O seu companheiro Ballou. Isso tem a ver com ele?

— É claro que não.

— Tem certeza?

— Ele está fora do país — respondi. — Está fora há mais de um mês e não sei quando vai voltar. E a ideia dele de diversão nunca foi estuprar mulheres e largar elas no meio de um campo de golfe.

— Sei, ele é um cavalheiro, coloca todos os tufos de grama de volta. Estão tentando montar uma investigação federal de crime organizado contra o cara, mas acho que você já sabe disso.

— Ouvi algo a respeito.

— Espero que consigam, que tranquem ele numa penitenciária federal pelos próximos vinte anos. Mas acho que você pensa diferente.

— Ele é meu amigo.

— É, foi o que fiquei sabendo.

— Enfim, Ballou não tem nada a ver com essa história. — Ele apenas olhou para mim. — Tenho um cliente com a esposa desaparecida. O *modus operandi* é semelhante ao do incidente em Woodhaven.

— Ela foi raptada?

— Parece que sim.

— Ele prestou queixa?

— Não.

— Por que não?

— Acho que ele tem os seus motivos.

— Isso não é o bastante, Matt.

— Digamos que ele está no país ilegalmente.

— Meia cidade está no país ilegalmente. Você acha que quando pegamos um caso de sequestro a primeira coisa que fazemos é entregar a vítima para a imigração? E quem é esse cara, que não consegue um green card, mas tem dinheiro para pagar um detetive particular? Para mim, ele só pode estar envolvido em sujeira.

— Se você está dizendo...

— Se estou dizendo, não é? — Durkin apagou o cigarro e fez uma careta. — A mulher está morta?

— Está começando a parecer que sim. Se forem os mesmos caras...

— É, mas por que seriam os mesmos caras? Qual é a relação, a forma como os raptos foram cometidos? — Como não respondi nada, ele pegou a conta, olhou para o papel e o atirou para mim, do outro lado da mesa. — Aqui. Toda sua. Ainda está no mesmo número? Ligo hoje à tarde.

— Obrigado, Joe.

— Não, não me agradeça. Preciso pensar se tem alguma forma disso voltar para me assombrar. Se não tiver, eu ligo. Caso contrário, esqueça.

Fui à reunião do meio-dia em Fireside, então retornei ao meu quarto. Não havia nada de Durkin, mas um recado indicava que eu tinha recebido uma ligação de TJ. Só isso

— nenhum número, nenhuma mensagem. Amassei o papel e o joguei no lixo.

TJ é um adolescente negro que conheci há algo em torno de um ano e meio na Times Square. Esse é o nome de rua e, se tem outro, guarda para si. Achei-o jovial, atrevido e irreverente, uma lufada de ar fresco no fétido pântano da rua 42, e nos demos bem. Deixei que fizesse um pouco de trabalho mecânico num caso um pouco depois, relacionado à Times Square, e desde então ele entra em contato esporadicamente. A cada duas semanas recebo uma ou muitas ligações de TJ. Ele nunca deixou um número e não tenho como entrar em contato com ele, as mensagens eram apenas uma forma de dizer que estava pensando em mim. Se quisesse mesmo falar comigo, continuava ligando até me encontrar em casa.

Quando conseguia, às vezes conversávamos até ele ficar sem moedas ou nos encontrávamos na vizinhança dele ou na minha e eu lhe pagava uma refeição. Duas vezes, dera a ele pequenas tarefas relacionadas a casos em que trabalhava, e TJ parecia ficar empolgado de uma forma que não poderia ser explicada pelo pouco que eu pagava.

Subi para o meu quarto e liguei para Elaine.

— Danny Boy mandou lembranças — falei. — E Joe Durkin disse que você é uma boa influência para mim.

— É claro que sou — disse Elaine. — Mas como ele sabe?

— Ele disse que passei a me vestir melhor.

— Falei que aquele terno novo era especial.

— Eu não estava vestindo ele.

— Ah.

— Estava com meu blazer. Tenho essa coisa há séculos.

— Bem, ainda é bonito. Com a calça cinza? Que camisa e gravata? — Descrevi a Elaine. — É uma bela combinação.

— Mas muito comum. Eu vi um terno *zoot* ontem à noite.

— Sério?

— Com paletó comprido e calças com pregas, de acordo com Danny Boy.

— Danny Boy não estava vestindo um terno *zoot*.

— Não, era um associado dele chamado... bem, não importa o nome do sujeito. Ele também usava um chapéu de palha com uma faixa rosa-shocking. Se eu entrasse com algo assim na sala de Durkin...

— Ele teria ficado impressionado. Talvez seja alguma coisa na sua postura, amor, talvez Durkin tenha notado algo diferente na sua atitude. Você está vestindo suas roupas com mais autoridade.

— Porque o meu coração está puro.

— Deve ser isso.

Conversamos um pouco mais. Ela teria aula naquela noite e falamos em nos encontrar depois, mas decidimos que não.

— Amanhã é melhor — comentou ela. — Talvez um filme? Só que odeio ir ao cinema no fim de semana, os bons ficam lotados. Eu sei, talvez um filme à tarde e jantar depois, desde que você não esteja trabalhando.

Respondi que parecia ótimo.

Desliguei e o sujeito da recepção ligou para dizer que eu havia recebido uma ligação enquanto falava com Elaine. Mudaram o sistema telefônico algumas vezes desde que estou no Northwestern. Originalmente, todas as ligações passavam pela recepção. Então deram um jeito para que pudéssemos telefonar direto do quarto, mas as chamadas recebidas ainda passavam pela central. Agora, tenho uma linha direta para fazer e receber chamadas, mas, se eu não atender depois de quatro toques, a ligação é transferida para a recepção. Recebo a conta da NYNEX, o hotel não cobra nenhuma taxa adicional e ainda tenho um serviço gratuito de recados.

Era Durkin. Retornei a ligação.

— Você esqueceu uma coisa aqui — avisou ele. — Quer vir pegar ou mando entregar?

Falei que já estava a caminho.

Joe Durkin estava ao telefone quando entrei na sala dos investigadores, com a cadeira reclinada e fumando um cigarro, outro aceso no cinzeiro. Na mesa ao lado, um investigador chamado Bellamy olhava para a tela do computador sobre as lentes dos óculos.

Joe cobriu o fone.

— Acho que esse envelope é seu, tem seu nome escrito. Você esqueceu ele quando esteve aqui mais cedo.

Sem esperar pela resposta, Durkin voltou à conversa. Passei a mão sobre o ombro dele e peguei um envelope de papel pardo com meu nome escrito. Atrás de mim, Bellamy disse para o computador:

— Bem, essa merda não faz sentido nenhum.

Não argumentei.

6

De volta ao meu quarto, espalhei um feixe de folhas de fax enroladas sobre a cama. Evidentemente, enviaram a pasta inteira, trinta e seis páginas. Algumas tinham apenas poucas linhas de texto, outras estavam densamente preenchidas com informações.

Folheando os papéis, ocorreu-me o quanto tudo aquilo seria diferente nos meus dias de policial. Não tínhamos uma copiadora, quanto mais aparelhos de fax. A única forma de consultar a pasta de Marie Gotteskind teria sido ir até o Queens e fazê-lo pessoalmente, com algum policial ansioso olhando sobre o seu ombro e tentando apressá-lo.

Hoje, você apenas coloca tudo num aparelho de fax e os documentos saem como num passe de mágica a dez ou vinte quilômetros de distância — ou do outro lado do mundo, diga-se de passagem. Os originais não precisam sair da sala de arquivo onde são mantidos e pessoas sem autorização não aparecem para espiar, de modo que ninguém precisa ficar tenso com brechas na segurança.

E eu tinha todo o tempo do mundo para analisar a pasta de Gotteskind.

Melhor assim, porque eu não fazia uma ideia clara do que estava procurando. Uma coisa que não mudou absolutamente nada desde que saí da Academia de Polícia é o volume de papel envolvido no trabalho. Qualquer que seja o tipo de policial, ele passa menos tempo fazendo coisas do que registrando em papel o que fez. Boa parte disso é a baboseira burocrática habitual e um pouco recai sob o título genérico de tirar o seu da reta, mas muito é inevitável. O trabalho policial é um esforço coletivo, com uma infinidade de pessoas contribuindo mesmo com as investigações mais simples. Se não estiver tudo registrado em algum lugar, ninguém é capaz de ter uma visão ampla do que se trata e tirar conclusões.

Li todo o material e, quando cheguei ao fim, peguei algumas folhas para uma análise mais criteriosa. Uma coisa que ficou evidente desde o princípio foi a extraordinária semelhança entre o rapto de Marie Gotteskind e a forma como Francine Khoury foi levada no Brooklyn. Percebi as seguintes semelhanças:

1. Ambas as mulheres foram raptadas em ruas comerciais.
2. Ambas as mulheres haviam estacionado por perto e faziam compras a pé.
3. Ambas foram levadas por dois homens.
4. Em ambos os casos os homens foram descritos como tendo altura e peso semelhantes e estavam vestidos de forma parecida. Os sequestradores de Gotteskind usavam calça cáqui e jaqueta azul-escura.
5. Ambas foram levadas em furgões. O furgão usado em Woodhaven foi descrito por diversas testemunhas como azul-claro. Uma testemunha identificou o veículo especificamente como um Ford e relatou uma placa parcial, o que não levou a nada.
6. Diversas testemunhas concordavam que o furgão trazia o nome de uma empresa de eletrodomésticos. Várias identificaram a empresa como P J Eletrodomésticos, B

& J Eletrodomésticos e variações desses nomes. Numa segunda linha estava escrito VENDA E ASSISTÊNCIA TÉCNICA. Não havia endereço, mas testemunhas relataram que havia um número de telefone, apesar de ninguém lembrá-lo. Uma investigação meticulosa falhou em ligar o furgão a qualquer uma das inúmeras empresas de venda e assistência técnica de eletrodomésticos na região e a conclusão foi que era quase certo que o nome, assim como a placa, eram falsos.

7. Marie Gotteskind tinha 28 anos e era professora substituta na rede pública de ensino fundamental de Nova York. Por três dias, inclusive o dia do rapto, ela substituiu uma professora do quarto ano em Ridgewood. Ela tinha altura e peso semelhantes aos de Francine Khoury. Apesar disso, era loura e tinha a pele clara, enquanto Francine possuía os cabelos escuros e a pele morena. Não havia fotografias na pasta, a não ser as tiradas na cena no Forest Park, mas o testemunho de conhecidos indicava que ela era considerada atraente.

Havia diferenças. Marie Gotteskind era solteira. Ela saíra por algum tempo com um professor que havia conhecido em outro trabalho como substituta, mas o relacionamento não parece ter avançado e o álibi do homem para o horário da morte era inquestionável.

Marie morava com os pais. O pai, caldeireiro aposentado por invalidez depois de um acidente de trabalho, tinha uma pequena empresa de vendas por reembolso postal em casa. A mãe ajudava no negócio e era contadora de meio expediente em diversas microempresas do bairro. Nem Marie nem os pais possuíam qualquer ligação evidente com a subcultura das drogas. Tampouco eram árabes ou fenícios.

A necropsia fora detalhada, é claro, e havia muito a relatar. A morte tinha acontecido em consequência de múltiplas facadas no peito e no abdômen, muitas das quais teriam sido fatais. Havia evidências de agressão sexual, com traços de sêmen no ânus, na vagina e na boca, mas também numa das perfurações. As medições indicavam que ao menos duas facas foram usadas e sugeriam que ambas podiam ser facas de cozinha, sendo uma mais longa e larga que a outra. A análise do sêmen indicou a presença de ao menos dois agressores.

Além dos ferimentos a faca, o corpo possuía múltiplos hematomas que indicavam que a vítima havia sido submetida a espancamento.

Por fim, e eu não notara isso na primeira leitura, o laudo do legista relatava que o polegar e o indicador da mão esquerda da vítima haviam sido decepados. Os dois foram recuperados: o indicador na vagina e o polegar no reto.

Lindo.

Ler os documentos teve um efeito entorpecente, embotante. Talvez por isso eu tenha deixado de notar a passagem com o indicador e o polegar na primeira vez. O relato dos ferimentos da mulher e a imagem que evocavam dos seus últimos momentos eram mais do que a mente queria registrar. Outros documentos da pasta, interrogatórios com os pais e colegas, pintavam uma imagem da Marie Gotteskind viva e o laudo cadavérico pegava essa pessoa e a transformava numa massa de carne morta e abusada sem piedade.

Eu estava ali sentado, me sentindo exaurido pelo que tinha acabado de ler, quando o telefone tocou. Ouvi uma voz conhecida ao atender.

— Fala, Matt.

— Oi, TJ.

— Como você tá? Cara, você é difícil de achar. Fica na rua o tempo todo, indo pros lugares, fazendo coisas.

— Recebi sua mensagem, mas você não deixou um número.

— Eu não tenho número. Se fosse traficante, podia ter um bipe. Prefere assim?

— Se fosse traficante, você teria um celular.

— Agora sim. Um carro bem grande com um celular e eu só lá, sentado, tendo grandes ideias e fazendo coisas grandes. Cara, preciso dizer outra vez, você é *difícil* de achar.

— Você ligou mais de uma vez, TJ? Só recebi uma mensagem.

— Eu nem sempre curto perder a minha moeda.

— O que você quer dizer?

— Já saquei qual é a do seu telefone. É tipo aquelas secretárias eletrônicas que atendem depois de três ou quatro toques. O cara da recepção sempre deixa o seu telefone tocar quatro vezes antes de atender. E você só tem esse quarto, então não vai demorar mais do que três toques pra atender, a não ser que esteja no banheiro e tal.

— Então você desliga depois do terceiro toque.

— E recebo a minha moeda de volta. Só se eu quiser deixar uma mensagem, mas pra que deixar uma mensagem se já deixei uma? Se você chega em casa e vê uma pilha de mensagens vai pensar: "Esse TJ deve ter roubado um parquímetro, tem esse monte de moeda e não sabe o que fazer com elas."

Eu ri.

— Então, você tá trabalhando?

— Por sinal, sim.

— Trabalho grande?

— Bem grande.

— Tem espaço nele pro TJ?

— Não até onde eu consiga ver.

— Cara, você não tá olhando bem o bastante! Deve te: alguma coisa que eu possa fazer, pra compensar as moedas que torro te ligando. Que tipo de trabalho é esse, afinal? Você não tá contra a máfia, tá?

— Infelizmente não.

— Bom saber, porque aqueles caras são do mal, tá legal. Já viu *Os bons companheiros*? Cara, eles são sinistros. Ah, droga, as minhas moedas tão acabando.

Uma gravação entrou, exigindo cinco centavos por um minuto de conversa ao telefone.

— Diz o número que eu ligo para você — sugeri.

— Não dá.

— O número desse telefone onde você está.

— Não dá — repetiu ele. — Não tem número. Eles estão tirando de todos os telefones pra malandragem não receber ligação. Não esquenta, eu ainda tenho uns trocados. — O telefone soltou um tinido quando ele colocou a moeda. — Mas os traficantes têm uns telefones que eles sabem os números, com ou sem a fichinha. Então o negócio continua como sempre, só que, se alguém quiser ligar prum cara como eu, sem chance.

— É um bom sistema.

— Muito. Ainda estamos falando, né? Ninguém impede a gente de fazer o que a gente quer. Só tão forçando a gente a ser criativo.

— Colocando outra moeda?

— Você sacou, Matt. Estou usando a minha criatividade. É isso que se chama ser criativo.

— Onde você vai estar amanhã, TJ?

— Onde eu vou estar? Sei lá. Talvez eu vá pra Paris de jatinho. Ainda não decidi. — Pensei que TJ podia ficar com a minha passagem para a Irlanda, mas ele provavelmente não tinha passaporte. Tampouco parecia provável que a Irlanda estivesse pronta para ele ou ele para a Irlanda. — Onde eu vou estar? — fez a pergunta soltando o ar. — Vou estar na merda do Deuce, cara. Onde mais eu poderia estar?

— Pensei que podíamos comer alguma coisa.

— Que horas?

— Ah, não sei. Que tal por volta de meio-dia, meio-dia e meia?

— Qualquer uma tá bom. Não tem uma hora que um cara não possa almoçar — falou TJ. — Quer que eu pinte no seu hotel?

— Não — respondi —, porque existe uma chance de que eu precise cancelar e não vou ter como avisar. E não quero deixar você esperando. Escolhe um lugar no Deuce e, se eu não aparecer, deixamos para outro dia.

— Fechou. Sabe o fliperama? Na parte alta da rua, a uns dois, três prédios da Oitava? Tem uma loja com uns canivetes automáticos na vitrine, cara. Não sei como eles se safam com aquilo...

— Eles são vendidos em kits.

— É, e são usados pra testes de QI. Se não conseguir montar, volta pra primeira série. Você conhece a loja, pelo visto.

— Claro.

— Bem ao lado fica a entrada do metrô e antes das escadas tem a entrada pro fliperama. Você sabe onde fica?

— Algo me diz que consigo encontrar.

— Então meio-dia e meia?

— Combinado, tá fechado.

— Ei — disse TJ. — Sabe de uma coisa? Você tá aprendendo.

Eu me sentia melhor quando desliguei o telefone. TJ costumava ter esse efeito sobre mim. Anotei o nosso encontro na caderneta e voltei ao material sobre Gotteskind.

Eram os mesmos criminosos. Só podiam ser. A semelhança no *modus operandi* era grande demais para ser coincidência e a amputação e inserção do indicador e do polegar parecia ser um ensaio para a carnificina ainda mais brutal a que submeteram Francine Khoury.

Mas o que eles fizeram, entraram em hibernação? Esperaram um ano?

Era pouco provável. A violência sexual — estupro em série, assassinato com agressão sexual — parece ser viciante, como qualquer droga poderosa que liberta momentaneamente da prisão do ser. Os assassinos de Marie Gotteskind realizaram um rapto orquestrado à perfeição, apenas para repeti-lo um ano depois com pequenas variações e, é claro, um lucro considerável. Por que esperar tanto tempo? O que fizeram nesse meio-tempo?

Ocorreram outros raptos sem que ninguém os relacionasse com o caso Gotteskind? Era possível. A taxa de assassinatos nas cinco regiões da cidade é superior a sete por dia e a maioria não tem exposição na imprensa. Ainda assim, se você rapta uma mulher na rua em frente a um monte de gente, isso vai parar nos jornais. Se tiver um caso semelhante em aberto, você provavelmente fica sabendo. E quase sempre se cria uma conexão.

Todavia, Francine Khoury havia sido raptada na rua em frente a testemunhas e ninguém da imprensa ou da 112ª ouvira nada a respeito.

Talvez tenham mesmo esperado um ano. Talvez um ou mais deles tenham ficado presos nesse ano ou parte dele, talvez a predileção por estupro e assassinato tenha levado a crimes ainda piores, como passar cheques sem fundos.

Ou talvez eles tenham permanecido ativos, mas de uma forma que não chamou atenção.

De qualquer modo, agora eu sabia de algo que antes apenas suspeitava. Eles haviam feito aquilo antes, por prazer, se não por lucro. Isso reduzia a probabilidade de encontrá-los ao mesmo tempo que aumentava os riscos.

Porque eles fariam de novo.

7

Passei a manhã de sexta na biblioteca, depois caminhei até a rua 42 para me encontrar com TJ. Juntos, assistimos a um rapaz louro de rabo de cavalo e bigode ralo bater o recorde de um jogo chamado *Freeze!!!*. Tinha a mesma premissa da maioria dos jogos — ou seja, há forças hostis no universo, prontas para pular em cima de você sem aviso e a qualquer momento, decididas a lhe fazer mal. Se for rápido o bastante, dá para resistir por algum tempo, todavia, mais cedo ou mais tarde, elas vão acabar com você. Algo que eu não tinha como contestar.

Quando saímos, o rapaz finalmente sucumbiu. Já na rua, TJ disse que o nome dele era Socks, porque suas meias nunca combinavam. Eu não tinha notado. De acordo com TJ, Socks era o melhor do Deuce no que fazia, chegava a jogar horas com uma única moeda. Já houvera jogadores do mesmo nível ou melhores, mas não costumavam aparecer mais. Durante um momento, minha mente foi tomada pela visão de um motivo previamente desconhecido para o assassinato em série, ases do videogame eliminados por um proprietário de fliperama por estarem minando seus lucros, mas não era isso. Chega-se a certo nível, explicou TJ, então você não consegue ir além e acaba perdendo o interesse.

Almoçamos num restaurante mexicano na Nona e ele tentou me fazer falar sobre o caso em que trabalhava. Deixei de fora os detalhes, mas acabei falando mais do que pretendia.

— O que você precisa é de mim trabalhando pra você.

— Fazendo o quê?

— Qualquer coisa que mandar! Você não quer passar o dia correndo pela cidade, fazendo isso, fazendo aquilo. O que você quer é me enviar. Você acha que eu não consigo descobrir as coisas? Cara, eu passo o dia todo aqui no Deuce descobrindo coisas. É o que eu faço.

— Então dei algo para ele — contei para Elaine. Havíamos nos encontrado no Baronet, na Terceira Avenida, para assistir a um filme às quatro, depois fomos a um novo lugar sobre o qual ela ouvira falar que servia chá inglês com *scones* e chantili. — Ele disse algo que acrescentou mais um item à minha lista de coisas a descobrir, então achei que nada mais justo do que deixar a cargo dele.

— E o que foi?

— Os telefones públicos. Quando entregaram o resgate, Kenan e o irmão foram mandados para um telefone público. Receberam uma ligação nesse telefone e o sujeito mandou eles para um segundo telefone, onde receberam outra ligação com instruções para deixar o dinheiro e dar uma volta.

— Estou lembrada.

— Bem, ontem TJ me ligou e falou até a moeda cair; quando eu quis ligar para ele, não pude, porque o número havia sido retirado do aparelho. Caminhei pela região depois que saí da biblioteca hoje de manhã e isso acontece com a maioria dos telefones.

— Você quer dizer que eles estão sem aquelas fichinhas? Eu sei que as pessoas roubam praticamente qualquer coisa, mas essa é a mais idiota que já ouvi.

— A companhia telefônica removeu elas — expliquei. — Para desestimular os traficantes. Eles mandam um aviso pelo pager para os outros dos telefones públicos, você sabe como funciona, e agora não podem mais fazer isso.

— E é por isso que todos os traficantes estão mudando de ramo — comentou ela.

— Bem, tenho certeza de que fazia sentido no papel. Enfim, me lembrei daqueles telefones do Brooklyn e me perguntei se estariam com os números.

— Que diferença isso faz?

— Não sei — respondi. — Provavelmente algo entre pouca e nenhuma e por isso não fui ao Brooklyn pessoalmente. Mas não acho que vá fazer mal ter a informação, então dei alguns dólares ao TJ e mandei ele para lá.

— Ele sabe andar no Brooklyn?

— Vai saber, quando voltar. O primeiro telefone fica a poucos quarteirões da estação Flatbush do IRT, portanto é relativamente fácil de encontrar, mas não faço ideia de como ele vai chegar à Veterans Avenue. Talvez um ônibus na Flatbush e depois uma longa caminhada.

— Como é a vizinhança?

— Não me pareceu ser das piores quando passei por lá de carro com os Khourys. Não prestei muita atenção. É uma região branca de classe trabalhadora, até onde sei. Por quê?

— Como Bensonhurst ou Howard Beach, você quer dizer? O que eu quero dizer é se TJ não vai chamar atenção demais.

— Não tinha pensado nisso.

— Porque tem regiões do Brooklyn onde eles podem ficar desconfiados se virem um garoto negro andando pela rua, mesmo que esteja discretamente vestido com tênis de basquete e jaqueta dos Raiders, e eu sei que TJ tem um daqueles cortes.

— Ele tem um desenho geométrico desenhado na nuca.

— Imaginei. Espero que ele volte vivo.

— Ele vai ficar bem.

Elaine voltou a tocar no assunto mais tarde.

— Matt, você estava apenas inventando um trabalho para ele, não foi? Para o TJ, quero dizer.

— Não, ele está me poupando uma viagem. Eu ia precisar ir até lá mais cedo ou mais tarde ou pegar uma carona com um dos irmãos.

— Por quê? Você não pode usar os seus velhos truques de policial para arrancar os números da telefonista? Ou fazer uma busca inversa na lista?

— É preciso saber o número para fazer uma busca inversa. A lista tem uma segunda seção com a listagem dos números seguidos dos respectivos endereços.

— Ah.

— Mas existe uma listagem dos telefones públicos por endereço. E sim, posso ligar para uma telefonista e me passar por policial para conseguir os números.

— Então você está apenas sendo simpático com TJ.

— Simpático? De acordo com você, mandei ele para a morte. Não, eu não estava apenas sendo simpático. Consultar a lista ou enrolar a telefonista me daria o número do telefone, mas não me diria se o número está informado no aparelho. É isso que eu quero descobrir.

— Ah. — Alguns minutos depois, ela perguntou: — Por quê?

— Por que o quê?

— Para que saber se o número está informado no aparelho? Que diferença isso faz?

— Não sei se faz diferença. Mas os sequestradores sabiam os números daqueles telefones. Se os números estiverem informados, bem, não foi nada de mais. Se não, eles descobriram de alguma maneira.

— Enrolando a telefonista ou consultando a lista.

— O que significaria que eles sabem como enrolar uma telefonista ou onde encontrar a lista de telefones públicos. Não sei o que isso significaria. Provavelmente nada. Talvez eu queira a informação porque é a única coisa que consigo descobrir a respeito dos telefones.

— Como assim?

— Isso está começando a me incomodar. Não o que me levou a mandar TJ, isso é bem fácil de descobrir sem ele. Mas eu estava pensando ontem à noite e me ocorreu que o único contato com os sequestradores foi feito por telefone. Foi o único rastro que deixaram. O rapto foi perfeito. Algumas pessoas viram eles e ainda mais pessoas viram levar aquela professora na Jamaica Avenue, mas não deixaram nada que se possa usar para pegá-los. Mas fizeram algumas ligações. Quatro ou cinco para a casa de Kenan Khoury em Bay Ridge.

— Não existe uma forma de rastrear essas ligações, existe? Depois que as são feitas.

— Deve existir — respondi. — Ontem passei mais de uma hora no telefone com funcionários de algumas operadoras. Descobri muitas coisas sobre como os telefones funcionam. Todas as ligações feitas são registradas.

— Mesmo as locais?

— Ahã. É assim que eles sabem se você usou todos os créditos do seu plano e quanto cobrar a mais. Não é como um mostrador de combustível onde só acompanham o total. Cada ligação é registrada e inserida na sua fatura.

— Por quanto tempo eles mantêm os registros?

— Sessenta dias.

— Então você pode conseguir uma lista...

— De todas as chamadas feitas de um determinado número. É como os dados são organizados. Digamos que eu seja Kenan Khoury. Ligo para a operadora, digo que quero saber que ligações foram feitas do meu número num determinado dia e eles podem me fornecer uma lista com a data e a duração de todas as chamadas que fiz.

— Mas não é isso que você quer.

— Não, não é. O que eu quero são as ligações feitas *para* o número de Khoury, mas não é assim que elas são registradas. Não faz sentido. A tecnologia existe para informar o número que está ligando antes que você atenda. Podem instalar no aparelho um equipamento com uma tela de LED que exibe o número que está ligando, assim você decide se quer ou não atender.

— Isso ainda não está disponível, está?

— Não, não em Nova York, e é controverso. Essa tecnologia provavelmente acabaria com os trotes e tiraria da jogada muita gente que aplica golpes por telefone, mas a polícia teme que as pessoas fiquem com receio de fazer denúncias anônimas, pois de certa forma deixariam de ser anônimas.

— Se já estivesse disponível e se Khoury tivesse um aparelho como esse...

— A gente saberia de que telefones os sequestradores ligaram. Eles provavelmente usaram telefones públicos. Foram bastante profissionais em outros aspectos, mas ao menos saberíamos quais telefones.

— Isso é importante?

— Não sei — admiti. — Não sei o que é importante. Mas não faz diferença, já que não consigo ter acesso à informação. Acredito que, se as ligações são registradas num computador, deve haver uma forma de buscá-las pelo número chamado, mas todos com quem falei disseram que é impossível. Não é como são armazenadas, então não podem ser acessadas dessa forma.

— Não sei nada de computadores.

— Nem eu. Acho isso um pé no saco. Tento falar com as pessoas e não entendo metade das palavras que elas usam.

— Sei como é — disse Elaine. — É como eu me sinto quando a gente assiste a futebol americano.

Passei a noite na casa de Elaine e, pela manhã, usei um pouco da franquia dela quando foi para a academia. Liguei para um monte de policiais e contei um monte de mentiras.

Na maioria das vezes, eu disse ser um jornalista que estava escrevendo uma matéria sobre raptos para uma revista de crimes. Falei com muitos policiais que não tinham o que dizer ou estavam ocupados demais para falar comigo e outros que ficaram felizes por cooperar, mas queriam falar sobre casos antigos ou cujos criminosos haviam sido imbecis ou presos em função do bom trabalho policial. O que eu queria... bem, esse era o problema, eu não sabia exatamente o que queria.

O ideal seria conseguir falar com uma vítima viva, uma mulher que havia sido raptada e tinha sobrevivido. Era concebível que o grupo houvesse avançado gradualmente para assassinato, que existissem casos anteriores, conjuntos ou individuais, nos quais a vítima tivesse sido libertada viva. Também era possível que uma vítima tivesse conseguido escapar. Havia, contudo, uma diferença abissal entre postular a existência de tal mulher e encontrá-la.

O meu papel como repórter policial freelance não ajudaria na minha busca por uma testemunha viva. O sistema é muito eficiente em blindar as vítimas de estupro — ao menos até que o caso chegue a julgamento, quando o advogado de defesa as viola outra vez em frente a sabe Deus quantas pessoas. Ninguém me daria os nomes de vítimas de estupro por telefone.

Então a história mudou quando passei a falar com as unidades de crimes sexuais. Voltei a ser um detetive particular, Matthew Scudder, contratado por um produtor de cinema que fazia um telefilme sobre rapto e estupro. A atriz selecionada para o papel principal — eu ainda não estava autorizado a divulgar o nome — queria a oportunidade de pesquisá-lo a fundo e, se possível, se encontrar com mulheres que sofreram abusos. Ela queria, essencialmente, aprender o máximo possível sobre a experiência antes de enfrentá-la por si mesma, e as mulheres que ajudassem seriam remuneradas como consultoras técnicas e poderiam aparecer nos créditos se desejassem.

Naturalmente, eu não queria nomes nem telefones e não tinha qualquer intenção de contatá-las. Minha ideia era que alguém da unidade, talvez uma mulher que trabalhasse no acompanhamento psicológico das vítimas, fizesse contato com mulheres que lhe parecessem pertinentes. A mulher no *nosso* caso, eu explicava, havia sido sequestrada por dois estupradores sádicos que a colocaram à força dentro de um furgão, abusaram dela e ameaçaram sua integridade física, especificamente, de mutilação. O que procurávamos era uma mulher cujas experiências tivessem qualquer semelhança com a nossa narrativa fictícia. Se tal mulher estivesse interessada em nos ajudar e, talvez, de alguma forma, ajudar outras expostas ao mesmo tipo de violência e achasse uma experiência catártica, até mesmo terapêutica, orientar uma atriz de Hollywood que faria um papel principal...

A história funcionou surpreendentemente bem. Mesmo em Nova York, onde sempre se topa com equipes de filmagem trabalhando nas ruas, a simples menção ao cinema tende a fisgar a atenção das pessoas.

— Peça a qualquer interessada que me telefone — eu dizia, e deixava meu nome e telefone. — Elas não precisam se identificar. Podem permanecer anônimas durante todo o processo, se quiserem.

Elaine entrou quando eu terminava de falar com uma mulher da Unidade de Crimes Sexuais de Manhattan.

— Como você vai receber todas essas ligações no seu hotel? — perguntou, quando desliguei. — Você nunca está lá.

— A recepção pode anotar os recados.

— De mulheres que não querem informar o nome e o telefone? Escuta, dá o meu telefone. Eu geralmente estou em casa e, se não estiver, a ligação ao menos será atendida por uma secretária eletrônica com voz de mulher. Eu vou ser a sua assistente; posso filtrar as ligações e anotar os nomes e os endereços das mulheres que quiserem deixar. O que tem de errado nisso?

— Nada — respondi. — Você tem certeza?

— Claro.

— Maravilha. Estava falando com a unidade de Manhattan e falei com a do Bronx mais cedo. Deixei as do Brooklyn e do Queens para o fim, já que sabemos que eles agiram por lá. Queria testar e ajustar a história antes de falar com eles.

— E ajustou? Não me entenda mal, mas não seria melhor se eu fizesse as ligações? Você soava comedido e solidário, mas me parece que sempre que um homem fala sobre estupro existe uma suspeita subjacente de que fique excitado com o assunto.

— Eu sei.

— Quero dizer, tudo que você precisa falar é "filme" e, nas entrelinhas, uma mulher suspeita que o assunto vai ser explorado de forma apelativa. Já se eu digo a mesma coisa, a mensagem subliminar é que a coisa toda acontece sob a bênção da Organização Nacional das Mulheres.

— Tem razão. Acho que fui mais ou menos bem, principalmente com a unidade de Manhattan, mas teve um bocado de resistência.

— Você estava incrível, amor, mas posso tentar?

Repassamos primeiro a história, para garantir que Elaine tinha tudo sob controle, então liguei para a Unidade de Crimes

Sexuais do Queens e passei o telefone para ela. Elaine ficou ao telefone por quase dez minutos, durante esse tempo sincera, polida e profissional. Quando desligou, tive vontade de aplaudir.

— O que achou? — perguntou. — Um pouco sincera demais?

— Achei que você estava perfeita.

— Sério?

— Ahã. É quase assustador ver o quanto você mente bem.

— Eu sei. Quando estava ouvindo você, pensei: ele é tão honesto, onde aprendeu a mentir assim?

— Nunca conheci um bom policial que não fosse um bom mentiroso — falei. — Você encarna um papel o tempo todo, para criar uma atitude condizente com a pessoa com quem lida. Essa habilidade é ainda mais importante para um detetive particular, porque você constantemente pede informações que não tem nenhum direito legal de receber. Se sou bom, pode-se dizer que faz parte da descrição do cargo.

— Pensando bem, comigo é o mesmo. Estou sempre atuando, é o que faço.

— A atuação de ontem à noite foi incrível, por sinal.

Ela me lançou um olhar atravessado.

— Mas é cansativo, não é? — perguntou ela. — Mentir, quero dizer.

— Você quer parar?

— Sem chance, estou apenas esquentando. Para quem mais eu ligo, Brooklyn e Staten Island?

— Esquece Staten Island.

— Por quê? Em Staten Island não acontecem crimes sexuais?

— Todo sexo é um crime em Staten Island.

— Haha!

— Não, eles podem ter uma unidade, até onde sei, apesar de a incidência não chegar nem perto das demais regiões. Mas não consigo ver os nossos homens atravessando a ponte Verrazano num furgão para estuprar e causar desordem.

— Então tenho apenas mais uma ligação?

— Bem, também existem unidades de crimes sexuais nos comandos das várias regiões, além de especialistas em estupro em algumas delegacias. É preciso pedir para ser transferido para a pessoa em questão. Posso fazer uma lista, mas não sei quanto tempo você tem para isso.

Elaine me olhou de forma provocante.

— Se você tiver o dinheiro, querido — comentou, de forma maliciosa —, tenho todo o tempo do mundo.

— A propósito, não vejo por que você não deva ser paga. Não há motivo para que não entre na folha de pagamento de Khoury.

— Ah, por favor. Sempre que descubro uma coisa que gosto de fazer, alguém tenta me convencer a faturar. É sério, não quero ser paga. Quando isso tudo for apenas uma lembrança, você pode me levar para jantar num lugar bem extravagante, certo?

— Como preferir.

— E depois — prosseguiu — pode me dar cem dólares para o táxi.

8

Fiquei algum tempo vendo-a jogar sua lábia num funcionário da promotoria do Brooklyn, então deixei uma lista de pessoas para ligar e fui à biblioteca. Não havia necessidade de supervisioná-la. Elaine tinha talento natural.

Na biblioteca, fiz o que havia começado na manhã anterior, vasculhar seis meses de microfilme do *The New York Times*. Não procurava por raptos, porque não esperava que nenhum caso fosse descrito dessa forma. Em vez disso, eu presumia que ocasionalmente raptavam uma mulher sem que ninguém visse ou ao menos sem que fossem denunciados. Procurava por vítimas encontradas mortas em parques ou vielas, em especial as sexualmente abusadas e mutiladas, especificamente desmembradas.

O problema era que detalhes desse tipo dificilmente vão parar nos jornais. É procedimento padrão da polícia omitir detalhes sobre mutilações de modo a evitar uma série de aborrecimentos — confissões fajutas, imitadores, falsas testemunhas. Os jornais, por sua vez, tendem a poupar os leitores de detalhes mais gráficos. Quando a notícia chega ao leitor, é difícil dizer o que aconteceu.

Há alguns anos, surgiu um criminoso sexual que matava meninos no Lower East Side. Ele os atraía até terraços, esfaqueava ou estrangulava e amputava e levava seus pênis. Ficou tempo o bastante na ativa para que os policiais do caso cunhassem um nome. Charlie Picador.

Os repórteres policiais usavam o mesmo nome, naturalmente — mas não nas matérias. Não existia a menor chance de um jornal de Nova York fornecer esse pequeno detalhe para os leitores e não havia como usar o apelido sem que o leitor suspeitasse do que era cortado. Por isso não o chamavam de nada, relatavam apenas que o assassino mutilara ou desfigurara as vítimas, o que podia significar qualquer coisa de evisceração ritual a um corte de cabelo tosco.

Hoje em dia talvez fossem menos discretos.

Quando peguei o jeito, consegui avançar relativamente rápido pelas semanas. Não precisava vasculhar uma edição inteira, apenas a seção metropolitana, onde se concentram as matérias sobre crimes locais. O que mais me atrasava era o que sempre acontece comigo numa biblioteca, a tendência a ter a atenção desviada por algo interessante que não tem nada a ver com o motivo que me levou até lá. Por sorte, não publicam tirinhas no *Times*. Caso contrário, eu precisaria conter a tentação de devorar seis meses de *Doonesbury*.

Quando saí, tinha meia dúzia de casos em potencial anotados na caderneta. Um deles era bem provável: a vítima, uma estudante do último ano de contabilidade do Brooklyn College, desapareceu três dias antes de um observador de pássaros encontrá-la uma manhã no cemitério Green-Wood. A matéria dizia que ela fora vítima de agressão e mutilação sexual, o que sugeria terem usado um canivete. Evidências na cena indicavam que havia sido morta em outro lugar e desovada no cemitério. A polícia tinha chegado a uma conclusão parecida sobre Marie Gotteskind, que já estava morta quando os assassinos a deixaram no campo de golfe Forest Park.

Cheguei ao meu hotel por volta das seis. Havia recados de Elaine e de ambos os Khourys, além de três bilhetes que apenas diziam que TJ tinha ligado.

Telefonei primeiro para Elaine, e ela disse que havia feito todas as ligações.

— No fim, estava começando a acreditar na minha própria história — disse ela. — Eu pensava, isso é divertido, mas vai ser ainda mais quando fizermos o filme. Só que não vai ter um filme.

— Acho que já fizeram.

— Será que alguém vai ligar?

Liguei para Kenan Khoury e ele queria saber como as coisas estavam caminhando. Respondi que havia aberto várias linhas de investigação, mas que não esperava resultados rápidos.

— Mas você acha que temos chance.

— Definitivamente.

— Bom, escuta, liguei porque vou sair do país a negócios por alguns dias. Preciso ir à Europa. Vou sair amanhã do JFK e volto na quinta ou na sexta. Se alguma coisa surgir, ligue para meu irmão. Você tem o número, não tem?

Estava anotado num recado à minha frente. Liguei quando terminei de falar com Kenan. Peter estava um pouco grogue quando atendeu e me desculpei por acordá-lo.

— Não, tudo bem, que bom que você ligou — falou Peter. — Eu estava assistindo ao basquete e cochilei na frente da TV. Odeio quando isso acontece, sempre acordo com o pescoço dolorido. Liguei porque queria saber se você tem planos de ir para uma reunião hoje à noite.

— Eu estava pensando nisso, sim.

— Bem, que tal se eu buscar você e a gente for junto? Tem uma reunião noturna em Chelsea que costumo frequentar, o grupo é bacana. Começa às oito na igreja espanhola da rua 19.

— Acho que não sei onde fica.

— É um pouco fora de mão, mas, quando fiquei sóbrio, participava de um programa no bairro e essa se tornou a minha reunião noturna de sábado. Não costumo ir tanto hoje em dia, mas estou de carro e tudo mais. Você sabe, com o Toyota de Francine...

— Sim.

— Então, o que me diz de eu pegar você por volta das sete e meia? Está bom?

Respondi que sim. Quando saí do hotel na hora marcada ele estava estacionado em frente. Fiquei feliz por não precisar andar para lugar algum. Garoara a tarde toda e agora a chuva estava apertando.

Conversamos sobre esportes no caminho. Os times de beisebol estavam nos treinos de primavera e a abertura da temporada seria dali a menos de um mês. Eu estava tendo um pouco de dificuldade em me interessar nessa primavera, o que fatalmente acabaria acontecendo quando as coisas esquentassem. Por ora, entretanto, a maioria das notícias envolvia as contratações, com um jogador desanimado por saber que valia mais de oitenta e três milhões de dólares por ano. Não sei, talvez valha, talvez todos valham, mas fica difícil para mim dar a mínima se ganham ou perdem.

— Acho que Darryl está finalmente botando pra quebrar — comentou Peter. — Ele está rebatendo muito nessas últimas semanas.

— Agora que não temos mais ele.

— É sempre assim, não? A gente passa anos esperando que ele chegue ao topo, então tem que vê-lo com o uniforme dos Dodgers.

Estacionamos na rua 20 e caminhamos um quarteirão até a igreja. Era Pentecostal, com cultos em inglês e espanhol. A reunião era no subsolo, com talvez quarenta pessoas. Vi alguns rostos que reconheci de outras reuniões pela cidade. Pete cumprimentou algumas pessoas e uma mulher disse que não o via há algum tempo. Ele respondeu que estava frequentando outras reuniões.

O formato era diferente do que se costumava ver em Nova York. Depois que o orador contava sua história, formavam-se pequenos grupos, com sete a dez pessoas acomodadas ao redor de cinco mesas. Havia uma mesa para os novatos, uma para discussões gerais, outra para discutir um dos Doze Passos e esqueci o resto. Eu e Pete optamos pela mesa de discussão geral, onde as pessoas tendiam a falar do que acontecia com suas vidas no momento e como faziam para continuar sóbrias. Eu costumo aproveitar mais esse tipo de coisa do que discussões centradas num tópico ou em algum dos fundamentos filosóficos do programa.

Uma mulher começara a trabalhar recentemente com aconselhamento de alcoólatras e falou como era difícil manter o entusiasmo com as reuniões após passar oito horas imersa no mesmo assunto no trabalho.

— É difícil manter as coisas separadas.

Um homem falou que tinha acabado de ser diagnosticado como HIV positivo e como estava lidando com isso. Falei sobre a natureza cíclica do meu trabalho, como ficava inquieto ao passar tempo demais sem conseguir algo novo e o quanto me colocava sob pressão quando um serviço surgia.

— Era fácil equilibrar as coisas quando eu bebia, só que não posso mais fazer isso. As reuniões ajudam.

Pete falou quando chegou sua vez, basicamente comentando alguns assuntos levantados por outras pessoas. Falou pouco de si mesmo.

Às dez horas ficamos de pé em círculo, demos as mãos e fizemos uma oração. Do lado de fora, a chuva abrandara um pouco. Caminhamos até o Camry e ele me perguntou se eu estava com fome. Percebi que estava. Não tinha jantado, comera apenas uma fatia de pizza a caminho de casa depois de sair da biblioteca.

— Você gosta de comida árabe, Matt? Não falafel de lanchonete, comida de verdade. Porque conheço um lugar muito bom no Village. — Respondi que seria ótimo. — Ou sabe o que podemos fazer? Podemos ir ao Old Brooklyn. A não ser que tenha passado tanto tempo na Atlantic nos últimos dias que já esteja de saco cheio do Brooklyn.

— Não acha contramão?

— Ei, a gente está de carro, não está? Vamos usá-lo um pouco.

Ele pegou a ponte do Brooklyn. Eu estava pensando no quanto era bonita sob a chuva quando Peter me tirou dos meus devaneios.

— Amo essa ponte — comentou ele. — Estava lendo outro dia como todas as pontes estão se deteriorando. Não dá para deixar uma ponte ao Deus dará, é preciso fazer uma manutenção, o que a prefeitura faz, mas não tanto quanto deveria.

— Falta dinheiro.

— Como isso aconteceu? Por anos, a cidade foi capaz de bancar o que era necessário, agora sempre falta dinheiro. Por que, você sabe?

Fiz que não.

— Acho que não é apenas em Nova York — repliquei. — É a mesma história por todo lado.

— É? Porque tudo que vejo é Nova York, é como se a cidade estivesse ruindo. Como se diz, a infraestrutura? É essa a palavra que estou procurando?

— Acho que sim.

— A infraestrutura está degringolando. Outra adutora rompeu no mês passado. O sistema é antigo e está se deteriorando. Quem ouvia falar de adutoras rompendo há dez, vinte anos? Você se lembra desse tipo de coisa acontecendo?

— Não, mas não quer dizer que não acontecesse. Eu não percebia muitas coisas que aconteciam.

— É, bem, tem razão. Isso também vale para mim. Não percebo muitas coisas que continuam acontecendo.

O restaurante ficava na Court, a meio quarteirão da Atlantic. Por sugestão de Peter, pedi uma esfirra fechada de espinafre como entrada, que ele garantiu ser completamente diferente do *spanakopita* que servem nos cafés gregos. Peter estava certo. O prato principal, uma caçarola de trigo e carne com cebola salteada, também estava excelente, mas era tanta comida que deixei um pouco no prato.

— Leve para casa — sugeriu. — Gostou do lugar? É simples, mas a comida é imbatível.

— Estou surpreso que ainda esteja aberto uma hora dessas.

— Sábado à noite? Eles funcionam até meia-noite, talvez até mais tarde. — Peter se recostou na cadeira. — Mas vou dizer, existe um jeito certo de terminar uma refeição como essa. Já ouviu falar em arak?

— Aquela bebida parecida com ouzo?

— Mais ou menos. Há uma diferença, mas sim, é parecida. Você gosta de ouzo?

— Não diria que gosto. Tinha um bar na esquina da 57 com a Nona chamado Antares and Spiro's, um lugar grego...

— Não diga, com esse nome.

— ... e às vezes eu passava por lá depois de uma longa noite bebendo bourbon no Jimmy Armstrong's para dar os trabalhos por encerrados com um copo ou dois de ouzo.

— Ouzo depois de bourbon, hein?

— Digestivo — falei. — Para dar um trato no estômago.

— Dar um trato de vez, está parecendo. — Ele cruzou com o olhar da garçonete e fez um sinal pedindo mais café. — Eu quis muito beber no outro dia.

— Mas não bebeu.

— Não.

— Isso é o que importa, Pete. Querer é normal. Não foi a primeira vez que você sentiu vontade de beber depois que ficou sóbrio, foi?

— Não — respondeu ele. A garçonete chegou e encheu nossas canecas. Pete esperou que se afastasse. — Mas foi a primeira vez que considerei beber.

— Considerou seriamente?

— É, eu diria que seriamente. Eu diria que sim.

— Mas não bebeu.

— Não — respondeu. Olhava fixamente para a xícara de café. — Mas quase, quase usei.

— Drogas?

Ele fez que sim.

— Heroína. Você já teve alguma experiência com heroína?

— Nenhuma.

— Nem mesmo experimentou?

— Nem ao menos pensei na possibilidade. Nunca conheci ninguém que usasse, nem mesmo quando bebia. Exceto por algumas pessoas que prendi.

— Heroína era apenas para a escória nesse tempo.

— Foi como sempre vi a situação.

Pete deu um sorriso simpático.

— Você provavelmente conhecia algumas pessoas que usavam. Elas apenas não queriam que soubesse.

— É possível.

— Eu sempre gostei — continuou ele. — Nunca injetei, eu cheirava. Tenho medo de agulha, o que foi uma sorte, caso contrário, possivelmente teria morrido de Aids. Mas você sabe, não é preciso injetar para ficar viciado.

— Imagino que não.

— Senti síndrome de abstinência algumas vezes e fiquei assustado. Superei com ajuda da bebida e então, bem, você sabe o resto da história. Larguei a heroína sozinho, mas precisei me internar numa clínica de reabilitação para largar a bebida. Portanto, foi o álcool que me derrubou, mas, no meu coração, sou tão drogado quanto bebum.

Ele bebeu um gole de café.

— E o que acontece — prosseguiu — é que a cidade é diferente quando você a vê pelos olhos de um viciado. Quero dizer, você foi policial e tudo mais e se vira bem nas ruas, mas, se nós dois descermos juntos uma rua, eu vou ver mais traficantes do que você. Vou ver eles e eles vão me ver, vamos nos reconhecer. Vou a qualquer lugar dessa cidade e não preciso de mais de cinco minutos para encontrar alguém que me venderia alegremente um papelote.

— E daí? Eu passo por bares o dia todo. Você também. É a mesma coisa, não é?

— Acho que sim. A heroína tem ficado cada vez mais tentadora ultimamente.

— Ninguém disse que ia ser fácil, Pete.

— Foi fácil por algum tempo. Está mais difícil agora.

No carro, voltamos ao assunto.

— Para que me dar ao trabalho?, eu penso. Vou a uma reunião e penso, quem *são* essas pessoas? De onde elas vêm? Toda essa merda sobre se voltar para um Poder Superior e a vida se transformar num mar de rosas. Você acredita nisso?

— Que a vida é um mar de rosas? Não exatamente.

— Está mais para um rio de merda. Não, você acredita em Deus?

— Depende de quando você pergunta.

— Bem, hoje. É quando estou fazendo a pergunta. Você acredita em Deus? — Eu não disse nada a princípio, então Pete recuou. — Esquece, não tenho o direito de me intrometer na sua vida. Desculpe.

— Não, eu estava apenas tentando formular uma resposta. Acho que o que me levou a ter dificuldade foi não achar a pergunta importante.

— Não é importante se existe um Deus ou não?

— Que diferença faz? De uma forma ou de outra, tenho o dia para enfrentar. Com ou sem Deus, sou um alcoólatra incapaz de beber com moderação. Qual é a diferença?

— O programa é centrado num Poder Superior.

— Sim, mas funciona do mesmo jeito caso Ele exista ou não, acredite eu Nele ou não.

— Como você pode entregar a sua vontade a algo no que não acredita?

— Soltando as rédeas. Não tentando controlar as coisas. Agindo de forma adequada e deixando que Deus faça com que as coisas funcionem como Ele quer.

— Exista Ele ou não.

— Isso.

Pete pensou por algum tempo.

— Não sei — disse enfim. — Cresci acreditando em Deus. Estudei numa escola católica, aprendi o que eles ensinam. Nunca questionei. Fiquei sóbrio, disseram "entregue-se a um Poder Superior", certo, sem problema. Então aqueles filhos da puta devolvem Francey em pedaços. Cara, que tipo de Deus deixa uma coisa dessas acontecer?

— Merdas acontecem.

— Você não conheceu ela, cara. Francey era uma boa mulher. Doce, decente, inocente. Um belo ser humano. Conviver com ela fazia com que você quisesse ser uma pessoa melhor. Mais do que isso. Fazia você sentir que podia. — Ele parou num sinal vermelho, olhou para os dois lados e acelerou. — Recebi uma multa assim uma vez. Paro no meio da noite e não vejo ninguém a quilômetros de distância. Que idiota fica parado esperando o sinal abrir? O maldito policial estava estacionado a meio quarteirão com os faróis apagados e me multou.

— Acho que a gente se safou dessa vez.

— Acho que sim. Kenan usa heroína de vez em quando. Não sei se você sabia.

— Como poderia?

— Achei que não. Ele cheira um papelote uma vez por mês. Talvez menos. É recreativo, vai a um clube de jazz e cheira no banheiro para curtir melhor a música. Mas não deixava que Francey soubesse. Tinha certeza de que ela não aprovaria e Kenan não queria que nada diminuísse ele aos olhos da esposa.

— Ela sabia que o marido traficava heroína?

— Isso é diferente. É um negócio, é o que ele faz. E ele não planeja ficar nisso para sempre. Mais alguns anos e está fora, esse é o plano.

— Esse é o plano de todo mundo.

— Entendo o que você quer dizer. Enfim, ela não se incomodava. Era algo que ele fazia, o negócio dele, estava num mundo separado. Mas Kenan não queria que Francine soubesse que ele usava de vez em quando. — Pete ficou alguns segundos em silêncio antes de voltar a falar. — Ele estava chapado outro dia. Quando eu disse isso, negou. Quero dizer, porra, cara, vai tentar enrolar um drogado quando o assunto é droga? O cara está obviamente chapado e diz que não. Acho que é porque estou limpo e sóbrio, ele não quer esfregar a tentação na minha cara, mas me dá o crédito pelo mínimo de inteligência, está bem?

— Você se incomoda que ele consiga ficar chapado e você não?

— Se me incomodo? Claro que me incomodo, porra. Ele vai para a Europa amanhã.

— Ele me disse.

— Precisa fazer um negócio logo, para colocar as finanças em ordem. Essa é uma boa forma de ser preso, apressar os detalhes. Ou pior que preso.

— Você está preocupado com ele?

— Meu Deus! — exclamou Peter. — Estou preocupado com todos nós.

— Quando eu era criança adorava pontes — falou enquanto cruzávamos a ponte do Brooklyn rumo a Manhattan. — Colecionava fotografias. O meu velho enfiou na cabeça que eu devia ser arquiteto.

— E ainda pode ser.

Ele riu.

— O quê? Voltar a estudar? Não, eu nunca quis isso, entende? Eu não tinha inclinação para construir pontes. Só gostava de olhar para elas. Se um dia quiser acabar com tudo, talvez dê um mortal da ponte do Brooklyn. Deve ser difícil mudar de ideia no meio do caminho, hein?

— Ouvi um cara falar sobre isso. Ele voltou a si numa das pontes, acho que foi essa, do outro lado do parapeito e com um pé no vazio.

— Sério?

— Ele parecia falar bem sério. Não se lembrava de ter chegado lá, só bam, lá estava ele com uma das mãos no parapeito e um pé solto no ar. Então escalou o parapeito e voltou para casa.

— E bebeu alguma coisa, provavelmente.

— Acho que sim. Mas imagina se tivesse voltado a si cinco segundos depois.

— Depois de dar o outro passo, você quer dizer? Deve ser uma sensação terrível. A única coisa boa é que não duraria muito. Ah, merda, eu devia ter pegado a outra pista. Tudo bem, só vamos nos desviar alguns quarteirões do caminho. Mas gosto daqui. Você costuma vir por aqui, Matt?

Estávamos passando pelo South Street Seaport, uma área revitalizada nos arredores do mercado de peixe da Fulton Street.

— No verão passado — respondi. — Eu e a minha namorada passamos a tarde na região. A gente olhou as lojas, comeu num dos restaurantes.

— É um pouco nariz empinado, mas eu gosto. Não no verão. Sabe quando fica mais bonito? Numa noite como essa, quando está frio e deserto com uma garoa fina caindo. É quando fica bonito de verdade. — Ele riu. — Agora, isso é uma conversa de drogado, cara. Mostre para ele os jardins do Éden e o cara vai querer tudo escuro, frio e triste. E estar sozinho.

— Obrigado, Matt — agradeceu Peter quando paramos em frente ao meu hotel.

— Pelo quê? Eu estava planejando ir a uma reunião. Eu é que devia agradecer pela carona.

— É, bem, obrigado pela companhia. Mas, antes de você ir, tem uma coisa que estou querendo perguntar a noite toda. Esse trabalho que você está fazendo para Kenan. Acha que tem chance de chegar a algum lugar?

— Não estou fazendo por fazer.

— Não, eu sei que está se dedicando. Só me pergunto se acredita que existe uma boa chance de dar algum resultado.

— *Existe* uma chance — respondi. — Não sei quão boa ela é. Não comecei com muita coisa.

— Eu sei. Você começou com quase nada na minha opinião. É claro que vê a situação do ponto de vista profissional, de uma forma diferente.

— Muita coisa depende de que algumas das minhas ações levem a algum lugar, Pete. E as ações futuras dos sequestradores também são um fator e são impossíveis de prever. Se estou otimista? Depende de quando você me perguntar.

— Como com o Poder Superior, hum? Mas se você chegar à conclusão de que é inútil, não tenha pressa de dizer ao meu irmão, está bem? Continue por uma semana ou duas. Assim ele vai acreditar que fez tudo que podia.

Eu não falei nada.

— O que quero dizer...

— Eu sei o que você quer dizer. A questão é que não é algo que precisem me dizer. Sempre fui um filho da mãe teimoso. Quando começo uma coisa, tenho uma dificuldade enorme para colocá-la de lado. Acho que é o principal motivo que me leva a resolver as coisas, para dizer a verdade. Não por ser brilhante. Finco os pés como um buldogue até que algo aconteça.

— E acontece, mais cedo ou mais tarde? Sei que costumavam dizer que ninguém sai impune de um assassinato.

— É o que costumavam dizer? Não dizem mais com tanta frequência. As pessoas saem impunes de assassinatos o tempo todo. — Desci do carro e me encostei na porta para concluir o raciocínio. — Bem, de certa forma. Sinceramente, não acredito que ninguém jamais saia impune de qualquer coisa.

9

Fiquei acordado até tarde. Tentei dormir e não consegui, tentei ler e não consegui, e acabei sentado em frente à janela no escuro, olhando a chuva cair através da luz dos postes. Fiquei sentado e tive longos pensamentos. "Os pensamentos dos jovens são longos, longos pensamentos." Li esse verso num poema, mas dá para se ter longos pensamentos em qualquer idade, se você não consegue dormir e cai uma chuva fina.

Ainda estava na cama quando o telefone tocou por volta das dez.

— Tem onde anotar, xará? — perguntou TJ. — Você vai querer escrever isso. — Ele ditou duas sequências de sete dígitos. — É melhor incluir 718, porque você tem que discar isso antes.

— Quem vai atender se eu discar?

— Teria sido eu, se você estivesse em casa na primeira vez que liguei. Cara, é mais difícil encontrar você do que sorte! Liguei sexta de tarde, liguei sexta de noite, liguei ontem o dia todo e a noite toda até meia-noite. Você é um cara difícil de encontrar.

— Eu estava fora.

— É, meio que saquei isso. Cara, você me mandou na maior viagem. O velho Brooklyn não acaba nunca.

— É bem grande — concordei.

— Grande é pouco. No primeiro lugar que fui, desci no fim da linha. O trem saiu de debaixo da terra e vi umas casas bonitas. Parecia uma cidade antiga de filme, nem um pouco como Nova York. Cheguei no primeiro telefone, liguei pra você. Ninguém em casa. Fui atrás do outro telefone, e, cara, que viagem. Desci umas ruas que as pessoas olhavam pra mim pensando, negão, o que você tá fazendo aqui? Ninguém disse nada, mas não precisava fazer força pra ouvir o que estavam pensando.

— Mas você não teve problemas.

— Cara, eu nunca tenho problemas. O que eu faço é ficar esperto pra ver o problema antes que ele me veja. Achei o segundo telefone, te liguei pela segunda vez. Não consegui falar com você porque não tava aí. Aí pensei, ei, talvez eu esteja perto de outro metrô, já que estou a quilômetros de onde desci. Então fui numa loja de doces e disse, tipo, "O senhor poderia me informar onde fica a estação de metrô mais próxima?". Eu falei assim, você ia achar que era uma comercial de TV. O cara olha pra mim e diz, "Metrô?". Como se fosse não só uma palavra que ele não conhecesse, mas um conceito que a mente do cara não conseguisse chegar nem perto de processar. Aí voltei pelo mesmo caminho, cara, até o fim da linha Flatbush, porque pelo menos isso eu sabia fazer.

— Acho que, de qualquer forma, era a estação mais próxima.

— Acho que você tá certo, porque olhei o mapa do metrô depois e não vi outra mais perto. Outro motivo pra ficar em Manhattan, cara. Nunca se tá longe de um trem.

— Não vou esquecer isso.

— Eu esperava que você estivesse aí quando liguei. Estava tudo na mão. Ia dizer o número pra você e aí, "Liga agora". Você ia ligar, eu ia atender e dizer, "Estou aqui". Dizer isso agora não é tão maneiro, mas eu mal podia esperar pra fazer isso.

— Então os aparelhos estão com os números.

— Ah, sim! Deixei *isso* de fora. Sabe o segundo, o que fica no meio do inferno e perto da Veterans Avenue? Onde todo mundo olha atravessado pra você? Aquele telefone tava com o número. O outro, na esquina da Flatbush com a Farragut, esse não.

— Então como você conseguiu o número?

— Bem, eu sou criativo. Já te disse isso, não foi?

— Mais de uma vez.

— O que eu fiz foi ligar pra telefonista. Falei: "Aí, linda, alguém arrancou o número desse telefone, como é que eu sei de onde estou ligando?" E ela disse que não tinha como saber o número do telefone onde eu estava, que não podia me ajudar.

— Isso me parece pouco provável.

— Pensei na mesma coisa. Pensei que eles têm todo aquele equipamento, você pede um número pra telefonista e ela dá a resposta tão rápido quanto você faz a pergunta, como não podem dar o número do seu telefone? Aí pensei, TJ, seu babaca, eles tiraram os números pra foder com os traficantes e você está falando exatamente como um. Então disquei *zero* outra vez, sabendo que você pode ligar pra telefonista o dia todo e não gastar nenhuma moeda porque a chamada é grátis. E que cada ligação é atendida por uma pessoa diferente. Aí quem atendeu foi outra garota e, dessa vez, tirei as ruas da minha voz e falei: "Talvez a senhorita possa me ajudar. Estou num telefone público e preciso informar o número para que o meu escritório retorne uma ligação. Alguém danificou o telefone com tinta spray de tal forma que é impossível ver o número. Gostaria, por favor, que identificasse a linha e me informasse o número." E eu nem tinha terminado de falar quando ela começou a dizer o número. Matt? Ah, merda.

Uma gravação entrou pedindo mais dinheiro.

— Meu tempo tá acabando — avisou TJ. — Preciso colocar outra moeda.

— Diga o número, eu te ligo.

— Não posso. Não estou no Brooklyn agora e não consegui enrolar ninguém pra me dar o número desse telefone. — A linha soltou um tinido quando a moeda caiu. — Pronto, tudo bem agora. Mas fui muito esperto pra conseguir aquele número. Você tá aí? Por que não tá falando nada?

— Estou surpreso — respondi. — Não sabia que você conseguia falar assim.

— Falar direito, você quer dizer? Claro que consigo. Só por eu ser das ruas não quer dizer que sou ignorante. São duas línguas diferentes, Matt, e você tá falando com um cara bilíngue.

— Bem, estou impressionado.

— É? Achei que ficaria impressionado por eu ter voltado do Brooklyn. O que você quer que eu faça agora?

— Agora? Nada.

— Nada? Ah, deve ter uma coisa que eu possa fazer. Fui bem nisso, não fui?

— Você foi ótimo.

— Quero dizer, o cara não precisa ser nenhum gênio pra descobrir como chegar no Brooklyn e voltar. Mas foi maneiro como consegui o número com a telefonista, não foi?

— Definitivamente.

— Eu tava sendo criativo.

— Muito criativo.

— Mas mesmo assim você não tem nada pra mim hoje.

— Infelizmente, não — respondi. — Fala comigo daqui a um dia ou dois.

— Falar com você — repetiu ele. — Cara, eu falo com você qualquer hora que quiser, isso se você estiver aí pra falar. Sabia que você precisa de um bipe? Cara, você *precisa* de um bipe.

Eu podia dar uma bipada aí você ia pensar, "Deve ser o TJ tentando falar comigo, deve ser importante". Qual é a graça?

— Nada.

— Então por que você tá rindo? Vou te ligar todo dia, cara, porque acho que você *precisa* de mim trabalhando pra você. Ponto final e tchau.

— Ei, gostei dessa.

— Achei que fosse gostar — falou. — Estava guardando pra você.

Choveu o dia inteiro no domingo e passei a maior parte do tempo no meu quarto. Deixei a TV ligada e trocava entre tênis na ESPN e golfe em outro canal. Há dias em que sou fisgado por uma partida de tênis, mas esse não foi um deles. Nunca sou fisgado por golfe, mas a paisagem é bonita e os comentaristas não falam tanto quanto os dos demais esportes, então não é ruim deixar a TV ligada enquanto se pensa em outra coisa.

Jim Faber ligou no meio da tarde para cancelar o nosso jantar habitual. Um primo da esposa havia morrido e eles precisavam ir ao velório para marcar presença.

— A gente podia se encontrar para um café — sugeriu ele. — Mas o tempo está horrível.

Em vez disso, passamos dez minutos ao telefone. Mencionei que estava um pouco preocupado com Peter Khoury, com receio de que bebesse ou usasse drogas.

— A maneira como ele falou da heroína... Até eu fiquei com vontade de experimentar.

— Já percebi isso nos viciados — comentou Jim. — Eles têm aquele ar melancólico de um velho falando da juventude perdida. Você sabe que não pode manter ele sóbrio.

— Sei.

— Mas você não está apadrinhando ele, está?

— Não, só que ninguém mais está. E ontem à noite ele me usou como padrinho.

— É melhor que não tenha pedido formalmente que seja o padrinho dele. Você já tem um relacionamento profissional com o irmão e, por extensão, com ele.

— Pensei nisso.

— Mas mesmo que tivesse pedido, isso ainda não faz dele sua responsabilidade. Você sabe o que constitui um bom padrinho? Continuar sóbrio.

— Acho que já ouvi isso em algum lugar.

— De mim, provavelmente. Mas ninguém consegue manter quem quer que seja sóbrio. Eu sou seu padrinho. Mantenho você sóbrio?

— Não — respondi. — Continuo sóbrio apesar de você.

— Apesar de mim ou para o meu pesar?

— Talvez um pouco dos dois.

— Qual é o problema de Pete, afinal? Ele está deprimido porque não pode beber nem injetar?

— Cheirar.

— Hein?

— Ele mantinha distância das seringas. Mas sim, basicamente é isso. E ele está puto com Deus.

— Merda, e quem não está?

— Porque que tipo de Deus iria permitir que uma coisa daquelas acontecesse com uma pessoa maravilhosa como a cunhada?

— Deus faz esse tipo de merda o tempo todo.

— Eu sei.

— Talvez Ele tivesse um motivo. Talvez Jesus queira ela para um raio de sol. Se lembra dessa música?

— Acho que nunca ouvi.

— Bem, peço a Deus que nunca ouça de mim, porque eu precisaria estar bêbado para cantar. Acha que ele estava comendo ela?

— Se eu acho que quem estava comendo quem?

— Você acha que Pete estava comendo a cunhada?

— Meu Deus! Por que eu pensaria nisso? Você tem uma mente suja, sabia?

— São as pessoas com quem convivo.

— Deve ser. Não, não acho que estivesse. Acho apenas que ele está deprimido, acho que ele quer beber e se drogar, e espero que não faça. Só isso.

Liguei para Elaine e disse que estava livre para jantar, mas ela já havia convidado a amiga Monica para ir à sua casa. Falou que iam pedir comida chinesa e que eu seria bem-vindo, pois assim poderiam pedir mais pratos. Respondi que ficava para a próxima.

— Você está com medo de que seja uma noite de conversa de meninas — sugeriu Elaine. — E provavelmente está certo.

Mick Ballou ligou quando eu estava assistindo a *60 Minutes* e conversamos por dez ou doze deles. Numa tacada só, eu disse que havia comprado uma passagem para a Irlanda e que precisei cancelar a viagem. Ele ficou triste que eu não fosse, mas feliz por eu ter encontrado algo com que me ocupar.

Falei um pouco sobre o que estava fazendo, mas não o tipo de pessoa para quem estava trabalhando. Mick sentia antipatia por traficantes de drogas e, ocasionalmente, complementava a renda invadindo suas casas e tomando o dinheiro deles.

Ele perguntou como estava o clima e respondi que havia chovido o dia todo. Falou que sempre chovia por lá, que tinha dificuldade para se lembrar de como era o sol. Ah, e se eu havia ouvido falar? Descobriram evidências de que Nosso Senhor era irlandês.

— Não me diga.

— Digo — continuou Mick. — Pense nos fatos. Ele morou com os pais até os 29 anos. Saiu para beber com a rapaziada na última noite de Sua vida. Acreditava que a mãe fosse virgem e ela, por sua vez, uma boa mulher, acreditava que Ele fosse Deus.

A semana começou devagar. Trabalhei duro no caso Khoury, se quiser chamá-lo assim. Consegui o nome de um dos investigadores que trabalharam no homicídio de Leila Alvarez. Ela era a aluna do Brooklyn College desovada no cemitério Green-Wood e o caso pertencia não ao 72º Distrito, mas ao Departamento de Homicídios do Brooklyn. Um investigador chamado JoŠ Kelly havia comandado a investigação, mas não consegui entrar em contato com ele e relutei em deixar nome e telefone.

Me encontrei com Elaine na segunda e ela estava decepcionada que o telefone não estivesse tocando sem parar com ligações de vítimas de estupro. Eu disse que podíamos não receber nenhuma, que às vezes é assim, que você joga muitos anzóis na água e às vezes passa um bom tempo sem uma mordida. E ainda era cedo, emendei. Era muito provável que as pessoas com quem ela falou fizessem ligações apenas depois do fim de semana.

— O fim de semana já acabou — lembrou ela.

Eu disse que se de fato fizessem as ligações, poderia demorar um pouco até que conseguissem falar com as pessoas, e as vítimas podiam precisar de alguns dias para se decidir a entrar em contato.

— Ou não entrar — comentou.

Ela ficou mais desanimada quando a terça passou sem nenhum telefonema. Ao nos falarmos na noite de quarta, estava animada. A boa notícia era que três mulheres haviam ligado. A má era que nenhuma delas parecia ter sido vítima dos homens que mataram Francine Khoury.

Uma mulher tinha sido atacada por um único agressor no corredor do seu prédio. Ele a estuprara e roubara sua bolsa. Outra havia aceitado, na saída da escola, uma carona para casa de uma pessoa que acreditava também ser estudante; o sujeito mostrou uma faca e ordenou que fosse para o banco de trás, mas ela tinha conseguido escapar.

— Era um jovem franzino e estava sozinho — explicou Elaine —, então achei difícil considerar ele uma possibilidade. E a terceira ligação foi um caso de encontro seguido de estupro, não sei qual é o termo certo. De acordo com a jovem, ela e uma amiga conheceram dois sujeitos num bar em Sunnyside. Foram dar uma volta no carro dos sujeitos e a amiga ficou enjoada, então pararam para ela descer e vomitar. Eles arrancaram e deixaram ela lá. Dá para acreditar?

— Bem, não é muito educado — concordei —, mas não acho que chamaria de estupro.

— Engraçado. Enfim, eles rodaram por algum tempo e foram para a casa da jovem; queriam fazer sexo com ela, ela disse nada feito, que tipo de garota vocês acham que eu sou, blá-blá-blá, e finalmente concordou em trepar com um dos sujeitos, aquele com quem mais ou menos estava, o outro iria esperar na sala. Mas não esperou, ele entrou enquanto estavam transando e ficou olhando, o que não serviu muito para esfriar sua vontade, como você deve ter imaginado.

— E?

— E depois ele disse por favor, por favor, por favor e ela disse não, não, não, até que finalmente concordou em fazer um boquete, porque era a única forma de se livrar dele.

— Ela te disse isso?

— Em termos mais femininos, mas sim, foi o que aconteceu. Então escovou os dentes e ligou para a polícia.

— E denunciou o caso como estupro?

— Bem, eu chamaria assim. A situação foi de por favor, poı favor, por favor para me chupa ou faço você engolir os dentes, então eu diria que se enquadra como estupro.

— Ah, claro, se envolveu esse tipo de ameaça.

— Mas não soa como os nossos caras.

— Não, nem um pouco.

— Estou com os números, caso queira falar com elas. Eu disse que as contataríamos caso o produtor decidisse levar o filme adiante, que, por enquanto, o projeto ainda era incerto. Fiz direito?

— Com certeza.

— Não consegui nada que ajude, mas é animador o fato de ter recebido três ligações, você não acha? Provavelmente haverá mais amanhã.

Elaine recebeu uma ligação na quinta que pareceu promissora a princípio. Uma mulher de 30 e poucos anos que fazia pós-graduação na St. JoŠ's University, sequestrada com facas apontadas por três homens quando abria o carro num dos estacionamentos do campus. Eles a empurraram para dentro do carro e foram para o Cunningham Park, onde fizeram sexo oral e vaginal com ela, o tempo todo com uma ou mais facas apontadas para ela e sob ameaça de diversas formas de mutilação. Chegaram a abrir um talho no seu braço, apesar de o ferimento poder ter sido acidental. Quando terminaram, deixaram-na no parque e fugiram no carro, que ainda não foi recuperado, quase sete meses após o incidente.

— Mas não podem ser eles — comentou Elaine —, porque os homens eram negros. Os da Atlantic eram brancos, certo?

— Sim, é a única coisa com a qual todos concordam.

— Bem, esses eram negros. Eu insistia, sabe, em voltar a isso, e ela deve ter pensado que eu era racista ou que suspeitava que ela fosse ou sei lá o quê. Por que mais eu iria insistir na cor dos estupradores? Mas claro que era importante do meu ponto de vista, já que significa que ela está fora do nosso perfil. A não ser que, em algum momento, entre agora e agosto passado eles tenham descoberto como mudar de cor.

— Se descobriram isso, vão faturar muito mais do que quatrocentos mil.

— Gracinha. Enfim, me senti uma idiota, mas anotei o nome e o telefone dela e disse que entraríamos em contato caso o projeto recebesse luz verde. Quer ouvir uma coisa engraçada? Ela disse que independentemente disso dar em alguma coisa, ficou feliz por ter ligado, porque fez bem falar a respeito. Ela falou bastante sobre a agressão logo depois que aconteceu e fez um pouco de terapia, mas não tocava no assunto há algum tempo e ajudou.

— Isso deve ter feito você se sentir bem.

— Fez, porque até então eu estava me sentindo culpada por fazer ela lembrar aquilo com falsos pretextos. Ela disse que foi muito fácil falar comigo.

— Bem, isso não surpreende o repórter aqui.

— Ela imaginou que eu fosse terapeuta. Acho que estava para perguntar se poderia fazer uma consulta por semana. Eu disse que era assistente de um produtor e que as habilidades necessárias são muito parecidas.

Naquele mesmo dia, finalmente, consegui falar com o investigador John Kelly do Departamento de Homicídios do Brooklyn. Ele se lembrava do caso Leila Alvarez e disse que havia sido algo terrível. Leila era bonita e, de acordo com todos que a conheciam, boa moça e estudante aplicada.

Falei que estava escrevendo uma matéria sobre corpos desovados em lugares incomuns e perguntei se havia algo de estranho no estado do corpo quando foi encontrado. Ele disse que houve mutilação. Questionei se podia dar alguns detalhes e ele respondeu que achava melhor não. Em parte por manterem certos aspectos do caso confidenciais, em parte para poupar a família da jovem.

— Tenho certeza de que você entende — disse ele.

Tentei mais algumas abordagens e continuei a dar de cara com o mesmo muro. Agradeci e estava para desligar, mas algo me fez perguntar se ele já havia trabalhado no 78º. Kelly perguntou por que eu queria saber.

— Porque conheci um JoŠ Kelly que trabalhava lá — respondi —, mas não vejo como pode ser o mesmo homem, já que a essa altura ele já passou da idade de se aposentar.

— É o meu pai — explicou. — Você disse que se chama Scudder? Como se conheceram, você era repórter?

— Não, eu trabalhava na polícia. Fiquei lotado no 78º por algum tempo, depois no 6º, em Manhattan, quando fui promovido a investigador.

— Ah, você era investigador? E agora é escritor? Meu pai falava em escrever um livro, mas não passou disso. Ele se aposentou há uns oito anos; agora mora na Flórida e planta toranja no quintal. Muitos policiais que conheço estão trabalhando em livros ou dizem estar. Ou falam que estão pensando nisso, mas parece que você botou a mão na massa, hein?

Havia chegado a hora de mudar a abordagem.

— Não.

— Como assim?

— Era conversa fiada — admiti. — Trabalho como detetive particular, é o que faço desde que saí do departamento.

— Então o que você quer saber a respeito de Alvarez?

— Quero saber a natureza da mutilação.

— Por quê?

— Quero saber se envolveu amputação.

Houve uma pausa, longa o bastante para que eu me arrependesse daquela abordagem. Mas ele voltou a falar:

— Sabe o que eu quero saber, meu camarada? Quero saber que porra você tem a ver com isso.

— Houve um caso no Queens há pouco mais de um ano — respondi. — Três homens raptaram uma mulher na Jamaica Avenue em Woodhaven e a desovaram num campo de golfe em Forest Park. Além de muita brutalidade, eles cortaram dois dedos da jovem e enfiaram eles em... orifícios corporais.

— Você tem algum motivo para acreditar que as mesmas pessoas mataram as duas mulheres?

— Não, mas tenho motivos para acreditar que quem matou Gotteskind não parou nela.

— Esse era o nome da mulher do Queens? Gotteskind?

— Sim, Marie Gotteskind. Tenho tentado ligar os assassinos dela a outros casos e Alvarez me pareceu uma possibilidade, mas tudo que sei é o que foi parar nos jornais.

— Alvarez tinha um dedo enfiado no ânus.

— O mesmo aconteceu com Gotteskind. Ela tinha outro na frente.

— Na...

— É.

— Você é como eu, não gosta de usar as palavras quando se trata de uma pessoa morta. Não sei, a gente conversa com os legistas e eles são os sujeitos mais irreverentes do mundo. Acho que é para se afastarem dos sentimentos.

— Provavelmente.

— Mas me parece desrespeitoso. Essas pobres pessoas, o que mais podem esperar além de um pouco de respeito depois de mortas? Não tiveram nenhum de quem tirou a vida delas.

— Não.

— Ela estava sem um seio.

— Como?

— Alvarez. Cortaram um seio dela. Pelo sangramento, concluíram que estava viva quando aconteceu.

— Meu Deus.

— Quero pegar esses filhos da puta, entende? Quando se trabalha com homicídios, você quer pegar todos, já que não existe um assassinato menor, mas alguns nos afetam e esse foi o que me afetou. Fomos fundo nesse caso, verificamos os movimentos dela, conversamos com todos que a conheciam, mas você sabe como é. Quando não existe nenhuma relação entre a vítima e o assassino e poucas evidências físicas, há um limite até onde se consegue chegar. Havia muito poucas evidências na cena, pois ela foi morta em outro lugar e desovada no cemitério.

— Isso foi noticiado no jornal.

— Aconteceu a mesma coisa com Gotteskind?

— Sim.

— Se eu soubesse de Gotteskind... Você disse um ano atrás?
— Dei a Kelly a data. — Então está tudo enfiado numa pasta no Queens. Como vou saber disso? Dois corpos com dedos, é... removidos e reinseridos e eu aqui, chupando dedo. Não quis dizer isso. Meu Deus.

— Espero que ajude.

— Você espera que ajude. O que mais tem?

— Nada.

— Se estiver omitindo...

— Tudo o que sei sobre Gotteskind é o que está na pasta. E tudo o que sei sobre Alvarez é o que você me contou.

— E qual é a sua ligação? A sua ligação pessoal.

— Eu já disse que...

— Não, não, não. Por que o interesse?

— É confidencial.

— Confidencial droga nenhuma. Você não tem direito a omitir informações.

— E não estou.

— Bem, como você chama isso então?

Respirei fundo.

— Acho que eu já disse tudo o que sei — respondi. — Não tenho mais detalhes sobre nenhum dos dois homicídios, de Gotteskind ou Alvarez. Li a pasta do caso de uma e você me falou sobre o caso da outra. Meus conhecimentos vão até aí.

— O que levou você a ler a pasta, para começo de conversa?

— Uma matéria de jornal de um ano atrás, e liguei para você com base em outra matéria. Isso é tudo.

— Você está protegendo um cliente.

— Se eu tenho um cliente, ele certamente não é o criminoso, e não vejo como ele possa ser assunto de outra pessoa que não eu. Não prefere comparar os dois casos e ver se isso esclarece alguma coisa?

— É claro que vou fazer isso, mas prefiro saber qual é o seu interesse.

— Não é importante.

— Posso dizer para você vir até aqui. Ou providenciar que seja trazido, se preferir continuar agindo dessa forma.

— Você pode — concordei. — Mas não vai ter nada além do que eu já disse. Pode me custar algum tempo, mas também vai estar perdendo o seu.

— Vou te dizer uma coisa, você é um puta cara de pau.

— Ora, vamos. Agora você sabe de algo que não sabia antes da minha ligação. Se quiser dar uma de ressentido pode desligar na minha cara, mas para quê?

— O que eu deveria dizer, obrigado? — Não faria mal algum, pensei, mas guardei isso para mim. — Droga nenhuma. Mas acho melhor me informar seu endereço e telefone, caso eu precise falar com você.

O erro havia sido informar o meu nome. Eu podia descobrir se ele valia quanto pesava como investigador procurando o meu nome na lista telefônica de Manhattan, mas para quê? Dei a Kelly meu endereço e telefone e falei que sentia muito por não poder responder a todas as suas perguntas, mas tinha responsabilidades com um cliente.

— Isso teria me enfurecido quando eu ainda estava na polícia — concedi —, por isso entendo por que teve o mesmo efeito em você. Mas preciso fazer o que preciso fazer.

— É, já ouvi isso antes. Bem, talvez sejam as mesmas pessoas nos dois casos e algo pode surgir se colocarmos eles lado a lado. Isso seria bom.

Era o mais próximo de "obrigado" a que ele chegaria, o que estava bom para mim. Eu disse que seria muito bom e desejei sorte. Pedi que mandasse lembranças ao pai.

10

Naquela noite fui a uma reunião e Elaine, ao curso; depois pegamos táxis, nos encontramos no Mother Goose e ouvimos música. Danny Boy apareceu por volta das onze e meia e se juntou a nós. Estava com uma garota muito alta, muito magra, muito negra e muito estranha. Apresentou-a como Kali. Ela retribuiu os cumprimentos assentindo uma vez, mas não disse uma palavra ou não pareceu escutar nada do que ninguém disse por uma boa meia hora, depois se curvou para a frente, encarou Elaine e falou:

— Sua aura é azul-celeste e muito pura, muito bonita.

— Obrigada — respondeu Elaine.

— Você tem uma alma muito antiga — declarou Kali, e foi a última coisa que falou, o último sinal que deu de ter consciência da nossa presença.

Danny Boy não tinha muito o que anunciar, por isso, basicamente, desfrutamos da música, conversando sobre nada importante entre os sets. Já era bem tarde quando saímos. No táxi a caminho do apartamento, falei para Elaine:

— Você tem uma alma muito antiga, aura azul-celeste e uma bundinha linda.

— Ela é muito observadora — comentou Elaine. — A maioria das pessoas não nota a minha aura azul-celeste antes do segundo ou terceiro encontro.

— Isso para não falar na sua alma antiga.

— Na verdade, seria uma boa ideia não mencionar a minha alma antiga. Você pode falar o que quiser da minha bundinha linda. Onde Danny Boy arruma elas?

— Não sei.

— Se fossem todas aspirantes a modelo e atriz da Central Casting seria uma coisa, mas as garotas dele não se encaixam no tipo. Aquela, Kali... O que você acha que ela tomou?

— Não faço ideia.

— Porque ela sem dúvida parecia estar viajando em outro universo. As pessoas ainda usam drogas psicodélicas? Ela provavelmente tomou chá de cogumelo ou algum fungo alucinógeno que só cresce em couro podre. Mas vou dizer uma coisa, ela faturaria um bom dinheiro como dominatrix.

— Não se o couro estiver podre. E só se conseguir se concentrar no trabalho.

— Você entendeu o que eu quis dizer. Ela tem o visual, a presença. Você não se vê lambendo as botas dela e adorando cada minuto?

— Não.

— Ah, Matt — fez ela. — O Marquês de Suave em pessoa. Lembra quando eu amarrei você?

O motorista se esforçava para não demonstrar seu divertimento.

— Você quer calar a boca? — falei.

— Lembra? Você dormiu.

— Isso mostra o quanto me sinto seguro na sua presença — repliquei. — Você quer, *por favor*, calar a boca?

— Vou me concentrar na minha aura azul-celeste. E ficar muito quieta.

Antes que eu fosse embora na manhã seguinte, ela me disse que tinha um bom pressentimento a respeito das ligações das vítimas de estupro.

— Hoje vai ser um bom dia — afirmou.

Mas Elaine estava enganada, com ou sem aura azul-celeste. Não houve uma ligação sequer. Quando nos falamos naquela noite, estava mal-humorada.

— Acho que é isso. Três na quarta, uma ontem e agora nada. Achei que eu seria uma heroína que descobriria algo significante.

— Noventa e oito por cento de uma investigação é insignificante — falei. — Você faz tudo que vem à mente porque não sabe o que vai ser útil. E você deve ter sido incrível ao telefone, porque teve um alto índice de respostas, mas não se sinta derrotada por não ter descoberto uma vítima viva desses três patetas. Você estava procurando uma agulha no palheiro e esse provavelmente é um palheiro sem agulha, para começo de conversa.

— O que você quer dizer?

— Quero dizer que eles provavelmente não deixam testemunhas. É possível que matem todas as mulheres que atacam, ou seja, deve estar procurando por uma mulher que não existe.

— Bem, se ela não existe — concluiu Elaine —, então eu digo para o inferno com ela.

TJ ligava todos os dias, às vezes mais de uma vez por dia. Eu tinha dado cinquenta dólares para que conferisse os dois telefones no Brooklyn e ele não deve ter lucrado muito, visto que o que não gastou com metrô e ônibus estava perdendo com telefonemas. Ele teria um retorno melhor pelo seu tempo como incentivador para golpistas do monte de três cartas, ajudando camelôs ou fazendo qualquer um dos trabalhos de rua que, combinados, formavam sua renda. Mas continuava no meu pé atrás de trabalho.

No sábado, fiz o cheque do aluguel e paguei as outras contas que haviam chegado — telefone, cartão de crédito. Ao olhar para a conta telefônica, voltei a pensar nas ligações feitas para o telefone de Kenan Khoury. Alguns dias antes, tinha feito outra tentativa de encontrar um funcionário da companhia telefônica que pudesse descobrir uma maneira de fornecer as informações, mas novamente me disseram ser impossível.

Era o que eu estava pensando quando TJ ligou, por volta das dez e meia da manhã.

— Me dê mais uns telefones pra checar — pediu. — No Bronx, em Staten Island, qualquer lugar.

— Vou dizer o que você pode fazer para mim — respondi. — Vou dar para você um número e você me diz quem ligou para ele.

— Como é?

— Ah, esquece.

— Não, você disse uma coisa, cara. Diz o que era.

— Ah, por que não? Lembra como você passou sua lábia na telefonista para conseguir o número do telefone da Farragut Road?

— Com a minha voz de Brooks Brothers, você quer dizer?

— Isso. Talvez possa usar a mesma voz para encontrar um vice-presidente da companhia telefônica que saiba como levantar uma lista de chamadas feitas para um número em Bay Ridge.

Ele fez mais algumas perguntas e expliquei o que queria e por que não conseguia as informações.

— Espera aí! — exclamou TJ. — Você tá dizendo que eles não dão os números?

— Eles não sabem os números. Todas as chamadas são registradas, mas não tem como filtrar.

— Porra nenhuma. A primeira telefonista que falou comigo disse que não tinha como me dar o meu número. Não dá pra acreditar em tudo que dizem pra você, cara.

— Não, eu...

— Você é uma figura — interrompeu ele. — Ligo pra você todo dia, pergunto o que você tem pro TJ e toda vez você diz que não tem nada. Por que não falou disso antes? Que engano, mano.

— O que você quer dizer?

— Quero dizer que se você não me explica o que quer como eu posso conseguir? Falei isso quando te conheci, andando pelo Deuce sem dizer nada pra ninguém. Falei na hora, diz o que tá procurando que eu ajudo a encontrar.

— Eu lembro.

— Então, por que ficou de papinho com a companhia telefônica quando podia falar com o TJ?

— Está me dizendo que você sabe como conseguir os números com a companhia telefônica?

— Não, cara. Mas sei como encontrar os Kongs.

— Os Kongs — disse TJ. — Jimmy e David.

— São irmãos?

— Eles não têm nenhum parentesco, até onde eu sei. Jimmy Hong é chinês e David King, judeu. Pelo menos o pai é judeu. Acho que a mãe deve ser porto-riquenha.

— Por que eles são os Kongs?

— Jimmy Hong e David King? Hong Kong e King Kong?

— Ah.

— E o jogo favorito deles era *Donkey Kong*.

— O que é isso, videogame?

Ele assentiu.

— E dos bons.

Estávamos numa lanchonete no terminal de ônibus, onde TJ havia insistido que o encontrasse. Eu bebia um copo de café ruim e ele comia cachorro-quente e bebia Pepsi.

— Se lembra daquele cara, o Socks, que a gente viu no fliperama? Ele é um dos melhores, mas não é nada comparado aos Kongs. Sabe como um jogador sempre tenta acompanhar o ritmo da máquina? Os Kongs não precisam acompanhar. Eles estão sempre na frente.

— Você me trouxe até aqui para encontrar com dois mestres do pinball?

— Tem uma grande diferença entre pinball e videogame, cara.

— É, acho que sim, mas...

— Mas não é nada comparado com a diferença entre os videogames e onde os Kongs estão agora. Não te falei o que acontece com os caras no fliperama, como você pode ficar tão bom até não ter como melhorar? Aí você perde o interesse.

— Foi o que você disse.

— Alguns caras passam a se interessar por computadores. Ouvi dizer que os Kongs sempre curtiram computadores, que usavam um computador pra ficar na frente dos videogames. Você joga xadrez?

— Sei mover as peças.

— Vamos jogar qualquer dia pra ver se você é bom. Sabe aquelas mesas de pedra na Washington Square? Com os caras que levam relógios, estudam livros de xadrez enquanto esperam pra jogar? Eu jogo lá algumas vezes.

— Você deve ser bom.

TJ fez que não.

— Alguns daqueles caras — continuou —, você joga com eles e é como tentar vencer uma corrida com água até a cintura. Você não chega em lugar nenhum, porque a mente deles está sempre cinco, seis movimentos na sua frente.

— Às vezes sinto a mesma coisa no meu meio de trabalho.

— É? Foi assim que os videogames ficaram pros Kong, eles estavam sempre cinco ou seis movimentos na frente. Eles curtem computadores; são o que chamam de hackers. Você sabe o que é isso?

— Já ouvi o termo.

— Cara, se quiser uma coisa da companhia telefônica, você não liga pra telefonista. Também não se mete com nenhum vice-presidente. Você liga pros Kongs. Eles entram nos telefones e rastejam por lá, como se a empresa fosse um monstro e eles estivessem nadando na corrente sanguínea. Você já viu aquele filme, coméquémesmo, *Viagem fantástica*? Eles viajam nos telefones.

— Não sei. Se um executivo da companhia não sabe como conseguir aquelas informações...

— Cara, você tá escutando? — Ele suspirou, então chupou o canudo e bebeu o que restava de Pepsi. — Se você quiser saber o que tá acontecendo nas ruas, o que acontece no Deuce, no Barrio ou no Harlem, pra quem você pergunta? Pra droga do prefeito?

— Ah.

— Sacou o que estou dizendo? Eles andam nas ruas da companhia telefônica. Sabe a Ma Bell? Os Kongs olham por baixo da saia dela.

— Onde vamos encontrar eles? No fliperama?

— Eu já disse. Eles perderam o interesse faz tempo. Dão as caras de vez em quando pra ver o que tá acontecendo, mas não andam mais por lá. A gente não vai encontrar eles. Eles vão encontrar a gente. Eu disse que a gente estaria aqui.

— Como encontrou eles?

— Como você acha? Mandei uma mensagem pro bipe. Os Kongs nunca ficam muito longe de um telefone. Aquele cachorro-quente tava bom, sabia? Nunca ia pensar que encontraria algo decente num lugar desses, mas eles fazem um cachorro-quente maneiro.

— Isso quer dizer que você quer outro?

— Pode ser. Pode demorar um tempo pra eles chegarem aqui e eles querem sacar qual é a sua antes de falar com você. Querem garantir que você tá sozinho e que podem sumir num segundo se ficarem com medo.

— Por que eles ficariam com medo de mim?

— Porque você pode ser tipo um policial trabalhando pra companhia telefônica. Cara, os Kongs são foras da lei! Se Ma Bell botar as mãos neles, adeus Kongs.

— O que acontece — disse Jimmy Hong — é que precisamos ser cuidadosos. Os engravatados estão convencidos de que os hackers são a maior ameaça à América corporativa desde o Perigo Amarelo. A mídia sempre publica matérias sobre o que os hackers poderiam fazer com o sistema se quisessem.

— Destruir dados — explicou David King. — Alterar registros. Acabar com circuitos.

— É uma boa história, mas eles deixam de perceber o fato de que nunca fazemos essa merda. Acham que vamos dinamitar trilhos, quando tudo que fazemos é andar de graça.

— Ah, de vez em quando, algum imbecil envia um vírus...

— Mas, na maioria das vezes, não são hackers, é algum idiota com uma birra contra a empresa ou alguém que coloca um bug no sistema usando um software pirata.

— O que acontece — disse David — é que Jimmy está velho demais para correr riscos.

— Fiz 18 anos no mês passado — falou Jimmy Hong.

— Então, se nos pegarem, ele vai ser julgado como adulto. Isso é, se levarem em conta a idade cronológica, mas caso considerem a maturidade emocional...

— David vai sair ileso — comentou Jimmy —, porque ele ainda não chegou à idade da razão.

— Que chega entre a Idade da Pedra e a Idade do Ferro.

Quando decidiam que confiavam em você, era impossível fazer com que se calassem. Jimmy Hong tinha por volta de um metro e oitenta e oito, alto e magro, com cabelos pretos compridos e rosto longo e emburrado. Usava óculos escuros de aviador com lentes âmbar e, depois de estarmos juntos por uns dez ou quinze minutos, trocou-os por óculos tartaruga com lentes redondas, alterando a aparência de descolado para estudioso.

David King não tinha mais de um metro e setenta, com rosto redondo, cabelos ruivos e muitas sardas. Ambos usavam jaquetas dos Mets, calças chino e tênis Reebok, mas a semelhança das roupas não era suficiente para que parecessem gêmeos.

Contudo, se fechasse os olhos, era possível ser enganado. As vozes eram parecidas, os padrões de fala muito semelhantes e eles, com frequência, concluíam as frases um do outro.

Gostavam da ideia de desempenhar um papel numa investigação de assassinato — eu não havia oferecido muitos detalhes — e acharam graça das respostas que recebi de diversos funcionários da companhia telefônica.

— Que beleza! — exclamou Jimmy Hong. — Dizerem que não pode ser feito. O mais provável é que não saibam como fazer.

— É o sistema deles — explicou David King. — Seria de se esperar que ao menos entendessem ele.

— Mas não entendem.

— E *odeiam* a gente, porque entendemos o sistema melhor do que eles.

— E acham que danificamos o sistema...

— ... quando, na verdade, *amamos* o sistema. Porque, se você for um hacker sério, a NYNEX é o seu lugar.

— É um belo sistema.

— Inacreditavelmente complexo.

— Rodas dentro de rodas.

— Labirintos dentro de labirintos.

— O videogame definitivo e o *Dungeons & Dragons* definitivo num só pacote.

— Grandioso.

— Mas pode ser feito? — perguntei.

— O quê? Ah, os números? Ligações feitas num dia específico para um número específico?

— Isso.

— Pode ser um problema — replicou David King.

— Um problema interessante, ele quer dizer.

— Isso, muito interessante. Um problema com solução, sem dúvida, um problema solucionável.

— Mas ardiloso.

— Tendo em vista o volume de dados.

— Toneladas de dados — acrescentou Jimmy Hong. — Milhões e milhões de dados isolados.

— Por dados ele quer dizer números de telefone.

— Bilhões de ligações. Bilhões de ligações intocáveis.

— Que você precisa processar.

— Mas antes que comece a fazer isso...

— Você precisa entrar.

— O que costumava ser fácil.

— Costumava ser garantido.

— Eles deixavam a porta aberta.

— Agora trancam.

— Com tábuas e pregos, dá para dizer.

— Se vocês precisarem comprar equipamentos especiais... — falei.

— Ah, não. Não é preciso.

— Já temos tudo que precisamos.

— Que não é tanto assim. Um bom laptop, um modem, um acoplador acústico...

— O pacote todo não sai por mais de mil e duzentos dólares.

— A não ser que você enlouqueça e compre um laptop de última geração, mas não é necessário.

— O que usamos custou setecentos e cinquenta e tem tudo que a gente precisa.

— Então vocês conseguem?

Os Kongs se entreolharam, então se voltaram para mim.

— Claro que a gente consegue — respondeu Jimmy Hong.

— Vai ser interessante, na verdade.

— Trabalho para varar a noite.

— Mas não pode ser hoje à noite.

— Não, essa noite está fora de questão. Quando precisa ser?

— Bem...

— Amanhã é domingo. A noite de domingo está bom para você, Matt?

— Está ótimo.

— Sr. King?

— Claro, Sr. Hong.

— TJ? Você também está pensando em ir?

— Amanhã à noite? — Era a primeira vez que ele falava desde que havia me apresentado aos Kongs. — Vamos ver, amanhã à noite. O que eu tinha planejado pra amanhã à noite? Era a coletiva de imprensa na Gracie Mansion ou o jantar com Henry Kissinger no Windows on the World? — TJ fez uma pantomima, fingindo folhear uma agenda, então levantou os olhos, arregalados. — Adivinhem? Estou livre.

— Haverá algumas despesas, Matt — avisou Jimmy Hong. — Vamos precisar de um quarto de hotel.

— Eu tenho um quarto.

— O quarto onde você mora? — Eles sorriram um para o outro, achando graça da ingenuidade. — Não, a gente precisa de um lugar anônimo. Vamos entrar fundo, sabe, nas entranhas da NYNEX...

— Rastejar dentro das entranhas de uma fera, pode-se dizer...

— ... e podemos deixar pegadas.

— Ou impressões digitais, se preferir.

— Até mesmo impressões vocais, metaforicamente falando, é claro.

— Não se faz isso de um telefone que possa ser rastreado até alguém. Você aluga um quarto de hotel sob um nome falso e paga em dinheiro.

— Um hotel razoável.

— Não precisa ser chique.

— Para que tenha telefones com discagem direta.

— Coisa que a maioria tem, hoje em dia. E com botões, precisa ter botões.

— E não o velho disco.

— Bem, isso é fácil — falei. — É o que vocês costumam fazer? Alugam um quarto de hotel?

Eles se entreolharam outra vez.

— Porque se tiverem um hotel preferido...

— O que acontece, Matt — respondeu David —, é que quando vamos hackear geralmente não temos cem ou cento e cinquenta pratas para gastar num bom quarto de hotel.

— Ou setenta e cinco dólares para usar num quarto de hotel barato.

— Nem mesmo cinquenta para gastar num hotel nojento. Então o que fazemos...

— A gente encontra um aglomerado de telefones públicos onde não tenha muita gente, como na Grand Central, na linha dos trens suburbanos...

— ... porque não tem muitos trens suburbanos no meio da noite...

— ... ou num edifício comercial, algo assim.

— Uma vez demos um jeito de entrar num escritório...

— O que foi idiotice, cara, e eu não quero fazer isso outra vez.

— Entramos apenas para usar o telefone.

— E já pensou em dizer isso para a polícia? "Não é roubo, senhor, entramos apenas para usar os telefones."

— Bem, foi emocionante, mas não faríamos outra vez. O que acontece é que provavelmente vamos ficar horas e horas nisso...

— E você não quer que alguém apareça ou ter que mudar de telefone depois de já ter conseguido entrar.

— Sem problema — afirmei. — Arrumamos um hotel razoável. O que mais?

— Coca.

— Ou Pepsi.

— Coca é melhor.

— Ou Jolt. "A mesma quantidade de açúcar e o dobro de cafeína."

— Talvez alguns lanches. Um pouco de Doritos.

— Compra o sabor original, nada de churrasco.

— Batata frita, Cheez Doodles...

— Ah, cara, Cheez Doodles não!

— Eu *gosto* de Cheez Doodles.

— Cara, esse deve ser o pior salgadinho que existe. Desafio você a me dizer uma coisa comestível que seja mais idiota do que Cheez Doodles.

— Pringles.

— Não vale! Pringles não é comida. Matt, você vai julgar essa. O que me diz? Pringles é comida?

— Bem...

— Não é! Hong, você é doente. Pringles são pequenos frisbees empenados, só isso. Aquilo não é *comida.*

Quando Kenan Khoury não atendeu, tentei o irmão. A voz de Peter estava arrastada de sono e me desculpei por acordá-lo.

— Eu sempre faço isso — falei. — Me desculpe.

— A culpa é minha por cochilar no meio da tarde. As minhas horas de sono estão bagunçadas ultimamente. Alguma novidade?

— Pouca coisa. Estou tentando falar com Kenan.

— Ainda está na Europa. Ele me ligou ontem à noite.

— Ah.

— Volta na segunda. Por quê? Alguma notícia boa?

— Ainda não. Preciso pegar alguns táxis.

— Hã?

— Despesas — expliquei. — Preciso gastar cerca de dois mil dólares amanhã. Queria o sinal verde dele.

— Ei, sem problema. Tenho certeza de que ele vai dizer sim. Kenan disse que ia cobrir suas despesas, não foi?

— Sim.

— Então gasta. Ele reembolsa.

— Esse é o problema — disse. — O meu dinheiro está no banco e é sábado.

— Você pode usar um caixa eletrônico.

— Não para sacar dinheiro do cofre. Não tenho tudo na conta, porque paguei umas despesas outro dia.

— Então passa um cheque e cobra a conta na segunda.

— Não é o tipo de despesa que se paga com cheque.

— Ah, sim. — Houve uma pausa. — Não sei o que dizer, Matt. Posso arrumar algum dinheiro, mas nada perto de dois mil.

— Kenan não tem dinheiro no cofre?

— Provavelmente bem mais do que isso, mas não tenho como pegar. Você não dá a senha de um cofre para um viciado, nem mesmo se for o seu irmão. A não ser que seja louco.

Eu não disse nada.

— Não estou sendo amargo — explicou-se Peter. — Estou apenas constatando um fato. Não existe nenhum motivo para eu saber a senha do cofre. E vou te falar, ainda bem que eu não sei. Nem eu mesmo confiaria em mim.

— Você está limpo e sóbrio, Pete. Faz o que, um ano e meio?

— Ainda sou bebum e viciado, cara. Sabe qual é a diferença entre os dois? O bebum rouba a sua carteira.

— E o viciado?

— Ah, o viciado também rouba a sua carteira. E então ajuda a procurar.

Quase perguntei a Pete se ele queria ir outra vez àquela reunião no Chelsea, mas algo me fez deixar o momento passar. Talvez eu tenha lembrado que não era seu padrinho e que não tinha a menor intenção de me oferecer para tal.

Liguei para Elaine e perguntei como ela estava de dinheiro.

— Venha até aqui — chamou ela. — Tenho uma casa cheia de dinheiro.

Ela tinha mil e quinhentos em notas de cinquenta e cem e disse que podia sacar mais no caixa eletrônico, porém não mais do que quinhentos por dia. Peguei mil e duzentos para não a deixar sem nenhum. Isso, além do que eu tinha na carteira e podia sacar no caixa eletrônico, era o bastante.

Expliquei por que queria o dinheiro e Elaine achou a história fascinante.

— Mas é seguro? — quis saber ela. — É obviamente ilegal, mas quão ilegal?

— É pior do que atravessar a rua fora da faixa de pedestres. Invasão de computadores é crime, assim como interceptação de sinal, e suspeito que os Kongs farão as duas coisas amanhã à noite. Eu vou ajudar e serei cúmplice, além de já ser o autor intelectual. Vou dizer, é impossível sair do lugar esses dias sem tropeçar no Código Penal.

— Mas você acha que vale a pena?

— Acho que sim.

— Porque eles são apenas meninos. Você não quer que se metam em encrenca.

— Eu também não quero me meter em encrenca. E eles correm esse tipo de risco o tempo todo. Ao menos vão ser pagos.

— Quanto você vai pagar?

— Quinhentos para cada.

Elaine assobiou.

— Nada mau para uma noite de trabalho.

— Não é, e se tivessem me dado um valor acho que seria bem menos. Ficaram mudos quando perguntei quanto queriam, então sugeri quinhentos dólares para cada um. Ficaram satisfeitos. São rapazes de classe média, não acho que estejam desesperados por dinheiro. Suspeito que teria conseguido convencer eles a fazer o trabalho de graça.

— Apelando para a boa índole deles.

— E o desejo de fazerem coisas emocionantes. Mas não quis. Por que não deveriam ficar com a grana? Eu estaria disposto a pagar mais do que isso a um funcionário da companhia telefônica se soubesse quem subornar. Mas não encontrei ninguém que admitisse que o que eu quero é tecnicamente possível. Por que não dar aos Kongs? O dinheiro não é meu e Kenan Khoury avisou que sempre podemos nos dar ao luxo de ser generosos.

— E se ele não concordar?

— É pouco provável.

— A não ser, é claro, que ele seja preso na alfândega com um colete cheio de pó.

— Acho que algo do tipo pode acontecer — admiti —, mas isso significaria apenas que eu teria um prejuízo de pouco menos de dois mil dólares e comecei recebendo dez mil há duas semanas. Ou quase isso. Vão ser duas semanas na segunda.

— Qual é o problema?

— Bem, não consegui muita coisa nesse espaço de tempo. É como se... bem, dane-se, estou fazendo o que posso. Enfim, o que acontece é que posso correr o risco de não ser reembolsado.

— Imagino que sim. — Ela franziu a testa. — Como você chegou a dois mil dólares? Digamos cento e cinquenta pelo quarto de hotel e mil pelos Kongs. Quanta Coca-Cola esses moleques bebem?

— Eu também bebo Coca. E não se esqueça de TJ.

— Ele bebe muita Coca?

— Toda que quiser. E vai receber quinhentos dólares.

— Por apresentar você aos Kongs. Não tinha pensado nisso.

— Por me apresentar aos Kongs e por pensar em me apresentar aos Kongs. Eles são a forma perfeita de conseguir arrancar informações da companhia telefônica e eu nunca teria pensado em procurar por algo do tipo.

— Bem, a gente ouve falar de hackers — disse Elaine —, mas como encontrar um? Eles não estão nas Páginas Amarelas. Matt, quantos anos TJ tem?

— Não sei.

— Você nunca perguntou?

— Nunca recebi uma resposta direta. Eu diria 15 ou 16. Não acho que possa ser um ano a mais ou a menos que isso.

— E ele vive na rua? Onde ele dorme?

— Ele diz que tem um lugar. Nunca disse onde ou com quem. Uma coisa que se aprende nas ruas é não ter muita pressa em falar da sua vida para as pessoas.

— Ou mesmo o seu nome. Ele sabe quanto vai receber?

Fiz que não.

— Não discutimos o assunto.

— Ele não espera receber tanto, espera?

— Não, mas por que não deveria?

— Não estou discordando. Só me pergunto o que ele vai fazer com quinhentos dólares.

— O que quiser. A vinte e cinco centavos por chamada, ele pode me ligar até duas mil vezes.

— Acho que sim — concordou Elaine. — Meu Deus, quando penso nas pessoas diferentes que conhecemos. Danny Boy, Kali, Mick, TJ, os Kongs. Matt? Nunca vamos deixar Nova York, está bem?

11

Aos domingos, Jim Faber e eu costumávamos nos encontrar num restaurante chinês para nosso jantar semanal, mas, ocasionalmente, íamos a outros lugares. Encontrei-o às seis e meia no lugar de sempre, e alguns minutos depois das sete ele perguntou se eu precisava pegar um trem.

— Porque é a terceira vez que você olha para o relógio nos últimos quinze minutos.

— Desculpe — disse. — Não percebi.

— Você está ansioso com alguma coisa?

— Bem, preciso fazer uma coisa mais tarde, mas tenho bastante tempo. Não preciso estar em lugar nenhum antes das oito e meia.

— Eu vou numa reunião às oito e meia, mas não acho que esse seja o seu compromisso.

— Não. Fui a uma hoje à tarde porque sabia que não poderia ir à noite.

— Esse compromisso... — disse Jim. — Você não está nervoso porque vai ter bebida à sua volta, está?

— Meu Deus, não. Não vai ter nada mais forte do que Coca-Cola. A não ser que alguém compre Jolt.

— Isso é um tipo de droga que não conheço?

— É um refrigerante de cola. Como a Coca, mas com o dobro de cafeína.

— Não sei se você dá conta.

— Não sei se vou experimentar. Quer saber para onde eu vou quando sair daqui? Vou me registrar num hotel sob um nome falso e então três adolescentes vão subir para o meu quarto.

— Não conta mais.

— Não vou, porque não quero que você tenha conhecimento prévio de um crime.

— Você está planejando cometer um crime com os rapazes?

— Eles é que vão cometer o crime. Eu só vou assistir.

— Come um pouco mais de linguado — sugeriu Jim. — Está muito bom hoje à noite.

Às nove, nós quatro estávamos num quarto com diária de cento e sessenta dólares no Fontenac, um hotel de mil e duzentos quartos construído há alguns anos com capital japonês e depois vendido a um conglomerado holandês. O hotel fica na esquina da Sétima Avenida com a rua 53. Do nosso quarto, no vigésimo oitavo andar, se via o rio Hudson ao longe. Ou veria, se não tivéssemos fechado as cortinas.

Havia sacos de salgadinhos espalhados sobre a cômoda, incluindo Cheez Doodles, mas não Pringles. O frigobar estava carregado com três variedades de refrigerante de cola, seis latas de cada. O telefone havia sido transferido do criado-mudo para a mesa, com uma coisa chamada acoplador acústico conectada ao fone e outra coisa chamada modem ligada à linha. Sobre a mesa, ao lado do aparelho, estava o laptop dos Kongs.

Assinei o registro como JoŠ J. Gunderman e dei um endereço na Hillcrest Avenue, em Skokie, Illinois. Paguei tudo em dinheiro, incluindo o depósito de cinquenta dólares exigido de clientes que pagam em espécie e querem acesso ao telefone e ao frigobar. Eu não dava a mínima para o frigobar, mas pode acreditar que precisávamos do telefone. Por isso estávamos naquele quarto.

Jimmy Hong estava sentado à mesa, com os dedos disparando pelo teclado do computador, depois nas teclas do telefone. David King tinha puxado outra cadeira, mas estava de pé, olhando sobre o ombro de Jimmy para o monitor. Mais cedo, ele havia tentado me esclarecer como o modem permitia que o computador acessasse outros computadores pela linha telefônica, mas foi um pouco como explicar os fundamentos da geometria não euclidiana para um camundongo. Apesar de entender as palavras, eu não fazia a menor ideia do que ele estava falando.

Os Kongs vestiram terno e gravata, mas apenas para passar pelo saguão do hotel; paletós e gravatas estavam sobre a cama agora e eles haviam dobrado as mangas das camisas. TJ estava vestido como sempre, mas não o importunaram na recepção. Ele carregava duas sacolas de compras, disfarçado de entregador.

— Estamos dentro — avisou Jimmy.

— É isso aí!

— Bem, entramos na NYNEX, mas isso é como estar no saguão de um hotel quando é preciso estar num quarto no décimo quarto andar. Certo, vamos tentar uma coisa.

Os dedos dele dançaram e sequências alfanuméricas surgiram na tela.

— Esses cretinos mudaram a senha — falou, algum tempo depois. — Você sabe o quanto eles se esforçam apenas para manter gente como nós do lado de fora?

— Como se pudessem.

— Se dedicassem a mesma energia para aprimorar o sistema...

— Idiotas.

Mais letras, mais números.

— Droga! — exclamou Jimmy, e pegou a lata de Coca. — Quer saber?

— Hora do nosso programa de interação pessoal — concluiu David.

— Era o que eu estava pensando. Está com vontade de refinar as suas habilidades interpessoais?

David assentiu e pegou o telefone.

— Algumas pessoas chamam isso de "engenharia pessoal" — disse ele a mim. — É mais difícil com a NYNEX porque eles alertam os funcionários a nosso respeito. Bom para a gente que a maioria das pessoas que trabalha lá é débil mental. — David discou um número, e esperou um pouco antes de falar. — Olá, quem fala é Ralph Wilkes, estou analisando a sua linha. Está tendo problemas para acessar o COSMOS, certo?

— Eles sempre têm — murmurou Jimmy Hong. — Então é uma pergunta segura.

— Sim, isso — continuou David. Ele usou muitos termos técnicos que não entendi. — Agora, como você entra no sistema? Qual é a sua senha de acesso? Não, claro, não me diga, você não deve me dizer, é uma medida de segurança. — Ele rolou os olhos. — Sim, eu sei, eles nos fazem sofrer com a mesma coisa. Escuta, não me diga a senha, apenas digite ela. — Números e letras apareceram na nossa tela e Jimmy foi ágil ao digitá-los no nosso teclado. — Ótimo. Agora, pode fazer a mesma coisa com a sua senha do COSMOS? Não me diga qual é, apenas digite. Ahã.

— Maravilha — falou Jimmy em voz baixa quando o número apareceu na nossa tela. Ele os digitou.

— É só — concluiu David ao funcionário com quem conversava. — Não acredito que vá ter problemas de agora em diante. — Ele desligou e soltou um longo suspiro. — Acredito que a gente também não vai ter problemas. "Não me diga o número, apenas digite. Não me diga, linda, fale apenas para o meu computador."

— Na mosca — disse Jimmy.

— Entramos?

— Entramos.

— É!

— Matt, qual é o número do seu telefone?

— Não me liga — falei. — Eu não estou em casa.

— Não quero ligar para você. Quero checar a sua linha. Qual é o número? Esquece, não me diz, vê se faz diferença. "Scudder, Matthew." Rua 57 Oeste, certo? Parece familiar?

Olhei para a tela.

— É o número do meu telefone — confirmei.

— Ahã. Está satisfeito com ele? Quer que eu mude para algo mais fácil de lembrar?

— Se você ligar para a companhia telefônica e pedir a troca do seu número — explicou David —, eles vão precisar de uma semana para passar a requisição por todos os departamentos. Mas a gente pode fazer isso na hora.

— Acho que vou manter o meu número — respondi.

— Você que sabe. Ahã. Você tem um serviço bem básico, não é? Nada de transferência de chamadas, nada de chamada em espera. Você mora num hotel, tem a recepção, por isso, talvez, não precise da chamada em espera, mas precisa da transferência de chamadas. Digamos que esteja ficando na casa de alguém. Você pode fazer com que as ligações sejam transferidas para lá automaticamente.

— Não sei se eu usaria o bastante para valer a pena.

— Não custa nada.

— Pensei que tivesse uma taxa mensal.

Ele sorriu e seus dedos deslizaram pelo teclado.

— É gratuito para você, porque tem amigos influentes. A partir desse instante você tem transferência de chamadas, cortesia dos Kongs. Estamos no COSMOS agora, esse foi o sistema que invadimos e é nele que estou inserindo mudanças na sua conta. O sistema que processa as contas não vai saber da mudança, assim ela não vai custar nada.

— Se você está dizendo.

— Estou vendo que você usa a AT&T para interurbanos. Você não habilitou a Sprint ou a MCI.

— Não, não achei que fosse economizar tanto assim.

— Bem, estou dando a Sprint para você — falou David. — Vai economizar uma fortuna.

— Sério?

— Ahã. Porque a NYNEX vai encaminhar os seus interurbanos para a Sprint, mas a Sprint não vai saber.

— Então você não vai ser cobrado.

— Não sei — falei.

— Pode confiar.

— Ah, eu não duvido do que você diz. Só não sei o que penso disso. É roubo de serviços.

Jimmy olhou para mim.

— Estamos falando da companhia telefônica — disse ele.

— Já percebi.

— Você acha que ela vai sentir falta?

— Não, mas...

— Matt, quando você faz uma ligação de um telefone público e a chamada é completada, mas a moeda é devolvida, o que você faz? Fica com ela ou a coloca de volta?

— Ou devolve para eles em selos? — sugeriu David.

— Eu entendo o que vocês querem dizer — admiti.

— Porque todos nós sabemos o que acontece quando o telefone engole a sua moeda e não completa a chamada. Encare os fatos, nenhum de nós está na frente no jogo quando lida com a Ma Bell.

— Imagino que não.

— Então você tem interurbanos e transferência de chamadas gratuitos. É preciso cadastrar uma senha para transferir; é só ligar para eles e dizer que perdeu o papel que vão te explicar. Nada de mais. TJ, qual é o número do seu telefone?

— Eu não tenho.

— Bem, o seu telefone público preferido.

— Preferido? Não sei. Não sei o número de nenhum, de qualquer forma.

— Escolhe um e me dá o endereço.

— Tem três no Port Authority que eu uso bastante.

— Não dá. Tem muito telefone lá, é impossível saber se estamos falando do mesmo. Que tal numa esquina?

Ele deu de ombros.

— Oitava Avenida com rua 43.

— Centro ou subúrbio?

— Subúrbio, lado leste da rua.

— Certo, vamos... aqui, achei. Quer anotar o número?

— Muda — sugeriu David.

— Boa ideia. Vamos escolher um número fácil de lembrar. Que tal TJ-5-4321?

— Tipo, o meu próprio telefone? Gostei disso!

— Vamos ver se está disponível. Não, alguém já tem esse. Que tal irmos na outra direção? TJ-5-6789. Sem problema, vamos fazer com que ele seja só seu. Feito.

— Você pode simplesmente fazer isso? — espantei-me. — Os prefixos de três números não são usados em áreas específicas?

— Costumava ser assim. E ainda existem trocas, mas funciona para esse número em especial e não tem nada a ver com o que você disca. Olha, o número que você disca, como o que acabei de dar para TJ, é como a senha que você usa para sacar dinheiro no caixa eletrônico do seu banco. É só um código de reconhecimento, na verdade.

— Bem, é um código de acesso — corrigiu David. — Mas acessa a linha e é isso que roteia a ligação.

— Vamos configurar o telefone para você, TJ. É um telefone pago, certo?

— Isso.

— Errado. Era um telefone pago. Agora é um telefone gratuito.

— Simples assim?

— Simples assim. Algum idiota provavelmente vai informar a companhia em uma ou duas semanas, mas até lá você pode economizar algumas moedas. Lembra quando a gente bancava o Robin Hood?

— Ah, era divertido — comentou David. — Fomos ao World Trade Center uma noite usar um telefone público e a primeira coisa que fizemos foi converter ele, tornar gratuito...

— ... ou precisaríamos colocar moedas a noite inteira, o que seria ridículo...

— ... e Hong aqui diz que os telefones devem ser gratuitos para todo mundo, assim como o metrô deveria ser gratuito, eles deviam eliminar as catracas...

— ... ou fazer elas girarem sem uma ficha, o que você poderia fazer se fossem computadorizadas, mas elas são mecânicas...

— ... o que é bem primitivo, quando se pensa a respeito...

— ... mas, com os telefones, você é capaz de fazer alguma coisa, então acho que por umas duas horas...

— ... mais para uma hora e meia...

— ... passeamos pelo COSMOS ou talvez tenha sido o MIZAR...

— ... não, foi o COSMOS...

— ... e convertemos um telefone público atrás do outro, liberando eles, deixando livres...

— ... e Hong ficou amarradão, tipo, "Poder para o Povo" e tudo mais...

— ... e eu não sei quantos telefones a gente mudou antes de terminar. — Ele ergueu os olhos. — Quer saber de uma coisa? Às vezes eu entendo por que a NYNEX quer o nosso couro. Analisando a situação sob outro prisma, somos uma grande dor de cabeça para eles.

— E?

— E é preciso entender o ponto de vista deles, só isso.

— Não, não é — retrucou David King. — A última coisa que a gente precisa é entender o ponto de vista deles. Isso é tão inteligente quanto jogar *Pac-Man* sentindo pena dos fantasmas azuis.

Jimmy Hong objetou e, enquanto faziam suas réplicas e tréplicas, abri uma lata de Coca.

— Certo, estamos no Brooklyn — anunciou Jimmy quando voltei ao centro de operações. — Me dá aquele número de novo.

Peguei o papel e li o número. Jimmy o inseriu no computador. Mais letras e números, incompreensíveis para mim. Os dedos dele dançavam nas teclas e o nome e o telefone do meu cliente apareceram no monitor.

— Esse é o seu amigo? — quis saber Jimmy. Respondi que sim. — Ele não está falando ao telefone.

— Você tem como saber isso?

— Claro. Poderíamos ouvir se estivesse. Você pode entrar e ouvir qualquer pessoa.

— Mas é chato.

— Sim, a gente costumava fazer isso de vez em quando. Você acha que vai ouvir algo excitante ou pessoas falando sobre crimes ou coisas de espião. Mas tudo o que ouve são baboseiras incrivelmente entediantes. "Compra leite quando estiver voltando para casa, querido." Muito chato.

— E as pessoas são muito pouco articuladas. Elas gaguejam e hesitam o tempo todo. Você fica com vontade de dizer, "Fala de uma vez ou esquece".

— É claro que sempre tem o telessexo.

— Nem me lembra.

— É o favorito de King. Três dólares por minuto cobrados na sua conta telefônica, mas, se você tiver um telefone público que ensinou a ser gratuito, é de graça.

— Mas é bizarro. O que fizemos uma vez foi entrar na linha e ouvir algumas daquelas ligações.

— Então a gente entrava e fazia comentários, o que fez um cara surtar. Ele estava pagando para conversar com uma mulher com uma voz incrível...

— ... que provavelmente tinha a cara do Godzilla, mas ninguém tinha como saber...

— ... e King entra no meio de uma frase e acaba com a fantasia do sujeito.

— A garota também surtou.

— Garota? Ela provavelmente era uma avó.

— Ela começou a falar, tipo, "Quem está falando? Quem é você? Como entrou nessa linha?".

Durante essa conversa, Jimmy Hong também participava de outro diálogo, esse com o computador. Agora erguia uma das mãos pedindo silêncio, enquanto usava o teclado com a outra.

— Certo — falou ele. — Diz a data. Foi em março, certo?

— Dia vinte e oito.

— Mês três, dia vinte e oito. E queremos ligações para 04-053-904.

— Não, o número dele é...

— Esse é o número da linha dele, Matt. Lembra a diferença? Ah, o que eu pensava. Dados indisponíveis.

— O que isso quer dizer?

— Quer dizer que fomos inteligentes ao trazer bastante comida. Alguém pode me dar um pouco de Doritos? Vamos ficar aqui por algum tempo, só isso. Está interessado nas ligações que ele fez desse telefone, enquanto estamos nessa parte do sistema? Acho um desperdício não consultar.

— Pode ser.

— Vamos ver o que a gente consegue. Olha só, ele não quer me dizer nada. Está bem, vamos tentar isso. Ahã. Certo, agora...

O sistema passou a despejar um registro de chamadas, organizado cronologicamente e iniciado alguns minutos depois da meia-noite. Havia duas ligações antes de uma da manhã, então nada até as oito e quarenta e sete, quando o sistema registrou uma chamada de trinta segundos para um número com prefixo 212. Havia outra ligação durante a manhã e nenhuma entre duas e cinquenta e um e cinco e dezoito, quando ele ficou um minuto e meio ao telefone com o irmão. Reconheci o número de Peter Khoury.

Então, nada mais naquela noite.

— Quer copiar alguma coisa, Matt?

— Não.

— Certo — disse Jimmy. — Agora a parte difícil.

Eu não saberia dizer o que eles fizeram. Um pouco depois das onze trocaram de lugar e David assumiu os controles, com Jimmy andando de um lado para o outro, bocejando e se espreguiçando, antes de ir ao banheiro, voltar e abrir uma embalagem de cupcakes Hostess. Meia-noite e meia eles voltaram a trocar de lugar e David foi ao banheiro e tomou um banho. A essa altura, TJ dormia na cama, completamente vestido sobre a colcha, de tênis e tudo, agarrando um dos travesseiros como se o mundo tentasse tirá-lo de suas mãos.

— Que diabos! — exclamou Jimmy à uma e meia. — Não acredito que não haja como entrar no NPSN.

— Me dá o telefone — pediu David.

Ele discou um número, resmungou, desligou, discou outra vez e na terceira conseguiu falar com alguém.

— Alô. Quem está falando? Ótimo. Escuta, Rita, aqui quem fala é Taylor Fielding, da Central NICNAC, e estou com uma emergência Código Cinco. Preciso do seu código de acesso NPSN e da sua senha antes que o sistema todo caia até Cleveland. É um Código Cinco, está me ouvindo? — Ele ouviu atentamente, então estendeu a mão para o teclado do computador. — Rita, você é maravilhosa. Salvou a minha vida, sério. Acredita que falei com duas pessoas em sequência que não sabiam que um Código Cinco tem precedência? É, bem, isso porque você presta atenção. Escuta, se tiver problemas com isso, eu assumo total responsabilidade. Sim, você também. Tchau.

— Você assume total responsabilidade — disse Jimmy. — Gostei disso.

— Bem, parecia no mínimo justo.

— O que diabos é um Código Cinco, vocês podem me dizer?

— Não sei. O que é Central NICNAC? Quem é Taylor Feldman?

— Você disse Fielding.

— Bem, era Feldman antes de mudar de nome. Não sei, cara. Inventei aquilo tudo, mas tenho certeza de que impressionei Rita.

— Você soava desesperado.

— E por que não deveria estar? Já passa de uma e meia da manhã e ainda nem entramos no NSPN.

— Entramos agora.

— E como é lindo. Vou dizer, Hong, o Código Cinco é imbatível. Corta caminho por toda baboseira burocrática, sabe o que eu quero dizer. "Estou com uma emergência Código Cinco." Cara, aquilo praticamente explodiu as portas.

— "Rita, você é maravilhosa."

— Cara, eu já estava me apaixonando, sério. E quando tudo acabou, a gente meio que tinha construído um relacionamento, sabe?

— Você vai ligar para ela outra vez?

— Aposto que consigo uma senha com Rita sempre que quiser, a não ser que alguém avise que ela acaba de ajudar a quebrar a banca. Caso contrário, da próxima vez que ligar, vamos ser velhos amigos.

— Liga para ela qualquer dia desses — sugeri. — E não tenta conseguir uma senha, código de acesso ou coisa parecida.

— Você quer dizer ligar só para conversar?

— A ideia é essa. Talvez para dar alguma informação, mas não tenta conseguir nada com ela.

— É isso aí — falou David.

— E depois...

— Entendi — disse Jimmy. — Matt, não sei se você tem a destreza digital ou a coordenação olho-mão, e você não sabe praticamente nada de tecnologia, mas preciso dizer uma coisa: você tem coração e alma de hacker.

De acordo com os Kongs, o processo ficou interessante de verdade depois que entraram no NPSN, seja lá o que isso queira dizer.

— Essa é a parte fascinante do ponto de vista técnico — explicou David —, porque é aqui que a gente tenta acessar as informações que os funcionários da NYNEX disseram que não estão disponíveis. Dizem isso só para se livrar de você, mas alguns estavam falando a verdade, ou o que acreditam ser a verdade, porque, na real, não saberiam como encontrar elas. É quase como se precisássemos inventar o nosso próprio programa e inserir ele no sistema da NYNEX, para que forneça os dados que queremos.

— Mas — interveio Jimmy —, se não tem interesse pelo lado técnico da coisa, não tem nada aqui para manter você interessado.

TJ, agora acordado, estava de pé atrás da cadeira de Jimmy e olhava para o monitor, hipnotizado. Jimmy foi até o frigobar pegar uma lata de Jolt. Afundei na única poltrona, e David estava certo, não havia nada para me manter interessado. Me recostei no estofado e a próxima coisa de que me lembro foi TJ sacudindo gentilmente meu ombro, me chamando.

Abri os olhos.

— Devo ter dormido.

— É, você dormiu. E roncou um bocado mais cedo.

— Que horas são?

— Quase quatro. As ligações tão aparecendo agora.

— Eles não podem simplesmente imprimir?

TJ se virou e transmitiu a solicitação, ao que os Kongs começaram a rir. David se controlou e me lembrou de que não tínhamos uma impressora. O meu padrinho é impressor, eu quase disse.

— Não, claro que não — falei, em vez disso. — Ainda estou dormindo.

— Fica onde está. Vamos copiar as ligações para você.

— Vou pegar uma lata de Jolt — ofereceu TJ. Eu disse que não precisava se incomodar, mas ele me trouxe uma lata de qualquer forma. Bebi um gole, porém não era exatamente o que eu queria, apesar de não ter certeza do que seria. Fiquei de pé e me espreguicei para alongar as costas e os ombros, então fui até a mesa onde David King trabalhava enquanto Jimmy Hong anotava as informações da tela.

— Aí estão eles — eu disse.

Os números subiam na tela, começando pela primeira ligação às três e trinta e oito, para informar a Kenan Khoury que sua esposa havia sido sequestrada. Depois três ligações em intervalos de cerca de vinte minutos, a última às quatro e cinquenta e quatro. Kenan tinha ligado para o irmão às cinco e dezoito e a chamada seguinte que recebeu foi às seis e quatro, provavelmente pouco antes de Peter chegar na Colonial Road.

Havia uma sexta ligação às oito e um. Ao que tudo indicava, para ordenar que fossem até a Farragut Road, onde receberam a chamada os instruindo a ir à Atlantic Avenue. Então eles voltaram para casa, com a garantia de que era onde Francine seria devolvida, apenas para esperarem na casa vazia até as dez e quatro, quando receberam a última ligação, que os mandou dobrarem a esquina e ir até o Ford Tempo com os pacotes no porta-malas.

— Uau! — exclamou David King. — Isso foi, tipo, muito instrutivo. Porque precisamos insistir, sabe? Você precisava dos dados, então a gente não podia desistir. Quando se está apenas hackeando, passa a fazer outra coisa quando fica entediado, mas tivemos que fincar o pé até não aguentar mais de tédio e conseguir o que estava do outro lado.

— O que era mais tédio — falou Jimmy.

— Mas se aprende muito, de verdade. Se precisarmos fazer essa mesma operação outra vez...

— Deus me livre.

— É, mas, se precisarmos, vamos fazer na metade do tempo. Menos, porque a opção de busca acelerada fica duas vezes mais rápida quando você entra no...

O que ele disse depois era ainda menos compreensível e parei de escutar porque Jimmy Hong havia me entregado uma folha com as ligações feitas para a casa de Kenan Khoury em vinte e oito de março. Falei:

— Eu devia ter dito para vocês. As primeiras não importam, apenas as sete recebidas depois das três e trinta e oito.

— Estudei a lista. Ele copiara tudo: hora da chamada, número do autor da chamada, o número que precisa ser discado para acessar esse telefone e a duração. Isso, também, era mais do que eu precisava, mas não havia por que dizê-lo.

— Sete chamadas, cada uma feita de um telefone diferente — comentei. — Não, estou enganado. Eles usaram um telefone duas vezes, para fazer as ligações dois e sete.

— Era isso que você queria?

Fiz que sim.

— O quanto isso me diz já é outra história. Pode ser pouco ou muito. Não vou saber até ter nas mãos uma lista telefônica para descobrir a quem pertencem esses números.

Eles me encararam. Não entendi até Jimmy Hong tirar os óculos e me encarar, piscando.

— Uma lista telefônica? Você tem nós dois aqui, mergulhados nos recessos mais obscuros do NSPN e acha que precisa de uma lista telefônica?

— Porque isso é brincadeira de criança — disse David King, que voltou a se sentar. — Muito bem. Me dá o primeiro número.

Eram todos telefones públicos.

Era o que eu temia. Foram profissionalmente cautelosos o tempo todo e não havia motivos para suspeitar de que não tivessem o cuidado de usar telefones que não ajudassem a rastreá-los.

Mas um telefone diferente de cada vez? Isso era mais difícil de entender. Um dos Kongs tinha uma teoria que fazia sentido. Eles se resguardavam da possibilidade de que Kenan Khoury houvesse alertado alguém capaz de acessar a linha e identificar o número que fazia a chamada. Ao falarem por pouco tempo, podiam ter certeza de que estariam longe se alguém rastreasse a ligação e fosse até o local; ao não voltar ao mesmo telefone, estariam seguros mesmo que Khoury tivesse rastreado a ligação e colocado o telefone sob vigilância.

— Porque rastrear um número é instantâneo hoje em dia — explicou Jimmy. — Você não rastreia de fato, não se usar um equipamento como esse. Você simplesmente olha para a tela e vê o número.

Por que a quebra de segurança na última ligação? Àquela altura, eles, obviamente, sabiam que não era necessário. Khoury agira exatamente como instruído, não havia feito qualquer tentativa de interferir na coleta do resgate, portanto, não tinha necessidade de precauções tão complexas. Esse era o momento em que poderiam se sentir seguros o bastante para usar o telefone na própria casa ou no apartamento, e, se o tivessem feito, eu teria colocado a mão naqueles malditos. Se houvesse começado a chover, se houvesse algum motivo forte para ficar onde estavam. Se ninguém quisesse deixar os outros dois sozinhos com o resgate.

Era uma pena. Um pouco de sorte teria sido bom, para variar.

Por outro lado, a noite de trabalho e os mais de mil e setecentos dólares que tinha me custado de forma alguma foram um desperdício. Eu descobrira algo, e não apenas que os três homens que procurava eram um trio de assassinos sexuais psicopatas.

Os endereços eram todos no Brooklyn. E todos ficavam numa região bem mais reduzida do que o caso Khoury abrangia. O sequestro e a entrega do resgate começaram em Bay Ridge, seguiram para a Atlantic, em Cobble Hill, e, passando pela Flatbush e pela Farragut, percorreram o longo caminho até a Veterans Avenue, para chegar ao fim com a entrega do corpo esquartejado novamente em Bay Ridge. Isso cobria boa parte da região, enquanto suas atividades prévias ocorreram por todo o Brooklyn e o Queens. A base podia ficar em qualquer lugar.

Mas os telefones não eram tão distantes. Eu precisaria sentar com a lista e um mapa para marcar as posições com precisão, mas já podia dizer que ficavam na mesma área, no west side do Brooklyn, ao norte da casa de Khoury em Bay Ridge e ao sul do cemitério Green-Wood.

Onde desovaram Leila Alvarez.

Um telefone ficava na rua 60, outro no cruzamento da New Utrecht com a 41, também não eram distâncias facilmente transpostas a pé. Eles deixaram a base e dirigiram para fazer os telefonemas. Mas era possível que a base ficasse em algum lugar nessa vizinhança, provavelmente não muito distante do telefone que usaram uma segunda vez. Estava tudo acabado, eles estavam saciados e tudo que restava era passar sal na ferida de Kenan Khoury; então, por que dirigir dez quarteirões sem necessidade? Por que não usar o telefone mais à mão?

Que, aliás, ficava na Quinta Avenida, entre as ruas 49 e 50.

Não discorri sobre tudo isso com os rapazes, e, na verdade, boa parte das minhas ruminações precisou esperar até mais tarde. Dei aos Kongs quinhentos dólares cada e agradeci pelo tanto que fizeram. Eles insistiram que havia sido divertido, mesmo a parte chata. Jimmy comentou que estava com dor de cabeça e no pulso, mas que tinha valido a pena.

— Vocês dois vão primeiro — eu falei. — Vistam gravatas e paletós e caminhem até a porta da rua. Vou cuidar para que não haja nada comprometedor no quarto e acho que vou precisar passar na recepção para acertar a conta do telefone. Deixei um depósito de cinquenta dólares, mas usamos a linha por mais de sete horas. Não faço ideia de quanto isso vai custar.

— Ah, meu Deus! — exclamou David. — Ele simplesmente não entende.

— É espantoso — concordou Jimmy.

— Hein? O que eu não entendi?

— Você não precisa pagar conta nenhuma — explicou Jimmy. — A primeira coisa que fiz quando nos plugamos foi contornar a central telefônica. A gente poderia ter ligado para Xangai que não haveria registro nenhum. — Ele sorriu. — Mas pode deixar que fiquem com o depósito, porque King comeu uns trinta dólares de macadâmias do frigobar.

— O que significa trinta macadâmias a um dólar cada — acrescentou David.

— Mas, se eu fosse você — disse Jimmy —, simplesmente iria para casa.

Depois que eles saíram, paguei TJ. Ele correu o dedo pelo maço de notas que lhe entreguei, olhou para mim, voltou a olhar para o dinheiro, para mim, e disse:

— Isso aqui é pra mim?

— Não teria havido jogo sem a sua ajuda. Você trouxe o taco e a bola.

— Pensei nuns cem. Não fiz quase nada, só fiquei à toa, mas você torrou um monte de grana e não pensei que fosse me deixar de fora. Quanto tem aqui?

— Quinhentos — respondi.

— Sabia que isso ia compensar. Eu e você. Acho louco esse trabalho de detetive. Eu sou criativo, sou bom e curto.

— Geralmente não paga tão bem.

— Não faz diferença. Cara, em que outro trabalho que eu descolar vou conseguir usar tudo que sei?

— Então você quer ser detetive quando crescer, TJ?

— Não vou esperar esse tempo todo — respondeu ele. — Vou ser agora. E é isso aí, Matt.

Eu disse que a primeira missão dele era sair do hotel sem chamar o tipo errado de atenção dos funcionários.

— Seria mais fácil se você estivesse vestido como os Kongs — comentei —, mas a gente trabalha com o que tem. Acho que devemos sair juntos

— Um branco da sua idade com um adolescente negro? Você sabe o que vão pensar.

— Ahã, e podem sacudir a cabeça o quanto quiserem. Mas, se virem você sozinho, podem pensar que estava roubando os quartos e não te deixar sair.

— Pode crer, você tá certo — concordou TJ —, mas não pensou em todas as possibilidades. O quarto está pago, certo? O check-out é, tipo, só meio-dia. Já vi onde você mora e não quero curtir com você, cara, mas o seu quarto não chega nem perto.

— Não, não chega. Mas também não me custa cento e sessenta dólares por noite.

— Bem, esse quarto não vai me custar um tostão, meu irmão, e vou tomar um banho quente, me secar com três toalhas e deitar naquela cama e dormir seis ou sete horas. Porque esse quarto não é só melhor do que onde você mora; ele é, tipo, umas dez vezes melhor do que onde *eu* moro.

— Ah.

— Então vou botar a plaquinha de "Não Incomode" na porta, relaxar e não ser incomodado. Aí, quando for meio-dia, saio daqui e ninguém vai me olhar atravessado, um rapaz simpático como eu deve ter vindo entregar o almoço de alguém. Ei, Matt? Acha que se eu ligar pra recepção eles me acordam às onze e meia?

— Acho que pode contar com isso.

12

Parei num café vinte e quatro horas na Broadway. Alguém havia deixado uma edição matinal do *Times* num reservado, que li para acompanhar os ovcs e o café, mas não registrei grande coisa. Estava grogue demais e o pouco de acuidade mental que tinha insistia em se concentrar nas localizações dos seis telefones públicos em Sunset Park. Guardava e depois voltava a tirar a lista do bolso para estudá-la, como se a ordem e a localização precisa dos telefones guardasse uma mensagem secreta para quem possuísse a chave. Devia haver alguém para quem eu pudesse ligar alegando uma emergência Código Cinco. "Me dá o seu código de acesso", eu exigiria. "Me diz a senha."

O céu resplandecia com o amanhecer quando cheguei ao meu hotel. Tomei um banho, fui para a cama e, após mais ou menos uma hora, desisti e liguei a TV. Assisti ao jornal da manhã de um dos canais. O secretário de Estado tinha acabado de voltar de uma viagem ao Oriente Médio e estava no ar acompanhado de um porta-voz palestino que comentava a possibilidade de paz duradoura na região.

Aquilo me fez lembrar do meu cliente, como se ele, em algum momento, houvesse deixado os meus pensamentos. Quando passaram a entrevistar um ator recentemente premiado com o Oscar, tirei o som do aparelho e liguei para Kenan Khoury.

Ele não atendeu, mas continuei tentando a cada meia hora, ou coisa que o valha, até que Kenan atendeu por volta das dez e meia.

— Acabei de entrar pela porta — respondeu ele. — A parte mais assustadora da viagem aconteceu agora, no táxi, vindo do JFK. O motorista era um ganense maníaco, com um diamante no dente e cicatrizes tribais nas duas bochechas. O cara dirigia como se morrer num acidente de trânsito desse prioridade de entrada pelas portas do paraíso, com green card e tudo.

— Acho que já peguei um táxi com ele.

— Você? Não achei que costumasse pegar táxis. Pensei que desse exclusividade ao metrô.

— Peguei táxis ontem a noite inteira — falei. — Fiz o taxímetro rodar de verdade.

— Sério?

— Pode-se dizer que sim. Encontrei dois foras da lei da informática que deram um jeito de desenterrar, dos registros da companhia telefônica, alguns dados que a empresa afirmava não existir. — Dei a ele uma versão resumida do que fizemos e do que eu havia descoberto. — Não consegui falar com você para pedir autorização e não queria esperar, então fiz de qualquer forma.

Kenan perguntou quanto tinha custado e eu informei.

— Sem problema — disse ele. — O que você fez, bancou as despesas do próprio bolso? Devia ter pedido a Peter.

— Não me incomodei em bancar as despesas. Pedi ao seu irmão, na verdade, porque eu não conseguiria sacar o meu dinheiro no fim de semana. Mas ele também não tinha.

— Não?

— Mas falou para eu ir em frente, que você não ia querer que eu esperasse.

— Bem, nisso estava certo. Quando você falou com ele? Liguei para Petey no minuto em que entrei pela porta, mas ninguém atendeu.

— Sábado. Sábado à tarde.

— Tentei falar com ele antes de embarcar, queria que me pegasse no aeroporto, que me poupasse do Flash ganense. Não consegui. O que você fez, convenceu os caras a trabalhar fiado?

— Pedi emprestado para uma amiga.

— Bem, quer pegar a sua grana? Estou moído, voei mais na semana passada do que... como é mesmo o nome dele? O cara que também acabou de chegar do Oriente Médio? O secretário de Estado.

— Ele estava na TV agora mesmo.

— A gente entrou e saiu dos mesmos aeroportos, mas não posso dizer que nossos caminhos tenham se cruzado. Me pergunto o que ele faz com as milhas. Já deve ter o bastante para comprar uma passagem para a lua a essa altura. Quer dar um pulo aqui? Estou destruído e com jet lag, mas não vou conseguir dormir agora de qualquer forma.

— Acho que eu conseguiria — assegurei. — Na verdade, acho que deveria. Não estou acostumado a varar a noite, como dizem os meus parceiros no crime. Eles mandaram ver sem pestanejar, mas são alguns anos mais jovens do que eu.

— Idade faz diferença. Nunca acreditei que existisse o que chamam de jet lag e, agora, eu podia ser o garoto-propaganda de uma campanha nacional contra essa coisa. Acho que vou tentar dormir um pouco, talvez tomar uma pílula para capotar. Sunset Park, hein? Estou tentando lembrar quem eu conheço por lá.

— Não acho que vai ser ninguém que você conheça.

— Não, hum?

— Eles já fizeram isso antes — expliquei. — Mas estritamente como amadores. Sei algumas coisas a respeito deles que não sabia há uma semana.

— Estamos chegando perto, Matt?

— Não sei quão perto, mas estamos chegando a algum lugar.

Liguei para a recepção e disse a Jacob que tiraria o telefone do gancho.

— Não quero ser incomodado — avisei. — Diga para qualquer um que ligar para tentar de novo às cinco.

Ajustei o alarme para essa hora e deitei na cama. Fechei os olhos e tentei visualizar um mapa do Brooklyn, mas, antes que conseguisse ao menos começar a me concentrar em Sunset Park, já havia apagado.

O barulho do trânsito me despertou em algum momento e falei a mim mesmo que podia abrir os olhos e conferir o relógio, mas em lugar disso embarquei num sonho complicado com relógios, computadores e telefones, cuja fonte não era difícil de adivinhar. Estávamos num quarto de hotel e alguém batia na porta. No sonho, eu ia até ela e abria. Não havia ninguém, porém o barulho continuava, então eu estava fora do sonho e acordado, e alguém batia à minha porta.

Era Jacob, informando que a Srta. Mardell estava ao telefone e que era urgente.

— Eu sei que o senhor queria dormir até as cinco — falou Jacob —, e foi o que eu disse, mas ela pediu que o acordasse de qualquer forma. Parecia estar falando sério.

Coloquei o fone no gancho e Jacob desceu para transferir a ligação. Estava ansioso para que tocasse. Na última vez que tinha ligado dizendo que era urgente, havia um homem determinado a nos matar. Agarrei o fone quando o aparelho tocou.

— Matt, odeio acordar você, mas não podia esperar.

— Qual é o problema?

— Havia uma agulha no palheiro no fim das contas. Acabei de falar com uma mulher chamada Pam. Ela está vindo para cá.

— E?

— Ela é a mulher que a gente está procurando. Ela viu aqueles homens, entrou no furgão deles.

— E viveu para contar a história?

— Por pouco. Uma das assistentes sociais para quem contei a história do filme ligou para ela logo de cara e Pam passou a última semana tentando reunir coragem para ligar. Ouvi o bastante pelo telefone para não deixar ela escapar. Ofereci mil dólares caso ela viesse até aqui para contar a história pessoalmente. Tudo bem?

— É claro.

— Mas não tenho o dinheiro. Dei tudo para você no sábado.

Olhei para o relógio. Eu teria tempo para passar no banco se me apressasse.

— Vou pegar o dinheiro — falei. — Não demoro.

13

— Entra — indicou Elaine. — Ela já está aqui. Pam, esse é o Sr. Scudder, Matthew Scudder. Matt, quero que conheça Pam.

Ela estava sentada no sofá e se levantou com a nossa chegada, uma mulher esguia com cerca de um metro e sessenta, cabelos pretos e curtos e olhos azuis intensos. Vestia uma saia cinza escura e suéter angorá azul-claro. Batom, sombra. Salto alto. Suspeitei que houvesse escolhido a roupa para o nosso encontro e que não estava segura de que havia feito a escolha certa.

Elaine, que vestia calça e blusa de seda, parecia relaxada e competente.

— Sente-se, Matt — pediu ela. — Fica na poltrona. — Ela se juntou a Pam no sofá. — Acabo de dizer para Pam que trouxe ela aqui sob pretextos falsos. Ela não vai conhecer Debra Winger.

— Perguntei quem seria a estrela — falou Pam —, ela disse Debra Winger. Pensei, nossa, Debra Winger vai estrelar um telefilme? Não achei que ela fizesse TV. — Pam deu de ombros. — Mas acho que não vai ter filme, então, que diferença faz quem é a estrela?

— Os mil dólares, porém, são reais — argumentou Elaine.

— É, enfim, isso é bom — disse Pam —, porque o dinheiro vai cair bem. Mas não vim pelo dinheiro.

— Eu sei disso, querida.

— Não apenas pelo dinheiro.

Eu estava com o dinheiro. Os mil dólares para a garota e os mil e duzentos que devia a Elaine, além de alguns trocados para mim. No total, três mil dólares do meu cofre no banco.

— Ela disse que você é detetive — comentou Pam.

— Isso mesmo.

— E que está atrás daqueles caras. Falei bastante com a polícia, talvez uns três ou quatro policiais...

— Quando foi?

— Logo depois que aconteceu.

— E isso foi...?

— Ah, achei que você soubesse. Foi em julho, em julho passado.

— E você prestou queixa?

— Meu Deus! — exclamou Pam. — Que escolha eu tinha? Eu precisava ir ao hospital, não precisava? Os médicos disseram, "Nossa, quem fez isso com você", e o que eu podia dizer? Que escorreguei? Então eles ligaram para a polícia, naturalmente. Quero dizer, mesmo que eu não tivesse dito nada, teriam ligado para a polícia.

Abri minha caderneta.

— Pam, acho que não sei o seu sobrenome.

— Eu não dei. Bem, mas não tenho motivos para não dar, tenho? É Cassidy.

— E quantos anos você tem?

— Vinte e quatro.

— Você tinha 23 quando o incidente ocorreu?

— Não. Vinte e quatro. Meu aniversário é no final de maio.

— E com o que você trabalha, Pam?

— Como recepcionista. Estou desempregada no momento, por isso disse que o dinheiro cairia bem. Acho que mil dólares sempre caem bem, mas especialmente agora, que estou desempregada.

— Onde você mora?

— Na rua 27, entre a Terceira Avenida e a Lex.

— Era onde morava quando ocorreu o incidente?

— Incidente — repetiu, como que testando a palavra. — Ah, sim, moro lá há quase quatro anos. Desde que cheguei a Nova York.

— De onde você veio?

— Canton, Ohio. Se já ouviu falar, imagino o porquê. O Hall da Fama do Futebol Americano Profissional.

— Quase fui lá uma vez — repliquei. — Estive em Massillon a trabalho.

— Massillon! Claro, eu ia para lá o tempo todo. Conheço um monte de gente em Massillon.

— Bem, provavelmente não conheci nenhuma delas. Qual é o endereço na rua 27, Pam?

— Cento e cinquenta e um.

— Um quarteirão agradável — comentou Elaine.

— Sim, eu gosto. Só tem uma coisa, e é besteira, mas a vizinhança não tem nome. Fica a oeste de Kips Bay, abaixo de Murray Hill e acima de Gramercy, e, claro, mais a leste do Chelsea. Algumas pessoas passaram a chamar de Curry Hill, você sabe, por causa de todos aqueles restaurantes indianos.

— Você é solteira Pam? — Ela fez que sim. — Mora sozinha?

— A não ser pelo meu cachorro. Ele é pequeno, mas muitas pessoas não arrombam um apartamento se houver um cachorro, independentemente do tamanho. Têm medo de cachorros, ponto final.

— Você gostaria de me contar o que aconteceu, Pam?

— O incidente, você quer dizer.

— Isso.

— Certo. Acho que sim. É para isso que estamos aqui, certo?

Era uma noite de verão no meio da semana. Pam estava a dois quarteirões de casa, na esquina da Park Avenue com a 26, esperando o sinal fechar, então um furgão parou e um sujeito a chamou e pediu informações sobre como chegar a um lugar, mas ela não entendeu o nome.

O homem desceu, explicando que talvez tivesse anotado errado o nome que estava na fatura, e Pam o acompanhou até a parte de trás do furgão. Ele abriu as portas do fundo e dentro havia outro homem. Ambos tinham facas. Fizeram-na entrar no veículo com o segundo sujeito, então o motorista sentou ao volante e acelerou.

Nesse momento interrompi, querendo saber por que ela tinha sido tão dócil ao entrar no furgão. Havia pessoas em volta? Alguém testemunhara o rapto?

— Os detalhes estão um pouco confusos na minha cabeça — respondeu ela.

— Tudo bem.

— Foi tão rápido.

— Pam, posso fazer uma pergunta? — interveio Elaine.

— Claro.

— Você faz a vida, não faz, querida?

Meu Deus, pensei, como eu não percebi?

— Não sei o que você quer dizer — replicou Pam.

— Você estava trabalhando naquela noite, não estava?

— Como soube?

Elaine segurou a mão da jovem.

— Está tudo bem — assegurou. — Ninguém vai te ofender, ninguém está aqui para julgar. Está tudo bem.

— Mas como você...

— Bem, é uma calçada popular, não é o trecho sul da Park Avenue? Mas acho que já havia percebido antes. Querida, eu nunca trabalhei nas ruas, mas faço programa há quase vinte anos.

— Não acredito!

— É sério. Nesse mesmo apartamento, que comprei quando foi convertido em condomínio. Aprendi a chamar eles de clientes, em vez de trepadas, e, quando conheço as pessoas, digo que sou historiadora da arte. Consegui juntar um bom dinheiro com o passar dos anos, mas ganho a vida do mesmo jeito que você, querida. Então pode nos dizer o que realmente aconteceu.

— Meu Deus — exclamou Pam. — Na verdade, querem saber? É um alívio. Porque eu não queria vir até aqui e inventar uma história, sabem? Mas achei que não tivesse escolha.

— Porque achou que iríamos censurar você?

— Acho que sim. E pelo que contei aos policiais.

— Os policiais não sabiam que você estava trabalhando? — perguntei.

— Não.

— Nem ao menos perguntaram nada? Com o rapto tendo acontecido naquele trecho?

— Eram policiais do Queens.

— Por que policiais do Queens investigariam o caso?

— Por causa de onde eu fui parar. Estava no Hospital Geral Elmhurst, que fica no Queens, então os policiais eram de lá. Como eles iriam saber sobre o trecho sul da Park Avenue?

— Por que você estava no Elmhurst? Esquece, você chega lá. Por que não começamos novamente?

— Claro.

Era uma noite de verão no meio da semana. Pam estava a dois quarteirões de casa, na esquina da Park Avenue com a 26, esperando que algum homem flertasse com ela. Um furgão parou e um sujeito gesticulou para que se aproximasse. Ela deu a volta no carro e subiu para o banco do passageiro, ao que o homem rodou um quarteirão ou dois, entrou numa rua lateral e estacionou em frente a um hidrante.

Ela pensou que seria uma chupada rápida com o sujeito sentado ao volante, vinte ou vinte e cinco dólares por talvez cinco minutos. Os caras dos carros quase sempre queriam uma chupada e dentro do veículo. De vez em quando queriam que fosse com o carro em movimento, o que parecia loucura para ela, mas vá entender. Os clientes que chegam a pé geralmente querem encontrar um quarto de hotel e o Elton, na esquina da 26 com a Park, era razoável e conveniente. Sempre havia o apartamento dela, mas Pam raramente levava alguém para lá, a não ser que estivesse desesperada, porque não acreditava que fosse seguro. Além disso, quem quer trabalhar na cama onde dorme?

Ela não viu o sujeito nos fundos antes que o furgão parasse. E só soube que estava lá quando uma mão surgiu de trás e cobriu sua boca.

— Surpresa, Pammy! — disse o sujeito.

Deus, ela estava assustada. Simplesmente congelou quando o motorista riu, enfiou a mão em sua blusa e passou a apalpar seus peitos. Tinha seios grandes e havia aprendido a se vestir para mostrá-los nas ruas, com um bustiê ou uma blusa decotada, porque caras que gostam de peitos gostam de verdade, então o mais inteligente era exibir a mercadoria. O homem buscou o mamilo e o torceu; doeu, e Pam soube que aqueles dois seriam brutos.

— Vamos para os fundos — sugeriu o motorista. — Mais privacidade, mais espaço. E mais conforto, não é, Pammy?

Ela odiou a forma como diziam seu nome. Apresentou-se como Pam, não Pammy, que os dois falavam de forma zombeteira, maliciosa.

— Escutem, sem brutalidade, certo? — pediu, quando o sujeito dos fundos tirou a mão de sua boca. — Faço o que vocês quiserem e vão se divertir, mas sem brutalidade, está bem?

— Você está chapada, Pammy?

Pam disse que não, porque não estava. Não gostava muito de drogas. Fumava um baseado quando alguém oferecia e pó era legal, mas nunca havia comprado. Às vezes alguns caras esticavam carreiras para ela e ficavam insultados se não estivesse a fim, porém, de qualquer forma, não achava ruim. Talvez acreditassem que isso a deixava com tesão, que a deixava com mais vontade. Às vezes um cara botava um pouco de pó no pau, como se aquilo fosse um presente tão grande quando o chupava que ele receberia um serviço de primeira.

— Você é muito doida, Pammy? O que você faz, cheira? Injeta entre os dedos? Você conhece algum traficante da pesada? Ou o seu namorado vende heroína?

Perguntas muito cretinas. Como se não tivessem propósito, como se simplesmente se divertissem fazendo aquelas perguntas. Um dos dois, pelo menos. O motorista. Esse tinha fixação em drogas. O outro preferia xingá-la.

— Sua puta safada, sua vadia de merda. — Assim.

É nauseante quando você se deixa ofender, mas muitos caras agiam dessa maneira, especialmente quando ficavam excitados. Um sujeito, ela deve ter ido com ele umas quatro, cinco vezes, sempre no carro, era muito educado antes e depois, muito respeitoso, nunca bruto, mas era sempre a mesma história quando o chupava e ele estava perto de gozar:

— Ah, sua puta, sua puta, queria que você estivesse morta. Ah, queria que você morresse, que estivesse morta, sua puta.

Horrível, simplesmente horrível, mas fora isso, era um perfeito cavalheiro e, além disso, pagava cinquenta dólares e nunca demorava para gozar, então o que havia de mais que ele tivesse a boca asquerosa? Ossos do ofício, certo?

Eles foram para a traseira do furgão, onde havia um colchão, o que era confortável, ou teria sido, se ela tivesse conseguido relaxar, mas era impossível, não com aqueles caras, eles eram muito estranhos. Como poderia?

Os dois a fizeram tirar tudo, cada peça, o que foi um pé no saco, mas Pam sabia que não devia discutir. E, bem, eles a comeram, revezando; primeiro o motorista, então o outro. Essa parte foi basicamente rotina, exceto, é claro, que eram dois, e, enquanto o segundo socava, o primeiro torcia seus mamilos. Doía, mas ela sabia que era melhor não dizer nada, e, de qualquer forma, sabia que ele tinha consciência de que doía. Era por isso que o fazia.

Ambos a comeram e ambos gozaram, o que foi animador, porque às vezes você está em perigo justamente quando o cara não consegue levantar a coisa ou gozar. Eles ficam furiosos com você, como se a culpa fosse sua. Depois que o segundo gemeu e rolou para o lado, ela disse:

— Ei, isso foi ótimo. Vocês são legais. Me deixem vestir as minhas roupas, está bem?

Foi quando mostraram a faca.

Um canivete automático, dos grandes, muito ameaçador. O segundo homem, o da boca suja, estava com a lâmina.

— Você não vai a lugar nenhum, sua puta de merda.

E Ray falou:

— Nós três vamos para outro lugar, vamos dar um passeio, Pammy.

Era o nome dele, Ray. O outro o chamava de Ray, foi assim que ela soube. Se ouviu o nome do outro, Pam não registrou, porque não fazia a menor ideia de qual fosse. Mas o motorista era Ray.

No entanto, dessa vez, trocaram de lugar, ele não dirigia agora. O outro passou as pernas sobre o banco e sentou ao volante, enquanto Ray ficou na traseira com ela, sempre com a faca, e é claro que não deixou que se vestisse.

A partir desse ponto começava a ficar bem difícil lembrar. Pam estava na traseira do furgão, estava escuro e ela não conseguia ver o lado de fora; eles rodavam e rodavam e ela não fazia ideia de onde estavam ou para onde iam. Ray voltou a perguntar sobre drogas, tinha fixação no assunto, disse que os drogados desejavam morrer, que era uma viagem mortal e que todos deviam receber o que procuravam.

Ele a fez chupá-lo. Aquilo era melhor, ao menos ele se calava, e ao menos ela, tipo, *fazia* alguma coisa.

Então estacionaram outra vez, sabe Deus onde, e aí houve muito sexo. Eles se revezavam e faziam coisas por muito tempo, e Pam meio que desligava, como se não estivesse cem por cento ali boa parte do tempo. Tinha quase certeza de que nenhum dos dois gozou. Ambos gozaram na primeira vez, na rua 24 ou seja lá onde fosse, mas agora era como se não quisessem gozar, pois estragaria a festa. Fizeram com ela, bem, nos lugares de sempre, e colocaram nela outras coisas além de si mesmos. Não estava muito certa do que usaram. Parte do que fizeram doeu, parte não, e foi péssimo, foi terrível, e então ela lembrou uma coisa, não havia se lembrado daquilo antes, mas houve um ponto onde ficou em paz.

Porque, vejam, Pam sabia que ia morrer. Não que quisesse, porque não queria, definitivamente não queria, mas de alguma forma lhe ocorreu que isso aconteceria, e ela pensou, bem, posso suportar isso. Algo como, "Posso viver com isso", o que era ridículo, visto que era justamente o contrário, ela não poderia, não se morresse.

— Certo, posso suportar isso. — Simples assim, na verdade.

E então, quando finalmente havia se conformado, quando era invadida por um sentimento de paz, Ray disse:

— Quer saber, Pammy? Você vai ter uma chance. Vamos deixar você viver.

Os dois discutiram, porque o outro homem queria matá-la, mas Ray disse que podiam deixá-la ir, que ela era uma puta, ninguém se importa com putas.

Mas não era qualquer puta, acrescentou. Tinha os peitos mais fantásticos das ruas.

— Você gosta deles, Pammy? — perguntou. — Sente orgulho deles?

Ela não sabia o que devia responder.

— Qual é o seu preferido? Vamos, uni-duni-tê, escolhe um, Pammy. Pam-mii — falou numa cantilena, como uma criança zombeteira —, escolhe um peitinho, Pammy. Qual é o seu preferido?

E ele segurava algo, um tipo de laço de arame, que emitia reflexos acobreados na penumbra.

— Escolhe um, Pammy. Um para você, um para mim. É justo, não é, Pam-mii? Você pode ficar com um e eu levo o outro, e a escolha é sua, Pam-mii, você precisa escolher, sua putinha gostosa, precisa escolher um. É a escolha de Pammy. Lembra *A escolha de Sofia*, mas lá eram moleques e aqui são *peitos*, Pam-mii, e é melhor você escolher um, senão vou levar os dois.

Meu Deus, o sujeito era louco. O que ela devia fazer, como podia escolher um seio? Devia haver uma forma de vencer aquele jogo, mas ela não conseguia imaginar qual.

— Olha só, olha só, eu toco neles e os mamilos ficam duros, você fica com tesão mesmo quando está com medo, mesmo quando está chorando, sua putinha. Escolhe um, Pammy. Qual vai ser? Esse? Esse? O que você está esperando, Pammy? Está querendo me irritar? Vamos. Toca o peito que você quer manter.

Meu Deus, o que ela podia fazer?

— Esse? Tem certeza, Pammy?

Meu Deus...

— Bem, acho que foi uma boa escolha, uma escolha excelente, então esse é seu e esse é meu, negócio fechado, mas sem devolução, Pam-mii.

O arame fez um círculo em torno do seio dela. Havia um cabo de madeira em cada ponta, do tipo que passavam debaixo do cordão de um pacote para carregá-lo, e ele segurou os cabos, afastou as mãos e...

E ela estava fora do corpo, num átimo, flutuando, no ar acima do furgão e capaz de olhar para baixo através do teto, observando, observando o arame cortar sua carne como se fosse líquido, observando o seio escorrer lentamente do corpo, observando o sangue brotar.

Observando até que o sangue cobrisse completamente sua visão, escurecendo, escurecendo, até que o mundo ficasse negro.

14

Kelly não estava em sua mesa. O homem que atendeu o telefone no Departamento de Homicídios do Brooklyn disse que podia tentar mandar uma mensagem para o pager dele, se fosse importante. Assegurei que era.

Elaine atendeu quando o telefone tocou.

— Só um minuto — disse, e assentiu. Peguei o telefone da mão dela e falei alô.

— Meu pai se lembra de você — avisou Kelly. — Disse que você era bem ansioso.

— Isso foi há um bom tempo.

— Foi o que ele disse. O que é tão importante para precisarem me bipar no meio do almoço?

— Tenho uma pergunta sobre Leila Alvarez.

— Você tem uma pergunta. Achei que tivesse algo para mim.

— Sobre a cirurgia que fizeram nela.

— "Cirurgia". É assim que você quer chamar?

— Você sabe o que usaram para cortar o seio dela?

— Sim, uma maldita guilhotina. Qual é a jogada, Scudder?

— Ele pode ter usado um arame? Uma corda de piano, digamos, usada quase como um garrote?

Houve uma longa pausa. Me perguntei se havia pronunciado a palavra errado e Kelly não sabia do que eu estava falando. Então ele voltou a falar, tenso:

— Você está me cozinhando, Scudder?

— Cozinhando? Estou aqui sentado há quinze minutos, dez deles esperando você retornar minha ligação.

— Que diabos. O que você descobriu, meu camarada?

— Alvarez não foi a única vítima deles.

— Você já me disse isso. Gotteskind também. Li a pasta e acho que está certo, mas o que uma corda de piano tem a ver com Gotteskind?

— Existe outra vítima. Estuprada, torturada, com um seio decepado. A diferença é que está viva. Imaginei que fosse querer conversar com ela.

— *Pro bono*, hein? — disse Drew Kaplan. — Quer me explicar por que essas são as duas palavras em latim que todo mundo conhece? Na faculdade de direito da Brooklyn University aprendi latim o bastante para começar a minha própria igreja. *Res gestae*, *corpus juris*, *lex talionis*. Ninguém me diz essas palavras. Só *pro bono*. Mas, afinal, você sabe o que quer dizer *pro bono*?

— Tenho certeza de que vai me explicar.

— A frase completa é *pro bono publico*. Pelo bem público. É por isso que grandes escritórios de advocacia usam a frase para se referir ao minúsculo volume de trabalho legal que se dignam a fazer por causas que acreditam aplacar suas consciências, compreensivelmente perturbadas pelo fato de passarem mais de noventa por cento do tempo fodendo com o time dos pobres ao custo de mais de duzentos dólares por hora. Por que está me olhando assim?

— Porque é a frase mais longa que já ouvi sair da sua boca.

— Não me diga. Sra. Cassidy. Como seu advogado, é meu dever alertar a senhora quanto a se associar a homens como esse cavalheiro. Matt, falando sério, a Sra. Cassidy é residente de Manhattan, vítima de um crime ocorrido nove meses atrás na região do Queens. Sou um advogado batalhador com um modesto escritório na região do Brooklyn. Então, como, se não se incomoda que pergunte, eu entro nessa história?

Estávamos no modesto escritório de Drew. A falação era apenas o seu jeito de quebrar o gelo, uma vez que ele sabia por que Pam Cassidy precisava de um advogado do Brooklyn para acompanhá-la num depoimento numa delegacia do bairro. Já havia explicado a situação para ele em detalhes ao telefone.

— Vou chamá-la de Pam — disse ele agora. — Tudo bem?

— Ah, claro.

— Ou prefere Pamela?

— Pam está bom. Mas não Pammy.

O real significado daquilo escapava a Kaplan.

— Pam, então — concluiu. — Antes de irmos conversar com o oficial Kelly... É oficial, Matt? Ou investigador?

— Investigador JoŠ Kelly.

— Antes de falarmos com o bom investigador, vamos estabelecer algumas coisas. Você é minha cliente. Isso quer dizer que não deve falar com ninguém a não ser que eu esteja ao seu lado. Entendeu?

— Claro.

— Isso significa qualquer um, de policiais a repórteres da TV agitando microfones no seu rosto. "Fale com meu advogado." Quero ouvir você dizer isso.

— Fale com meu advogado.

— Perfeito. Alguém liga para sua casa e pergunta como está o tempo na cidade, o que você diz?

— Fale com meu advogado.

— Acho que ela entendeu. Mais uma. Um sujeito liga para sua casa, diz que você ganhou uma passagem para a ilha do Paraíso, nas Bahamas, numa promoção especial. O que você diz?

— Fale com meu advogado.

— Não, esse você pode mandar se ferrar. Todo o resto do planeta, entretanto, precisa falar com seu advogado. Agora vamos tratar de alguns detalhes, mas, de modo geral, só quero que responda perguntas se eu estiver presente e apenas se tiverem relação direta com o crime ultrajante cometido contra a sua pessoa. A sua história, a sua vida antes do incidente, a sua vida desde o incidente, nada disso é da conta de ninguém. Se uma linha de perguntas à qual eu fizer objeções vier à tona, vou interromper e não permitir que responda. Se eu não disser nada, mas por qualquer motivo a pergunta incomodar você, não precisa responder. Fale que quer conversar em particular com seu advogado. "Quero conversar em particular com meu advogado." Vamos ouvir você dizer isso.

— Quero conversar em particular com meu advogado.

— Excelente. Acontece que você não foi acusada de nada e não vai ser acusada de nada, está fazendo um favor a eles, o que a coloca numa posição muito favorável. Agora vamos falar dos detalhes enquanto Matt ainda está aqui, depois eu e você podemos ir falar com o investigador Kelly, Pam. Me diga que circunstâncias a levaram a pedir a Matthew Scudder que tentasse encontrar os homens que a raptaram e agrediram.

Havíamos acertado os detalhes antes que eu ligasse para JoŠ Kelly ou Drew Kaplan. Pam precisava de uma história que fizesse dela a contratante da investigação e deixasse Kenan Khoury de fora. Ela, Elaine e eu debatemos as possibilidades e chegamos ao seguinte:

Pam, nove meses depois do incidente, tentava retomar a vida. Isso, entretanto, era dificultado pelo medo de que voltasse a ser vítima dos mesmos homens. Ela havia chegado inclusive a pensar em deixar Nova York para se afastar deles, mas sentia que o medo a acompanharia não importava para o quão longe fugisse.

Recentemente, tinha conhecido um homem a quem contara a história da perda do seio. Esse sujeito, casado e respeitável, cujo nome não divulgaria sob nenhuma circunstância, ficou chocado e compadecido. Falou que Pam não teria paz enquanto os homens não fossem pegos e que, mesmo que isso se provasse impossível, quase com certeza faria bem para a sua recuperação emocional se agisse para descobrir quem eram e capturá-los. Uma vez que a polícia teve tempo de sobra para investigar e evidentemente não havia conseguido nada, por recomendação desse homem ela contratou um detetive particular que daria total prioridade ao caso, em vez de praticar o tipo de triagem criminológica exigida dos policiais.

Esse homem sem nome, por sinal, conhecia um detetive particular em quem confiava, pois havia sido meu cliente no passado. Ele a orientou a me procurar, e, além disso, concordou em arcar com meus honorários e despesas, com a condição de que seu papel naquilo tudo não fosse divulgado a ninguém sob nenhuma circunstância.

Dois interrogatórios com Pam sugeriram que a forma mais eficiente de abordar o caso era assumir que ela não tinha sido a única vítima. A maneira como os homens cogitaram matá-la, aliás, parecia indicar que já cometeram assassinato. Consequentemente, tentei múltiplas abordagens destinadas a levantar evidências de crimes cometidos pelos mesmos dois sujeitos tanto antes quanto depois de mutilarem a minha cliente.

Pesquisas em bibliotecas desencavaram dois casos que considerei prováveis: Marie Gotteskind e Leila Alvarez. O caso Gotteskind envolvia rapto com emprego de um furgão e, tendo acesso à pasta do caso por meio de canais heterodoxos, confirmei que também envolvia uma amputação. O caso Alvarez também parecia envolver um rapto e possuía uma semelhança notável: a vítima havia sido abandonada num cemitério. (Pam havia sido deixada no cemitério Mount Zion, no Queens.) Quando soube que a mutilação de Alvarez, não descrita na matéria do jornal, fora idêntica à de Pam, ficou evidente para mim que os mesmos criminosos estavam envolvidos.

Então, por que eu não disse nada a Kelly quando tomei conhecimento? Essencialmente, porque, em respeito à ética, não poderia fazer isso sem a permissão da minha cliente. Passei o fim de semana tentando convencê-la e preparando-a para o que precisaria enfrentar. Além disso, queria esperar para ver se haveria uma fisgada em qualquer um dos demais anzóis que havia jogado na água.

Um deles era a história do telefilme. Pedi a Elaine que entrasse em contato com diversas unidades de crimes sexuais da cidade na esperança de encontrar uma vítima viva. Diversas mulheres ligaram, apesar de nenhuma ter provado ser uma possibilidade nem ao menos remota, mas queria esperar até a segunda-feira para desistir dessa linha de investigação.

Numa enorme coincidência, Pam havia sido contatada por uma funcionária da unidade do Queens, sugerindo que podia ser interessante entrar em contato com a tal de Sra. Mardell para conferir do que se tratava. Ela não fazia a menor ideia de que estávamos tentando essa abordagem, por isso foi muito reticente com a mulher ao telefone, mas todos demos boas risadas quando tocou no assunto comigo e descobriu quem de fato era o produtor.

Àquela altura, tarde de segunda, eu não via qualquer justificativa para omitir informações da polícia, uma vez que fazê-lo sem dúvida iria interferir na investigação dos dois homicídios e visto que não tinha uma linha de investigação útil a perseguir. Consegui vender essa argumentação para Pam, que ainda não estava nada confortável com a ideia de voltar a ser interrogada por policiais, mas que ficou mais confiante quando assegurei que teria um advogado cuidando dos seus interesses.

Portanto, eles estavam indo conversar com Kelly e eu havia deixado de caçar assassinos sexuais. Fim de papo.

— Acho que vai funcionar — comentei com Elaine. — Acho que cobre tudo, todas as minhas atividades desde que recebi o primeiro telefonema, exceto qualquer coisa que tenha a ver com Khoury. Não vejo como algo que Pam diga possa apontar na direção da investigação que conduzi na Atlantic Avenue ou dos videogames que assisti aos Kongs jogarem na noite passada. Pam não sabe nada a respeito disso, não poderia dar com a língua nos dentes nem se quisesse; ela nunca ouviu os nomes Francine ou Kenan Khoury. Pensando bem, não tenho certeza de que saiba por que entrei no caso, para começo de conversa. Acho que tudo que sabe é a história que montamos.

— Talvez Pam acredite nela.

— Provavelmente vai, quando terminar de contar. Kaplan achou que soava bem.

— Você contou a verdadeira história para ele?

— Não, não tinha motivo. Kaplan sabe que o que tem está incompleto, mas conseguiu se conformar com isso. O importante é ele impedir a polícia de acuar Pam e de dar mais atenção ao meu papel no caso do que a quem cometeu os crimes.

— Por que fariam isso?

Dei de ombros.

— Não sei o que fariam — respondi. — Há um time de assassinos em série fazendo suas estripulias há mais de um ano e o Departamento de Polícia de Nova York nem ao menos sabe que existe. Muita gente vai ficar irritada ao descobrir que um detetive particular percebeu o que todo mundo deixou passar batido.

— Então eles vão matar o mensageiro.

— Não seria a primeira vez. Na verdade, os policiais não deixaram passar nada óbvio. É muito fácil deixar de perceber assassinatos em série, principalmente quando delegacias e regiões diferentes investigam casos diferentes e os elementos unificadores são do tipo que não vai parar nas matérias de jornal. Mas eles podem se ressentir de Pam por expor eles, principalmente por ser prostituta e ter deixado esse pequeno detalhe de fora.

— Ela vai mencionar isso agora?

— Ela vai mencionar agora que costumava colocar as contas em dia se prostituindo ocasionalmente. Sabemos que tem antecedentes criminais, foi fichada duas vezes por prostituição e vadiagem. Não descobriram isso quando investigaram o caso porque ela era a vítima, não havia um motivo forte o bastante para levantar os antecedentes.

— Mas você acha que deviam ter levantado.

— Foi bem desleixado — admiti. — Prostitutas são alvos desse tipo de coisa o tempo todo por serem tão acessíveis. Eles podiam ter checado. Deveria ter sido automático.

— Mas ela vai dizer que deixou de se prostituir depois que voltou do hospital. Que teve medo.

Fiz que sim. Pam parou por algum tempo, morta de medo da ideia de entrar no carro de um estranho, mas velhos hábitos são difíceis de largar e ela voltou. A princípio havia se limitado a programas em carros, temendo desapontar ou causar aversão num homem que tirasse a blusa dela, porém descobriu que a maioria não se importava tanto com a deformidade. Uns a viam como uma peculiaridade interessante, enquanto alguns poucos ficavam extremamente excitados e se tornaram clientes regulares.

Mas ninguém precisava saber de nada disso. Ela diria que conseguiu alguns bicos como garçonete na vizinhança e que vinha sendo mais ou menos bancada pelo benfeitor que tinha me indicado.

— E quanto a você? — quis saber Elaine. — Não vai precisar falar com Kelly e prestar depoimento?

— Acho que sim, mas não há pressa. Vou falar com ele amanhã e ver se precisa de algo formal de mim. Pode ser que não. Não tenho nada para ele, na verdade, porque não ocultei nenhuma evidência. Apenas identifiquei elos invisíveis entre três casos.

— Entón parra você a guerra acabou, *mein Kapitän*?

— Parece que sim.

— Aposto que está exausto. Quer ir para o quarto e deitar um pouco?

— Prefiro ficar de pé e retomar a minha agenda.

— Faz sentido. Está com fome? Ah, meu Deus, você não come nada desde o café da manhã, não é? Senta, vou preparar alguma coisa para nós.

Elaine preparou salada e uma tigela enorme de *farfalle* ao alho e óleo. Comemos à mesa da cozinha; depois fez chá para ela e café para mim, fomos para a sala e sentamos juntos no sofá. Em algum momento, Elaine disse algo atipicamente grosseiro. Quando ri, perguntou qual era a graça.

— Adoro quando você fala como nas ruas — respondi.

— Você acha que é só uma pose, né? Acha que sou uma flor de estufa, não acha?

— Não, acho que você é a rosa do Spanish Harlem.

— Me pergunto se eu teria suportado as ruas — disse ela, pensativa. — Ainda bem que nunca vou precisar descobrir. Mas vou dizer uma coisa: quando isso tudo tiver acabado, a Srta. Malandra de Rua vai sair do frio. Ela pode botar um enchimento no peito que sobrou e sair das malditas calçadas.

— Está planejando adotar ela?

— Não, e também não vamos morar juntas e fazer o cabelo uma da outra. Mas posso arrumar um apartamento decente para ela, ensinar como montar uma agenda e trabalhar em casa. Se for esperta, sabe o que ela vai fazer? Colocar uns anúncios na revista *Screw* para que os tarados por peitos saibam que podem comprar um pelo preço de dois. Você está rindo de novo, é a linguagem de rua?

— Não, foi engraçado.

— Então pode rir. Não sei, talvez eu deva ficar na minha e deixar Pam viver a vida dela. Mas gostei dela.

— Eu também.

— Acho que ela merece mais do que as ruas.

— Todo mundo merece — acrescentei. — Ela pode sair bem disso tudo. Se pegarem os caras e tiver um julgamento, Pam pode ter seus quinze minutos de fama. E ela tem um advogado que vai garantir que ninguém consiga a história dela sem pagar.

— Talvez haja um telefilme.

— Eu não excluiria a possibilidade, mas não acho que podemos contar com Debra Winger para fazer o papel da nossa amiga.

— Não, provavelmente não. Ah, já sei. Está comigo nessa? O que podemos fazer é arrumar uma atriz que passou por uma mastectomia para o papel. Quero dizer, se isso não é uma boa ideia, o que mais pode ser? Viu a mensagem que iríamos transmitir? — Ela piscou. — Essa é a minha persona showbizz. Aposto que gosta mais do tipo das ruas.

— Eu diria que é empate.

— Justo. Matt? Você fica incomodado por ter feito uma investigação como essa e então entregá-la para a polícia?

— Não.

— Jura?

— Por que deveria? Eu não teria como justificar continuar com ela. O Departamento de Polícia de Nova York tem recursos e pessoal, eu não. Levei essa linha até onde consegui de qualquer forma. Ainda vou seguir a pista que encontrei ontem à noite e ver o que descubro em Sunset Park.

— Mas não vai falar com a polícia sobre Sunset Park.

— Não teria como.

— Matt? Tenho uma pergunta.

— Vai em frente.

— Não sei se você quer ouvir, mas preciso fazer: você tem certeza de que são os mesmos assassinos?

— Só pode ser. Um arame usado para amputar um seio? Uma vez com Leila Alvarez, outra com Pam Cassidy? Ambas as vítimas largadas em cemitérios? Dá um tempo.

— Acredito que os homens que raptaram Pam também pegaram Alvarez. E a mulher em Forest Park, a professora.

— Marie Gotteskind.

— Mas e quanto a Francine Khoury? Ela não foi deixada num cemitério, não teve, necessariamente, um seio amputado com um garrote e testemunhas dizem que foi raptada por três homens. Se tem uma coisa em que Pam foi categórica é que havia apenas dois. Ray e o outro.

— Podia haver apenas dois com Khoury.

— Você disse...

— Eu sei o que eu disse. Pam também falou que eles foram do banco do motorista para a traseira do furgão e de volta para o banco do motorista. Talvez só tenha parecido que eram três homens, porque, quando você vê dois sujeitos entrarem no fundo de um furgão que se afasta, conclui que havia alguém na direção.

— Talvez.

— A gente sabe que esses caras mataram Gotteskind. Gotteskind e Alvarez estão ligadas pela coisa dos dedos, amputação e inserção, e Alvarez e Cassidy tiveram seios decepados, então isso quer dizer...

— Que foram os mesmos homens nos três casos. Certo, isso eu entendi.

— Bem, as testemunhas do caso Gotteskind também disseram que eram três homens, dois raptando a jovem e um ao volante. Pode ter sido uma ilusão. Ou podia haver três naquele dia e novamente quando levaram Francine, mas um cara podia estar gripado na noite em que pegaram Pam.

— Ou em casa batendo punheta — sugeriu.

— Enfim. Podemos perguntar a Pam se houve qualquer tipo de referência a outro homem. "Mike ia gostar do rabo dela", algo assim.

— Talvez tenham levado um seio para Mike.

— "Ei, Mike, você devia ter visto o que foi embora."

— Me poupe, está bem? Você acha que vão conseguir uma descrição satisfatória com ela?

— Eu não consegui. — Pam tinha dito que não se lembrava da aparência dos homens, que quando tentava via rostos indistintos, como se usassem meias de nylon como máscaras. O que fez com que a investigação inicial fosse um exercício de futilidade ao entregarem a ela livros com fotografias de criminosos sexuais para folhear. Pam não sabia que rostos procurar. Tentaram um especialista em retratos falados, mas isso também se provou inútil.

— Quando ela estava aqui — disse Elaine —, pensei o tempo todo em Ray Galindez. — Galindez era policial e desenhista, tinha uma habilidade incrível de conversar com testemunhas e extrair delas retratos falados de semelhança notável. Havia dois desenhos dele, emoldurados, no banheiro de Elaine.

— Pensei na mesma coisa, mas não sei o que Ray iria conseguir com ela. Se trabalhasse com Pam um dia ou dois depois do que aconteceu, poderia ter chegado a algum lugar. Agora já passou tempo demais.

— E quanto à hipnose?

— É possível. Ela deve ter bloqueado a memória e um hipnotizador talvez conseguisse desbloquear. Não sei muito a respeito. Os júris não costumam confiar nisso e eu também não sei se confio.

— Por que não?

— Acredito que uma testemunha hipnotizada pode criar memórias a partir da imaginação em função do desejo de agradar. Suspeito de muitas das memórias de incesto que ouço nas reuniões, memórias que subitamente vêm à tona vinte ou trinta anos depois do evento. Tenho certeza de que algumas são reais, mas sinto que boa parte é evocada porque o paciente quer deixar o terapeuta feliz.

— Às vezes é real.

— Sem dúvida. Mas às vezes não é.

— Talvez. Admito que é o trauma da moda hoje em dia. Daqui a pouco as mulheres sem memórias de incesto vão começar a se preocupar que os pais as achassem feias. Quer fazer de conta que eu sou uma menininha levada e você é o meu papai?

— Acho que não.

— Seu careta. Quer brincar que eu sou uma puta de rua linda, sensual e descolada e você está sentado ao volante do seu carro?

— Vou precisar alugar um carro?

— A gente pode fingir que o sofá é o carro, mas talvez não funcione. O que podemos fazer para manter nosso relacionamento quente e excitante? Eu podia amarrar você na cama, mas te conheço. Logo, logo ia cair no sono.

— Especialmente hoje à noite.

— Ahã. A gente pode fingir que você tem tara por deformidades e que eu não tenho um seio.

— Deus me livre.

— É, amém. Não quero *beshrei* isso, como diria a minha mãe. Já ouviu essa palavra? Acho que é iídiche para presunção que atrai coisas ruins. "Nunca diga isso, pode dar ideias a Deus."

— Bem, não diga.

— Não. Amor? Quer apenas deitar na cama?

— Música para os meus ouvidos.

15

Dormi até tarde na terça, e Elaine não estava quando acordei. Um bilhete na mesa da cozinha me dizia para ficar o quanto quisesse. Preparei o café da manhã e assisti à CNN por algum tempo. Então saí e caminhei pelas redondezas por cerca de uma hora, acabando no edifício Citicorp a tempo para a reunião do meio-dia. Depois fui ao cinema na Terceira Avenida, andei até a Frick e olhei as pinturas, então peguei um ônibus até a Lexington e fui à reunião das cinco e meia a um quarteirão da Grand Central, onde as pessoas se acotovelavam para embarcar no vagão-restaurante do trem suburbano.

A reunião era sobre o Décimo Primeiro Passo, que trata da busca de conhecer a vontade de Deus por meio de preces e meditação, e a maior parte da discussão foi inexoravelmente espiritual. Quando saí, decidi que merecia um táxi. Dois passaram batidos e, quando um terceiro parou, uma mulher de terninho e blusa com gola-laço me tirou do caminho com um empurrão e entrou. Não havia rezado ou meditado, mas não tive muito trabalho para descobrir a vontade de Deus naquela questão específica. Ele queria que eu fosse para casa de metrô.

Havia mensagens para ligar para JoŠ Kelly, Drew Kaplan e Kenan Khoury. Me dei conta de que eram muitas pessoas com a mesma inicial no sobrenome e olha que eu ainda não tinha tido notícias dos Kongs. Havia uma quarta mensagem de alguém que não deixara nome, apenas um número; com perversidade, essa foi a primeira ligação que retornei.

Disquei o número e, em vez de chamar, ouvi um tom. Decidi que a ligação havia caído e desliguei, então entendi e disquei de novo. Dessa vez, quando ouvi o tom, digitei o meu próprio número e desliguei.

Dali a cinco minutos o telefone tocou.

— E aí, Matt, meu camarada! — saudou TJ quando atendi. — Tranquilidade?

— Você comprou um pager.

— Ficou surpreso, hein? Cara, embolsei quinhentos dólares de uma vez. O que você queria que eu fizesse, abrisse uma poupança? Eles estavam com essa promoção, você compra um bipe com os primeiros três meses de serviço grátis por cento e noventa e nove dólares. Se quiser um, vou até a loja com você, pra garantir que te tratem bem.

— Vou esperar um pouco. O que acontece depois dos três meses? Eles pegam o pager de volta?

— Não, ele é meu, cara. Só tenho que pagar uma grana por mês pra manter a linha ativa. Se eu parar de pagar ainda é meu, mas você liga e nada acontece.

— Então não faz muito sentido ter o aparelho.

— Mas muitos caras têm. Eles usam aquelas coisas o tempo todo, mas você nunca ouve tocar porque eles não pagam pra continuar com o serviço.

— Quanto custa a mensalidade?

— Eles disseram, mas esqueci. Não importa. Tenho certeza de que quando acabarem os três meses você vai passar a pagar a conta pra me ter à sua disposição.

— Por que eu faria isso?

— Porque eu sou indispensável, cara. Sou um ativo estratégico pro seu empreendimento.

— Porque você é criativo.

— Viu só? Já está entendendo.

Liguei para Drew Kaplan, mas ele não estava no escritório, e eu não quis incomodá-lo em casa. Não retornei a ligação de Kenan Khoury ou JoŠ Kelly, eles podiam esperar. Fui até a esquina para comer uma fatia de pizza com Coca e então à St. Paul's Chapel para a terceira reunião do dia. Não me lembrava da última vez que fui a tantas, mas sem dúvida fazia um bom tempo.

Não por sentir que corria risco de beber. O pensamento num drinque nunca esteve mais distante. Tampouco me sentia acossado por problemas ou incapaz de chegar a uma decisão.

O que de fato sentia, percebi, era exaustão, um vazio. A noite em claro no Frontenac havia cobrado seu preço, mas os efeitos foram basicamente anulados por duas boas refeições e nove horas de sono ininterrupto. Eu ainda estava, porém, sob o efeito do caso. Tinha trabalhado duro, mergulhado com tudo, e agora estava acabado.

Exceto que, é claro, não estava. Os assassinos não foram identificados, quanto mais presos. Eu havia feito o que considerava um excelente trabalho investigativo, que tinha produzido resultados substanciais, mas o caso não chegara a nada parecido com uma conclusão. Por isso a exaustão que sentia não era parte de uma gloriosa sensação de completude. Cansado ou não, eu tinha promessas a cumprir. E quilômetros a percorrer.

Assim sendo, eu estava em outra reunião, um lugar seguro e sossegado. Conversei com Jim Faber durante o intervalo e saí com ele no fim da reunião. Jim não tinha tempo para um café, mas o acompanhei na maior parte do percurso até o seu prédio e paramos numa esquina para conversar alguns minutos. Então fui para casa e novamente não liguei para Kenan Khoury, mas, sim, para seu irmão. O nome veio à tona na conversa com Jim e nenhum de nós se lembrava de tê-lo visto na semana anterior. Disquei o número de Peter, mas ninguém atendeu. Liguei para Elaine e conversamos por alguns minutos. Ela mencionou que Pam Cassidy havia ligado para dizer que não se falariam por algum tempo — ou seja, que Drew a instruíra a não entrar em contato comigo ou com Elaine por enquanto, e ela queria avisar, para que Elaine não se preocupasse.

Liguei para Drew na manhã seguinte. Ele informou que tudo havia corrido bem e que tinha achado Kelly durão, mas não inflexível.

— Se quiser desejar alguma coisa — sugeriu ele —, deseje que o cara seja rico.

— Kelly? Ninguém fica rico no Departamento de Homicídios. Não existe suborno.

— Kelly não, pelo amor de Deus. Ray.

— Quem?

— O assassino — respondeu ele. — O sujeito do arame. Jesus, você não ouve a sua própria cliente?

Ela não era minha cliente, mas Drew não precisava saber disso. Perguntei por que cargas-d'água ele queria que Ray fosse rico.

— Para a gente arrancar até as calças desse canalha.

— Eu esperava ver ele trancado pelo resto da vida.

— É, tenho a mesma esperança — comentou ele —, mas nós dois sabemos o que pode acontecer numa corte criminal. De uma coisa eu tenho certeza, entretanto: se ao menos indiciarem o filho da puta, posso entrar com uma ação civil e arrancar cada centavo que ele tiver. Mas isso só vale alguma coisa se o cara tiver uns trocados.

— Nunca se sabe. — O que eu sabia era que não havia muitos milionários vivendo em Sunset Park. Não queria mencionar Sunset Park a Kaplan, porém, e de qualquer forma, não tinha motivos para acreditar que ambos, ou os três, caso estivéssemos lidando com três homens, de fato morassem naquela parte do Brooklyn. Até onde eu sabia, Ray podia ter uma suíte no hotel Pierre.

— Eu sei que gostaria de encontrar alguém para processar — declarou Drew. — Talvez aqueles canalhas tenham alugado um furgão. Gostaria de encontrar um réu colateral em algum ponto, para ao menos conseguir um acordo razoável para Pam. Ela merece, depois de tudo pelo que passou.

— E dessa forma o seu *pro bono* acabaria se provando rentável, não é verdade?

— E daí? Não tem nada de errado com isso, mas devo dizer que o meu lado não é a minha principal preocupação.

— Certo.

— Ela é uma boa moça — falou Drew. — Durona e corajosa, mas há inocência lá no fundo. Entende o que eu quero dizer?

— Sim.

— E aqueles canalhas fizeram ela passar por coisas terríveis. Ela mostrou o que fizeram?

— Ela me contou.

— Ela também me contou, mas, além disso, me mostrou. Você acha que ter conhecimento te prepara, mas acredite, o impacto visual é desconcertante.

— Não me diga. Ela também te mostrou o que ainda tem, para que apreciasse a dimensão da perda?

— Você tem uma mente suja, sabia disso?

— Sabia — respondi. — Ao menos é o que todo mundo diz.

Liguei para JoŠ Kelly e fui informado de que ele estava no tribunal. Dei o meu nome.

— Ah, ele vai querer falar com você — disse o policial que atendeu. — Me dá seu número, vou mandar uma mensagem para o bipe dele.

Um pouco depois, Kelly telefonou e marcamos de nos encontrar num lugar chamado The Docket, próximo ao Borough Hall, no Brooklyn. Eu nunca havia ido ao lugar, mas parecia com os que conhecia no centro de Manhattan, bares-restaurantes com uma clientela formada basicamente por policiais e advogados e com decoração carregada de latão, couro e madeira escura.

Kelly e eu nunca tínhamos nos encontrado, um fato que passou despercebido a ambos quando marcamos o encontro, mas, no fim das contas, não tive trabalho para reconhecê-lo. Era a cara do pai.

— Ouvi isso a vida inteira — confirmou o investigador.

Ele pegou a cerveja no bar e escolhemos uma mesa nos fundos. Nossa garçonete tinha nariz arrebitado, um bom humor contagiante e conhecia o meu acompanhante. Quando perguntou sobre o *pastrami*, ela respondeu:

— Não é magro o bastante para você, Kelly. Peça o rosbife.

Comemos sanduíches de rosbife no pão de centeio, a carne em fatias finas numa pilha alta, acompanhados de batata frita crocante e um molho de raiz-forte que arrancaria lágrimas de uma estátua.

— Bom lugar — comentei.

— Imbatível. Eu sempre como aqui.

Ele bebeu uma segunda garrafa de Molson's com o sanduíche. Pedi uma *cream soda* e, depois da negativa da garçonete, uma Coca. Notei que aquilo foi registrado por Kelly, apesar de ele não ter feito qualquer comentário no momento. Porém, quando ela voltou com as bebidas, ele falou:

— Você costumava beber.

— Seu pai mencionou isso? Não era tão grave quando conheci ele.

— Não soube por ele. Fiz algumas ligações, perguntei por aí. Soube que você teve problemas com bebida e depois parou.

— Pode-se dizer que sim.

— AA, pelo que eu soube. Ótima organização, é o que dizem.

— Tem seus pontos positivos. Mas não é um lugar para se estar se você quiser um drinque decente.

Kelly precisou de um segundo para se dar conta de que era uma piada, então riu.

— Foi lá que conheceu ele, o namorado misterioso?

— Não vou responder isso.

— Você não está disposto a me dizer nada sobre ele.

— Não.

— Tudo bem — falou. — Não quero me alongar nisso. Reconheço que você convenceu ela a me procurar. Não sou muito fã de quando uma testemunha aparece de mãos dadas com o advogado, mas, nessas circunstâncias, devo admitir que foi a coisa certa para ela. E Kaplan não é nenhum corrupto. Ele pode fazer você parecer um troglodita no tribunal, mas, que diabos, é o trabalho dele e todos os advogados são assim. O que vamos fazer, enforcar a profissão inteira?

— Há quem pense que não seria uma má ideia.

— Você está falando de metade das pessoas nesse salão — comentou Kelly. — A outra metade é formada pelos próprios advogados. Kaplan e eu concordamos em manter isso longe da imprensa. Ele disse ter certeza de que você concordaria.

— É claro.

— Se tivéssemos bons retratos falados dos dois sujeitos seria diferente, mas chamei um desenhista e o melhor que conseguimos foi saber que ambos têm dois olhos, um nariz e uma boca. Ela não tem tanta certeza quanto às orelhas, acha que os dois tinham ambas, mas preferiu não afirmar. Seria como publicar o retrato de um smiley na página cinco do *Daily News*: "Você viu esse homem?" O que temos são elos entre três casos, que agora tratamos como homicídio em série, mas você vê alguma vantagem em levar isso a público? Além de assustar as pessoas, o que iríamos conseguir?

Não nos demoramos depois do almoço. Ele precisava estar de volta ao tribunal às duas para testemunhar no julgamento de um homicídio relacionado a drogas, o tipo de coisa que sempre o impedia de manter a mesa limpa.

— E é difícil continuar a dar a mínima se eles se matam — comentou Kelly — ou se matar de trabalhar para pegar esses caras por isso. Eu queria de verdade que legalizassem essa merda toda e juro por Deus que nunca imaginei me ouvir dizendo isso.

— Nunca achei que iria ouvir isso da boca de um policial.

— Você ouve o tempo todo agora. Policiais, promotores, todo mundo. Ainda temos os caras da DEA entoando a velha cantilena. "Estamos vencendo a guerra contra as drogas. Nos deem as ferramentas e vamos ser capazes de fazer o trabalho." Não sei, talvez acreditem nisso, mas seria melhor acreditar na Fada do Dente. Ao menos assim talvez você acabe com uma moeda debaixo do travesseiro.

— Como é possível racionalizar a legalização do crack?

— Eu sei, é complicado. O meu favorito de todos os tempos é o pó de anjo. Um cara comum, pacífico, usa aquilo, entra num blecaute e age de forma violenta. Acorda horas depois, alguém está morto e ele não se lembra de nada, não pode nem dizer se curtiu o barato. Se eu gostaria que vendessem pó de anjo na doceria da esquina? Jesus, não posso dizer que sim, mas será que isso circularia mais por aí do que agora, vendido na rua em frente à loja de doces?

— Não sei.

— Ninguém sabe. E por sinal não estão vendendo tanto pó de anjo hoje em dia, mas não porque as pessoas estejam largando o vício. O crack está tomando conta do mercado. Portanto, existem boas notícias do mundo das drogas, fãs do esporte. O crack está nos ajudando a vencer a guerra.

Dividimos a conta e trocamos um aperto de mão na calçada. Concordei em entrar em contato se lembrasse de qualquer coisa que ele deveria saber e Kelly disse que me manteria informado se tivessem alguma reviravolta na investigação.

— Posso dizer que vamos ter muita gente envolvida — falou. — Queremos de verdade tirar esses caras das ruas.

Eu disse a Kenan Khoury que iria a sua casa à tarde, então segui naquela direção. O tribunal de registros fica na Joralemon Street, na divisa entre Brooklyn Heights e Cobble Hill. Caminhei a leste até a Court Street e desci a rua até a Atlantic, passando pelo escritório de Drew Kaplan e o restaurante sírio onde fui com Peter Khoury. Entrei na Atlantic para passar pelo Ayoub's e visualizar o sequestro *in situ*, outra expressão em latim que Drew podia colocar no mesmo saco com *pro bono*. Pensei em pegar um ônibus, mas, quando cheguei à Quarta Avenida, um acabava de sair do ponto. Era uma bela tarde de primavera e, de qualquer forma, a caminhada estava agradável.

Caminhei por umas duas horas. Não planejei conscientemente ir a pé até Bay Ridge, mas foi o que acabei fazendo. A princípio pensei em andar oito ou dez quarteirões e pegar o primeiro ônibus que aparecesse. Quando cheguei à primeira das ruas numeradas, me dei conta de que estava a apenas um quilômetro e meio do cemitério Green-Wood. Peguei uma rua lateral até a Quinta Avenida, caminhei até o cemitério e entrei, passeando por dez ou quinze minutos entre as sepulturas. A grama estava com a cor viva que adquire apenas no início da primavera e havia muitas flores primaveris entre as lápides, além daquelas em vasos.

O cemitério cobre uma grande extensão e eu não fazia ideia de em qual parte Leila Alvarez tinha sido encontrada, apesar de possivelmente ter havido alguma referência na matéria do jornal. Se existia, eu havia esquecido, mas que diferença fazia, de qualquer forma? Eu não teria uma visão ao sintonizar as vibrações emanadas pela grama onde ela estava deitada. Gosto de acreditar que algumas pessoas podem agir dessa forma, que são capazes de usar galhos de salgueiro para encontrar objetos perdidos e crianças desaparecidas e até mesmo que enxerguem auras que escapam à minha visão (apesar de não ter certeza se atribuiria tais poderes à última namorada de Danny Boy). Mas eu não posso.

Todavia, o simples fato de estar em certo lugar pode desatar um pensamento, possibilitar uma conexão mental que de outra forma nunca seria feita. Quem sabe como o processo funciona?

Talvez eu tenha ido até lá à procura de algum tipo de conexão com Leila Alvarez. Talvez apenas quisesse passar alguns minutos caminhando na grama verdejante, admirando as flores.

Entrei no cemitério na rua 25 e saí quase um quilômetro ao sul, na 34. A essa altura, havia atravessado toda a área de Park Slope e estava nos limites ao norte de Sunset Park, a poucos quarteirões do pequeno parque que dá nome à área.

Caminhei até lá e o atravessei. Então, um a um, passei por todos os seis telefones públicos usados para ligar para a casa de Kenan Khoury, a começar pelo que ficava na esquina da New Utrecht Avenue com a 41. O que mais me interessava ficava na Quinta, entre as ruas 49 e 50. Esse era o telefone que usaram duas vezes e que, portanto, acreditava ficar mais próximo da base de operações dos sequestradores. Ao contrário dos demais, ele não ficava na rua, mas dentro de uma lavanderia automática vinte e quatro horas, próximo à porta.

Havia duas mulheres no lugar, ambas gordas. Uma dobrava roupas, enquanto a outra estava sentada numa cadeira encostada à parede de blocos de concreto, lendo um exemplar da revista *People* com uma foto de Sandra Dee na capa. Nenhuma delas prestava atenção na outra ou em mim. Coloquei uma moeda no telefone e liguei para Elaine.

— Todas as lavanderias têm telefones? — perguntei quando ela atendeu. — É uma coisa comum? A gente sempre encontra um telefone numa lavanderia?

— Faz ideia de há quantos anos espero que me faça essa pergunta?

— Bem?

— É lisonjeiro que você pense que sei tudo, mas devo dizer uma coisa: Não coloco os pés numa lavanderia há anos. Na verdade, não tenho certeza se já estive numa. Temos máquinas no porão do meu prédio. Então não posso responder a sua pergunta, mas posso fazer uma. Por quê?

— Duas das ligações recebidas por Khoury na noite do sequestro foram feitas do telefone público de uma lavanderia em Sunset Park.

— E você está aí agora mesmo. Está me ligando desse telefone.

— Isso.

— E? O que importa se outras lavanderias têm telefones? Não diga, vou descobrir sozinha. Não consigo descobrir sozinha. Por quê?

— Acredito que devem morar muito perto para que tenha ocorrido a eles usar esse telefone. Não é possível ver ele da rua, então, a não ser que você more a um quarteirão ou dois, não pensaria nele quando precisasse fazer uma ligação. A menos que toda lavanderia no mundo tenha um telefone.

— Bem, não sei nada de lavanderias. Não tem telefone no nosso porão. Como você faz com as suas roupas?

— Eu? Vou à lavanderia da esquina.

— Eles têm telefone?

— Não sei. Deixo a roupa de manhã e pego à noite, quando lembro. Eles fazem tudo. Entrego as roupas sujas e elas voltam limpas.

— Aposto que não separam por cor.

— Hein?

— Esquece.

Saí da lavanderia e tomei um *café con leche* na lanchonete cubana da esquina. Ele havia falado naquele telefone, o filho da puta. Eu estava perto assim.

Tinha que morar na vizinhança. E não apenas na região, mas quase com certeza num raio de um quarteirão ou dois da lavanderia. Não era difícil para mim começar a acreditar que conseguia sentir a sua presença em algum lugar a poucas centenas de metros de onde estava sentado. Mas isso era conversa fiada. Eu não precisava captar as vibrações, tudo que precisava era entender o que deve ter acontecido.

Estavam lá quando Francine saiu de casa, a seguiram até o D'Agostino's, deram um tempo quando o carregador a acompanhou até o carro e voltaram a segui-la até a Atlantic. Pegaram Francine quando saiu do Ayoub's e a colocaram no fundo do furgão. E foram para onde?

Dezenas de lugares possíveis. Uma viela em Red Hook. Um beco atrás de um galpão. Uma garagem.

Havia um lapso de algumas horas entre o sequestro e o primeiro telefonema e eu supunha que passaram boa parte delas fazendo com Francine o que fizeram com Pam Cassidy. Depois que estava morta, devem ter voltado para casa, estacionado na sua própria vaga, se já não estavam nela. O furgão, pintado com o nome de uma empresa de assistência técnica de TV no Queens, deve ter recebido algum cuidado especial. Provavelmente repintaram o carro — ou o lavaram, se é que usaram tinta lavável para começo de conversa. Se tivessem os equipamentos certos na garagem, o carro pode ter passado por uma mudança completa de cor.

E aí o quê? Um curso relâmpago de corte de carnes para iniciantes? Podem ter feito isso então, podem ter esperado até depois. Não importa.

Então, às três e trinta e oito, o primeiro telefonema. Às quatro e um, o segundo — o primeiro de Ray —, da lavanderia. Mais ligações, até que, às oito e um, a sexta mandou os Khourys para a entrega do dinheiro. Depois de feita a ligação, Ray ou outro homem deve ter se posicionado para observar o telefone público na esquina da Flatbush com a Farragut e discou o número quando Kenan se aproximou.

Foi necessário? Disseram a Kenan para estar lá às oito e meia. Podem ter ligado para o telefone em intervalos de um minuto a partir de alguns minutos antes da hora marcada; quando Khoury chegasse e atendesse, teria a impressão de que ligaram quando ele e o irmão chegaram.

Irrelevante. Como quer que tenha acontecido, fizeram a ligação e Kenan atendeu. Em seguida foram para a Veterans, onde um possível ou mais, sequestradores provavelmente já estavam, a postos. Outra ligação foi feita, provavelmente coordenada com a chegada dos irmãos, visto que dessa vez os sequestradores iam querer estar posicionados para observá-los se afastar do dinheiro.

Assim que o fizeram, quando estavam fora do caminho, quando ficou claro que ninguém havia ficado para trás para vigiar o carro, Ray e o amigo ou amigos pegaram o dinheiro e se foram.

Não.

Ao menos um deles deve ter esperado e observado os Khourys vasculharem o carro em vão à procura de Francine. Então uma ligação para o telefone público, os instruindo a irem para casa, afirmando que ela já estaria lá quando chegassem. Só aí, quando os irmãos de fato voltaram para a Colonial Road, os sequestradores retornaram para a base. Estacionaram o furgão e...

Não. Não, o furgão tinha ficado na garagem. Eles ainda não o haviam mudado por completo e o corpo de Francine provavelmente ainda estava na traseira. Usaram outro veículo para ir até a Veterans.

O Ford Tempo, roubado para a ocasião? Era possível. Ou um terceiro carro, como o Tempo, roubado e escondido, a ser usado para um propósito apenas: a entrega do corpo.

Tantas possibilidades...

De uma forma ou de outra, entretanto, eles agora saíram com o Tempo, levando o corpo esquartejado de Francine. Retalharam-no, embrulharam cada pedaço com plástico, fecharam cada embrulho com fita adesiva. Quebraram a fechadura do porta-malas, carregaram-no como se fosse um freezer, seguiram em dois carros até a Colonial Road, dobraram a esquina e encontraram uma vaga. Estacionaram o Tempo e quem quer que tenha dirigido se juntou ao parceiro no outro carro, então foram para casa.

Rumo a quatrocentos mil dólares e à satisfação de terem cometido o crime perfeito.

Só faltava uma coisa. Um telefonema para mandar Khoury dobrar a esquina até o Ford estacionado. O trabalho está feito, você está arrebatado com o triunfo, mas precisa esfregar isso no nariz do cara. Que tentação usar seu próprio telefone, que está logo ali, em cima da mesa. Khoury não havia ligado para a polícia, não tinha usado reforços, se separara do dinheiro sem discussão, então, quem ia saber de onde vinha o último telefonema?

Que diabos...

Mas não, espere um pouco, você fez tudo certo até o momento, foi estritamente profissional, por que dar mancada agora? Qual o sentido?

Por outro lado, não precisaria ser obcecado. Até agora, você usou um telefone diferente para cada uma das ligações e garantiu que cada um ficasse a no mínimo seis quarteirões dos demais. Para o caso de as ligações serem rastreadas, para o caso de alguém estar de tocaia em algum dos telefones.

Mas não estava. Isso está claro agora, eles não fizeram nada do tipo, não havia necessidade de mais cautela do que as circunstâncias exigiam. Use um telefone público, sim, faça isso, mas use o mais conveniente das redondezas, aquele que foi a sua primeira escolha, exatamente por isso fez a primeira ligação ali.

E, enquanto faz isso, aproveite e lave as roupas. Você andou fazendo um trabalho sangrento, está com as roupas imundas, então por que não colocar uma carga na máquina?

Não, dificilmente. Não com quatrocentos mil em cima da mesa da cozinha. Você não lavaria aquelas roupas. Você se livraria delas e compraria outras.

Subi e desci cada rua num raio de dois quarteirões da lavanderia, no retângulo formado pela Quarta e a Sexta avenidas e as ruas 48 e 52. Não sei se procurava por algo em especial, mas provavelmente teria olhado duas vezes para um furgão azul com letras toscas pintadas na lataria. O que eu mais queria era sentir a vizinhança e notar se algo chamava a minha atenção.

A vizinhança era étnica e economicamente diversa, com casas esparsas que iam de decadentes e malcuidadas a outras, reformadas para novos casais de classe média. Havia quarteirões de sobrados geminados, alguns ainda com a colcha de retalhos insana formada por revestimento asfáltico imitando tijolos e telhas de alumínio, outras desprovidas dessas melhorias, mas com remendos nas rachaduras dos tijolos aparentes. Havia também quarteirões de casas de madeira com pequenos quintais gramados. Alguns eram usados para estacionar os carros, enquanto certas casas tinham garagens. Vi muita vida nas ruas, muitas mães com crianças pequenas, muitos garotos cheios de energia, muitos homens trabalhando nos seus carros ou sentados em bancos, bebendo de latas em sacos de papel pardo.

Quando terminei de delimitar o perímetro, não sabia se havia conseguido alguma coisa. Mas tinha alguma certeza de que tinha passado pela casa onde tudo aconteceu.

Um pouco depois estava parado em frente a outra casa onde havia ocorrido um assassinato.

Depois de passar pelo telefone mais ao sul, na esquina da 60 com a Quinta, descia a Quarta, passando pelo D'Agostino's, em direção a Bay Ridge. Quando cheguei à Senator Street, me dei conta de que estava a poucos quarteirões de onde Tommy Tillary havia matado a esposa. Pensei se conseguiria encontrá-la depois de todos aqueles anos, e, a princípio, tive dificuldade, procurando no quarteirão errado. Mas assim que percebi o engano a encontrei logo de cara.

Era um pouco menor do que sugeria a minha memória, como as salas de aula da infância, mas, fora isso, era como lembrava. Parei em frente e olhei para a janela do sótão, no terceiro andar. Tillary tinha prendido a esposa ali, levara-a ao primeiro andar e a matara, fazendo parecer latrocínio.

Margaret, era esse o nome. A memória havia voltado Margaret, mas Tommy a chamava de Peg.

Ele a havia matado por dinheiro. Sempre vi esse como um motivo fútil para assassinar, porém, talvez, desse pouca importância ao dinheiro e importância demais à vida. Mas é, devo dizer, um motivo melhor para matar do que diversão.

Conheci Drew Kaplan enquanto trabalhava no caso. Ele era advogado de Tommy Tillary na primeira acusação de assassinato. Mais tarde, depois que o soltaram e voltaram a prendê-lo por matar a namorada, Kaplan sugeriu que arrumasse outro advogado.

A casa estava em bom estado. Perguntei a mim mesmo quem seria o dono, se ele conhecia a história. Se a casa tivesse mudado de mãos algumas vezes com o passar dos anos, o atual proprietário podia não conhecê-la. Mas aquela era uma vizinhança sossegada. As pessoas tendiam a ficar.

Me demorei por alguns minutos, pensando naqueles dias de bebedeira. Nas pessoas que conheci, na vida que levava.

Muito tempo atrás. Ou nem tanto, dependendo de como você calcula.

16

— Não pensei que fosse ser assim — comentou Kenan. — Que você fosse levar o caso até certo ponto, então embrulhar tudo e entregar nas mãos da polícia.

Voltei a explicar que a decisão havia sido incontestável, que não me via com outra opção. As coisas chegaram a um ponto onde a polícia poderia perseguir caminhos de investigação com muito mais eficiência do que eu seria capaz e que tive como. informá-los da maioria do que descobri sem colocar meu cliente e sua esposa na história.

— Não, isso eu entendi — respondeu ele. — Entendi por que fez o que fez. Por que não deixar que eles façam parte do trabalho? É para isso que existem, não é? Eu apenas não esperava por isso. Eu nos imaginava achando aqueles caras, depois acabando numa perseguição de carros e num tiroteio ou alguma coisa do tipo. Sei lá, talvez eu passe tempo demais na frente da televisão.

Ele aparentava passar tempo demais em aviões, tempo demais dentro de casa, tempo demais bebendo muito café em salas e cozinhas. Tinha a barba por fazer, os cabelos estavam desgrenhados e precisando de um corte. Havia perdido peso e massa muscular desde que eu o tinha visto pela última vez e seu rosto atraente estava cansado, com bolsas escuras sob os olhos pretos. Vestia calça de linho clara, camisa de seda bronze e mocassim sem meia, o tipo de visual que geralmente dava a ele um ar de elegância discreta. Mas hoje estava amarfanhado e abatido, para dizer o mínimo.

— Digamos que a polícia prenda eles — falou Kenan. — O que acontece?

— Depende do caso que forem capazes de construir. O ideal seria que tivessem um bom volume de provas contundentes ligando eles a um ou mais dos assassinatos. Na falta disso, pode ser que um criminoso testemunhe contra os demais em troca de uma pena mais branda.

— Que se caguetem, em outras palavras.

— Isso.

— Por que permitir que um deles tire o seu da reta? A garota é testemunha, não é?

— Apenas dos crimes dos quais foi vítima, que são menos graves do que assassinato. Estupro e sodomia forçada são delitos classe B, com penas de seis a vinte e cinco anos. Se forem acusados de homicídio em segundo grau, podem pegar prisão perpétua.

— E quanto a cortar fora o seio dela?

— Isso corresponde apenas a agressão em primeiro grau, uma acusação menos grave do que estupro ou sodomia. Acho que a pena é de, no máximo, quinze anos.

— Isso não faz sentido — argumentou ele. — Para mim, o que fizeram com ela é pior do que assassinato. Uma pessoa mata outra, bem, talvez não tenha conseguido evitar, talvez tivesse um motivo. Mas ferir uma pessoa dessa forma por diversão... Que tipo de gente age assim?

— Pessoas doentes ou cruéis, a escolha é sua.

— Sabe o que está me enlouquecendo? Pensar no que fizeram com Francey. — Ele estava de pé, andava de um lado para o outro, e foi até a janela. — Tento não pensar nisso —

disse, de costas para mim. — Tento dizer a mim mesmo que a mataram de cara, que ela reagiu e bateram forte demais para calar sua boca e ela morreu. Assim, pum, morta. — Kenan se virou, com os ombros caídos. — Mas qual é a porra da diferença? Seja lá o que a tenham feito passar, está acabado. Ela não sente mais dor. Ela se foi, é cinza. O que quer que não seja cinza está com Deus, se for assim que funciona. Ou em paz, ou renascida como um pássaro ou uma flor ou sabe-se lá o quê. Ou apenas se foi. Não sei como funciona, o que acontece depois que a gente morre. Ninguém sabe.

— Não.

— A gente ouve essas histórias, experiências de quase morte, passar por um túnel e encontrar Jesus ou seu tio favorito e ver um filme da sua vida inteira. Talvez aconteça assim. Não sei. Talvez seja assim apenas com experiências de quase morte. Talvez a morte real seja diferente. Quem sabe?

— Eu não.

— Não, e quem se importa com essa merda? A gente se preocupa com isso quando acontecer com a gente. E qual é a pior pena que podem pegar por estupro? Você disse vinte e cinco anos?

— De acordo com a lei, sim.

— E sodomia, você disse. O que isso significa legalmente, sexo anal?

— Anal ou oral.

Ele fez uma careta.

— Preciso parar com isso. Traduzo imediatamente tudo que falamos em termos de Francine e não consigo fazer isso, me enlouquece. Você pega vinte e cinco anos por enrabar uma mulher e no máximo quinze por arrancar os peitos dela. Tem alguma coisa errada aí.

— Vai ser difícil mudar a lei.

— Não. Estou apenas procurando uma forma para que seja culpa do sistema, só isso. Vinte e cinco anos não são o bastante, de qualquer forma. Prisão perpétua não é o bastante. Eles são animais, deviam estar mortos, porra.

— A polícia não pode fazer isso.

— Não — concordou Kenan. — Tudo bem. Tudo que a polícia precisa fazer é encontrar eles. Depois disso qualquer coisa pode acontecer. Se forem presos, bem, não é tão difícil arranjar um cara na prisão. Muitos caras por lá não se incomodariam em faturar uns trocados. Ou digamos que se safem no tribunal ou paguem fiança para esperar o julgamento em liberdade; vão estar aí fora, fáceis de encontrar. — Kenan fez que não. — Escuta o que estou dizendo. Como se eu fosse o poderoso chefão, ordenando assassinatos recostado numa poltrona. Quem sabe o que vai acontecer? Talvez eu perca parte dessa fúria então, talvez vinte e cinco anos numa cela soe como o bastante. Quem sabe?

— Podemos dar sorte e encontrar eles antes da polícia — sugeri.

— Como? Rodando por Sunset Park sem saber quem estamos procurando?

— E usando parte do que a polícia descobrir. Uma coisa que eles vão fazer é mandar tudo o que têm para o departamento do FBI que cria perfis de assassinos em série. Talvez a nossa testemunha preencha algumas das lacunas na sua memória e eu tenha um retrato falado com que trabalhar ou ao menos uma descrição física útil.

— Então você quer continuar.

— Definitivamente.

Kenan pensou naquilo, e fez que sim.

— Quanto mesmo eu devo?

— Dei mil à garota. O advogado não está cobrando nada dela. Os técnicos em computadores que acessaram o sistema da companhia telefônica levaram mil e quinhentos e o quarto que usamos custou cento e sessenta, mais uma caução de cinquenta dólares pelo uso do telefone, que não tentei pegar de volta. Vamos arredondar para dois mil e setecentos.

— Ahã.

— Tive outras despesas, mas me pareceu razoável pagar do meu próprio bolso. Essas foram incomuns e não quis retardar as ações até receber seu sinal verde. Se algo parecer estranho, podemos conversar.

— O que tem para conversar?

— Tenho a impressão de que algo está incomodando você.

Kenan respirou fundo.

— Você tem, não é? Na primeira conversa que tivemos depois que voltei, acho que você disse algo a respeito de pedir ao meu irmão.

— Verdade. Ele disse que não tinha, por isso dei um jeito de arrumar o dinheiro.

— Não tinha ou falou "espera por um OK do meu irmão"?

— Não tinha. E, inclusive, disse especificamente que tinha certeza de que você cobriria as despesas, mas que não tinha dinheiro.

— E você tem certeza.

— Absoluta. Por quê? Qual é o problema?

— Ele não disse que podia dar um pouco da minha grana para você? Nada assim?

— Não. Na verdade...

— Sim? Na verdade o quê?

— Peter disse que você, sem dúvida, tinha dinheiro em casa, mas que ele não tinha acesso. Falou algo irônico sobre não se dar o segredo de um cofre para um viciado, mesmo que seja seu irmão.

— Ele disse isso, hum?

— Não acho que se referisse especificamente a você. O que quis dizer foi que ninguém em seu juízo perfeito daria essa informação a um dependente de drogas, porque não se pode confiar neles.

— Então ele falou de forma genérica.

— Foi o que me pareceu.

— Podia ter sido pessoal — comentou Kenan. — E ele estaria certo. Eu não confiaria a ele tanto dinheiro. Ao meu irmão mais velho, eu provavelmente confiaria a minha vida, mas dinheiro na ordem de seis dígitos? Não, eu não faria isso.

Não comentei nada.

— Falei com Petey outro dia — disse Kenan. — Ele deveria ter vindo aqui. Mas não apareceu.

— Ah.

— E tem mais. Petey me levou ao aeroporto no dia que viajei. Dei a ele cinco mil dólares. Caso tivesse alguma emergência. Então quando você pediu a ele dois mil e setecentos...

— Menos. Falei com ele no sábado à tarde e isso foi antes de precisar dos mil que dei a Pam Cassidy. Não sei que valor mencionei. Talvez mil e quinhentos ou dois mil.

Kenan balançou a cabeça.

— Você consegue entender isso? Porque eu não. Você liga para ele no sábado e Peter diz que eu só volto na segunda, mas vá em frente e gaste o dinheiro que eu cubro. Foi o que ele disse?

— Sim.

— Mas por que ele faria isso? Posso entender que não quisesse se desfazer da grana se acreditasse que eu poderia me opor. Mas, em vez de se recusar e fazer jogo duro, ele simplesmente disse que não tinha. Essencialmente deu sinal verde para as despesas, ao mesmo tempo que ficou com o dinheiro. Estou certo?

— Sim.

— Você deu a impressão de que tinha muito dinheiro?

— Não.

— Porque consigo imaginar ele pensando que já que você tem, pode gastar. Mas, caso contrário... Matt, não gosto de dizer isso, mas estou com um mau pressentimento.

— Eu também.

— Acho que ele está usando.

— É o que parece.

— Ele está distante, diz que vai aparecer e não aparece, ligo e ele não está. O que está parecendo?

— Não vejo ele numa reunião há uma semana e meia. Não que sempre frequentemos as mesmas, mas...

— Mas você esperaria topar com ele de vez em quando.

— Sim.

— Dou a ele cinco mil dólares para o caso de acontecer alguma coisa e, no minuto em que uma coisa acontece, ele diz que não tem dinheiro. No que gastou? Ou, se estiver mentindo, para que está guardando a grana? Duas perguntas e uma resposta, é o que me parece: he-ro-í-na. O que mais?

— Pode haver outra explicação.

— Eu gostaria muito de ouvir. — Kenan pegou o telefone, discou um número e esperou imóvel, tenso. Deve ter tocado umas dez vezes antes que desistisse. — Ninguém atende, mas isso não quer dizer nada. Quando costumava se entocar com uma garrafa, ele passava dias sem atender o telefone. Uma vez perguntei por que ao menos não tirava o fone do gancho. Porque assim eu saberia que estava em casa, respondeu Petey. É ardiloso, esse meu irmão.

— É a doença.

— O vício, você quer dizer.

— Geralmente chamamos de doença. Mas acho que quer dizer a mesma coisa.

— Ele largou a heroína sozinho, sabe? Estava mergulhado até o pescoço e largou, mas então veio a bebida.

— Foi o que ele disse.

— Há quanto tempo estava sóbrio? Mais de um ano.

— Um ano e meio.

— Você acha que, se é capaz de ficar por tanto tempo, pode ficar para sempre.

— Um dia é o máximo que alguém consegue.

— É — disse ele, impaciente. — Um dia de cada vez. Eu sei disso tudo, ouvi os slogans. Quando começou a ficar sóbrio, Petey estava aqui o tempo inteiro. Eu e Francey sentávamos com ele, oferecíamos café e o ouvíamos colocar tudo para fora. Tudo que ouvia numa reunião, ele vinha até aqui e enchia os nossos ouvidos, mas a gente não se importava, porque ele estava começando a colocar a vida de volta os trilhos. Um dia ele disse que não podia mais passar tanto tempo comigo porque isso podia interferir na sua sobriedade. Agora ele está em algum lugar com um papelote de heroína e uma garrafa de uísque e o que diabos aconteceu com a sobriedade?

— Você não sabe disso, Kenan.

Ele se voltou para mim.

— O que mais pode ser, pelo amor de Deus? O que ele está fazendo com cinco mil? Comprando bilhetes de loteria? Não devia ter dado tanto dinheiro. É tentação demais. O que quer que aconteça com ele, é culpa minha.

— Não — retruquei. — Se você tivesse dado a Peter uma caixa de charutos cheia de heroína e dito “Toma conta disso até eu voltar”, aí teria sido culpa sua. Isso é mais tentação do que qualquer um deveria ter que suportar. Mas ele está limpo e sóbrio há um ano e meio e sabe como ser responsável pela própria sobriedade. Se o dinheiro deixou ele nervoso, podia ter colocado no banco, pedido a alguém do programa para guardar. Talvez tenha escorregado, talvez não, ainda não sabemos, mas o que quer que tenha feito não foi você que o obrigou.

— Eu facilitei.

— Nunca é difícil. Não sei quanto custa um papelote de heroína hoje em dia, mas você ainda pode comprar um drinque por alguns trocados. Isso já é o bastante.

— Mas um drinque não seguraria ele por muito tempo. Cinco mil dólares, por outro lado, podem manter Petey num embalo dos diabos por um bom tempo. Quanto você pode gastar com bebida, vinte dólares por dia se beber em casa? Duas, três vezes isso se for a um bar? A heroína é um hábito mais caro, mas mesmo assim é difícil enfiar mais que duzentos dólares no braço por dia e levaria um tempo até retomar o vício. Mesmo que chute o balde, ele deve precisar de um mês para injetar cinco mil.

— Peter não usa seringas.

— Ele contou isso para você, hum?

— Não é verdade?

Kenan balançou a cabeça.

— Petey dizia isso às pessoas. Houve um tempo em que ele apenas cheirava, mas foi um viciado da agulha por algum tempo. A mentira fazia com que o problema parecesse menos sério. Além disso, tinha medo de que, se as mulheres soubessem que costumava injetar drogas, teriam receio de ir para a cama com ele. Não que esteja chovendo mulher para ele hoje em dia, mas ninguém quer dificultar as coisas para si mesmo. Petey acreditava que suspeitariam que ele compartilhava seringas e fosse HIV positivo.

— Mas ele não compartilhava seringas?

— Dizia que não. Ele fez o exame e não tem o vírus.

— Qual é o problema?

— Bem, eu estava pensando. Talvez ele compartilhasse seringas, talvez nunca tenha feito o teste de HIV. Pode ter mentido sobre isso também.

— E quanto a você?

— O que tem eu?

— Você usa seringas ou apenas cheira?

— Eu não sou drogado.

— Peter me disse que você cheira um papelote uma vez por mês.

— Quando foi isso? Pelo telefone, no sábado?

— Uma semana antes. Fomos a uma reunião, então jantamos e jogamos conversa fora.

— E ele contou isso para você, hum?

— Ele falou que esteve aqui há alguns dias e você estava chapado. Disse que confrontou você e que negou.

Kenan baixou os olhos por um instante, e também a voz, quando falou:

— Sim, é verdade. Ele me confrontou e eu neguei. Achei que tivesse acreditado.

— Não.

— É, acho que não. Fiquei incomodado por mentir, não pelo fato de ter usado. Eu não usaria na frente dele e certamente não naquele momento se soubesse que ele estava vindo, mas não tira pedaço de ninguém, muito menos de mim, se eu usar um papelote de heroína de vez em quando.

— Se está dizendo.

— Ele disse uma vez por mês? Para dizer a verdade, duvido que seja tanto assim. Acho que devem ser umas sete, oito, dez vezes por ano. Nunca mais que isso. Eu não devia ter mentido. Devia ter dito: "É, estou me sentindo uma merda e fiquei doidão, e daí?" Porque posso usar algumas vezes por ano e não passar disso, mas, se ele sentir o gostinho, acaba voltando ao olho do furacão e, um belo dia, roubam seus sapatos enquanto cochila no metrô. Isso aconteceu com Petey, ele acordou só de meias num trem da linha D.

— Acontece com muita gente.

— Incluindo você?

— Não, mas poderia.

— Você é alcoólatra, certo? Tomei uma bebida antes de você chegar. Se me perguntasse, eu diria que sim, não mentiria. Por que mentir para meu irmão?

— Ele é seu irmão.

— É, faz parte. Droga, cara. Estou preocupado com ele.

— Não tem nada que você possa fazer agora.

— Não, mas o que eu vou fazer? Dirigir pelas ruas à procura dele? A gente sai junto. Você olha para um lado, à procura dos filhos da puta que mataram minha esposa e eu olho para o outro, em busca do meu irmão. Grande plano, hein? — Ele fez uma careta. — Enquanto isso, devo dinheiro a você. Dois mil e setecentos, certo? — Kenan tinha um rolo de notas de cem no bolso e contou vinte e sete, o que basicamente acabou com o rolo. Ele me entregou o dinheiro e eu encontrei um lugar para colocá-lo. — E agora?

— Vou continuar a investigação — respondi. — Parte do que vou buscar vai depender do que a polícia descobrir, mas...

— Não — interrompeu —, não foi o que eu quis dizer. O que você vai fazer agora? Tem um encontro para o jantar, tem algo para fazer na cidade, o quê?

— Ah. — Precisei pensar. — Provavelmente vou voltar para o meu quarto. Passei o dia quase todo de pé. Quero tomar um banho e trocar de roupa.

— Você planeja voltar andando? Ou vai de metrô?

— Bem, não vou andando.

— O que me diz de eu dar uma carona para você?

— Não precisa fazer isso.

Kenan deu de ombros.

— Preciso fazer alguma coisa — retrucou.

No carro, ele me perguntou onde ficava a famosa lavanderia e falou que queria ver o lugar. Fomos até lá. Kenan estacionou o Buick do outro lado da rua e desligou o motor.

— Então estamos de campana — avisou Kenan. — É assim que se chama, certo? Ou é só na TV?

— Uma campana geralmente se estende por horas — expliquei. — Então espero que não estejamos numa no momento.

— Não. Só quero ficar aqui alguns minutos. Me pergunto quantas vezes passei em frente a esse lugar. Nunca me ocorreu parar e fazer uma ligação. Matt, você tem certeza de que esses caras são os mesmos que mataram as duas mulheres e cortaram a garota?

— Sim.

— Porque isso foi por lucro e as outras foram estritamente, é... Qual é a palavra? Prazer? Diversão?

— Eu sei. Mas as semelhanças são específicas e gritantes demais. Só podem ser os mesmos homens.

— Por que eu?

— O que você quer dizer?

— Quero dizer: por que eu?

— Porque um traficante de drogas é o alvo ideal, tem muito dinheiro e motivos de sobra para manter distância da polícia. Já discutimos isso. E um dos homens tinha fixação por drogas. Ele insistia em perguntar a Pam se ela conhecia algum traficante, se usava drogas. Era evidentemente obcecado pelo assunto.

— Isso responde o porquê de ter sido um traficante. Não por que eu. — Ele se curvou para a frente e envolveu o volante com os braços. — Quem ao menos sabe que eu sou traficante?

Nunca fui preso, meu nome nunca apareceu nos jornais. Meu telefone não está grampeado e minha casa não tem escutas. Tenho certeza de que meus vizinhos não fazem ideia de onde vem meu dinheiro. A DEA me investigou há um ano e meio e eles deixaram a coisa toda de lado porque não chegaram a lugar nenhum. Acho que o Departamento de Polícia de Nova York sequer sabe que estou vivo. Se você é um degenerado que gosta de matar mulheres e quer ficar rico à custa de um traficante de drogas, como ficaria sabendo da minha existência? É o que quero saber. Por que eu?

— Entendo o que quer dizer.

— Comecei achando que eu era o alvo. Você sabe, que essa coisa toda começou com alguém tentando me ferir e acabar comigo. O que não é verdade, de acordo com o que você disse. Tudo começou com malucos fissurados por estupro e assassinato. Então eles decidem fazer com que seja lucrativo, depois decidem ir atrás de um traficante e, por fim, eu sou o escolhido. Assim não vou chegar a lugar nenhum ficando de olho em gente que conheço profissionalmente, alguém que talvez pense que enrolei numa negociação e encontrou uma boa forma de ajustar as contas. Não estou dizendo que não existam loucos que negociem o produto, mas...

— Não, eu entendo. Você está certo. Foi um alvo incidental. Procuraram um traficante e você era um dos que eles conheciam.

— Mas como? — Kenan hesitou. — Pensei numa coisa.

— Vamos ouvir.

— Bem, não acho que faça muito sentido. Mas meu irmão conta a história dele em reuniões, certo? Ele se senta lá na frente e diz para todo mundo o que fez e onde isso levou ele. Acredito que também diga como o irmão ganha a vida. Estou certo?

— Bem, eu sabia que Pete tinha um irmão que vendia drogas, mas não sabia seu nome ou onde você morava. Nem ao menos sabia o sobrenome de Pete.

— Mas, se perguntasse, ele responderia. E quão difícil seria descobrir o restante? "Acho que conheço seu irmão. Ele mora em Bushwick?" "Não, Bay Ridge." "Ah, é? Em que rua?" Não sei, acho forçado.

— Para mim, está parecendo — concordei. — Garanto que você vai encontrar todo tipo de pessoa em reuniões do AA e não há nada que impeça um assassino em série de entrar pela porta. Deus sabe que muitos dos famosos eram alcoólatras e estavam sempre sob o efeito de álcool quando matavam. Mas nunca ouvi falar de nenhum que tenha ficado sóbrio no programa.

— Mas é possível?

— Acho que sim. A maioria das coisas é. De qualquer forma, nossos amigos moram aqui em Sunset Park e Peter ia a reuniões em Manhattan...

— É, você está certo. Eles moram a dois quilômetros de mim e eu tento fazer com que cacem em Manhattan para saber da minha existência. Mas é claro que, quando eu disse o que disse, não sabia que eram do Brooklyn.

— Quando você disse o quê?

Kenan me olhou, a dor marcando uma ruga na testa.

— Quando pedi a Petey que parasse de falar sobre os meus negócios nas reuniões. Quando falei que talvez tenha sido assim que chegaram a mim, que escolheram Francine. — Ele se virou e olhou para a lavanderia. — Foi enquanto ele me levava para o aeroporto. Petey estava me enchendo com alguma coisa. Esqueci o que, então joguei isso na cara dele. Por um segundo, pareceu que tinha levado um soco no estômago. Ele falou alguma coisa, você sabe, para dar a entender que não havia atingido ele, que não ia levar aquilo a sério, ele sabia que eu estava apenas vociferando de raiva.

Kenan deu a partida no carro.

— Foda-se essa lavanderia — disse ele. — Não vejo pessoas formando filas para ligar. Vamos sair daqui, está bem?

— Claro.

Então, alguns quarteirões depois.

— Mas suponhamos que ele tenha remoído aquilo. Suponhamos que não tenha saído da cabeça dele. Suponhamos que tenha se perguntado se era verdade. — Kenan me encarou. — Você acha que foi o que levou ele a sair em busca de drogas? Porque vou dizer, se eu fosse Petey, podia ter feito exatamente isso.

— Quero passar na pensão dele, bater na porta do quarto — comentou Kenan quando já havíamos chegado a Manhattan. — Quer me fazer companhia?

A fechadura da porta da pensão estava quebrada.

— Grande segurança — avaliou Kenan ao abrir a porta. — Ótimo lugar, por sinal.

Entramos e subimos dois lances de escada em meio àquele fedor de espelunca, uma mistura de rato e roupa de cama suja. Kenan parou em frente a uma porta e escutou por um momento, então bateu, chamou o nome do irmão. Não houve resposta. Repetiu o processo com o mesmo resultado, tentou a maçaneta. Estava trancada.

— Tenho medo do que vou encontrar aí dentro. Ao mesmo tempo, tenho medo de ir embora.

Encontrei um Visa expirado na carteira e destranquei a porta. Kenan olhou para mim com um novo respeito.

O quarto estava vazio e uma zona. Metade da roupa de cama estava no chão e havia roupas empilhadas desordenadamente numa cadeira de madeira. Vi o Livro Azul e panfletos do AA na cômoda de carvalho. Não vi garrafas ou parafernália de drogas, mas havia um copo na mesa de cabeceira e Kenan o pegou e cheirou.

— Não sei — concluiu ele. — O que acha?

O copo estava seco, mas pensei ter cheirado um resíduo de álcool. Todavia, podia ser sugestão. Não seria a primeira vez que eu sentia cheiro de álcool onde não havia.

— Não gosto de bisbilhotar as coisas dele — declarou Kenan. — Por mais bem intencionado que seja, ele tem direito à privacidade. Mas tive uma visão dele ficando azul com uma agulha ainda no braço. Você entende o que eu quero dizer?

Já na rua, Kenan falou:

— Ao menos ele tem dinheiro. Não vai precisar roubar. A não ser que se meta com cocaína, isso arranca tudo que você tiver. Mas ele nunca gostou muito de pó. Petey gosta de ir mais fundo, tão fundo quanto se pode chegar.

— Posso me identificar com isso.

— É. Se ficar sem grana, sempre dá para vender o Camry de Francey. Ele não está com o documento de transferência, mas o carro vale uns oito ou nove mil, então, provavelmente, deve conseguir alguém que pague algumas centenas de dólares sem a documentação. Isso é economia de viciado, faz todo sentido.

Contei a Kenan a piada de Peter sobre a diferença entre um bebum e um viciado. Ambos roubam a sua carteira, mas o viciado ajuda a procurar.

— É — concordou ele, assentindo. — Isso resume tudo.

17

Diversas coisas aconteceram no decorrer da semana seguinte. Fiz três viagens a Sunset Park, duas delas sozinho, a terceira na companhia de TJ. À toa uma tarde, mandei uma mensagem para o bipe dele e recebi uma ligação quase imediatamente. Nos encontramos na estação de metrô Times Square e fomos juntos ao Brooklyn. Almoçamos numa *deli*, tomamos *café con leche* na lanchonete cubana e caminhamos um pouco. Conversamos bastante e, embora não tenha descoberto muita coisa a respeito de TJ, ele aprendeu algumas sobre mim, desde que estivesse escutando.

Enquanto esperávamos o trem de volta à cidade, ele disse:

— Não precisa me pagar nada por hoje, tá ligado? A gente não fez nada.

— Seu tempo deve valer alguma coisa.

— Se eu estivesse trabalhando, mas só fiquei de bobeira. Cara, fiz isso de graça a vida toda.

Outra noite, eu estava para sair de casa a caminho de uma reunião quando uma ligação de Danny Boy me mandou até um restaurante italiano em Corona, onde três ladrões de galinha recentemente se tornaram gastadores pródigos. Parecia improvável — Corona fica no norte do Queens, a anos-luz de Sunset Park —, mas fui de qualquer forma, bebi água San Pellegrino no bar e esperei que três sujeitos em ternos de seda entrassem e passassem a esbanjar dinheiro.

A TV estava ligada e às dez horas uma reportagem no jornal do Channel 5 exibiu fotografias de três homens que acabavam de ser presos por roubar e agredir a coronhadas um comerciante de diamantes da rua 47.

— Ei, olha só isso! — exclamou o barman. — Esses cretinos vieram aqui nas três últimas noites, gastavam dinheiro como se não conseguissem se livrar dele rápido o bastante. Eu meio que suspeitava de onde vinha.

— Eles fizeram à moda antiga — comentou o sujeito ao meu lado. — Eles roubaram.

Eu estava a poucos quarteirões do Shea Stadium, mas isso ainda me deixava a centenas de quilômetros dos Mets, que perderam por pouco dos Cubs naquela tarde, em Wrigley. Os Yankees jogavam em casa contra os Indians. Caminhei até o metrô e fui para casa.

Um belo dia recebi uma ligação de Drew Kaplan, informando que Kelly e seus colegas do Departamento de Homicídios do Brooklyn queriam que Pam fosse a Washington e desse um pulo no Centro Nacional de Análise de Crimes Violentos do FBI, em Quantico. Perguntei quando ela ia.

— Ela não vai — respondeu Drew.

— Ela se recusou?

— Por sugestão do advogado.

— Não sei — falei. — O Departamento de Relações Públicas sempre foi o forte dos federais, mas ouvi dizer que a divisão deles que monta perfis de assassinos em série é bem impressionante. Acho que ela devia ir.

— Que pena que você não é o advogado de Pam. São os interesses dela que busco proteger, meu amigo. Mas, de qualquer forma, a montanha vai vir a Maomé. Eles vão mandar um cara amanhã.

— Mande notícias — disse. — Contanto que isso coincida com o que você considera os interesses da sua cliente.

Ele riu.

— Não seja mal-humorado, Matt. Por que ela deveria se arrastar até D.C.? Eles que venham.

Depois da reunião com o agente federal, ele ligou outra vez para dizer que não havia ficado impressionado.

— O cara me pareceu um pouco indiferente — falou Drew. — Como se alguém que tivesse apenas matado duas mulheres e mutilado uma terceira não fosse digno do seu tempo. Acho que quanto mais um assassino age, mais dá a eles com o que trabalhar.

— Faz sentido.

— É, mas não é de grande consolo para as pessoas no fim da fila. Deviam preferir que a polícia pegasse o cara logo, em vez de deixar que ofereça itens tão interessantes para a sua base de dados. Ele contou a Kelly que montaram um perfil bem sólido de um cretino na Costa Oeste. Podiam dizer que tinha colecionado selos quando criança e quantos anos tinha quando fez a primeira tatuagem. Mas ainda não prenderam o filho da puta, e acho que comentou que a contagem está em 42, com outros quatro casos prováveis.

— Consigo entender por que Ray e o amigo pareçam ser fichinha.

— Ele também não ficou animado com a frequência. Afirmou que os assassinos em série costumam manifestar um nível mais alto de atividade. Isso quer dizer que não esperam meses entre vítimas. E disse que os caras ou ainda não embalaram ou não visitam Nova York com frequência e fazem o grosso da matança em outro lugar.

— Não — retorqui. — Eles conhecem a cidade bem demais para isso.

— Por que fala isso?

— Hein?

— Como você sabe o quanto eles conhecem a cidade?

Porque fizeram os Khourys darem voltas pelo Brooklyn, mas eu não podia mencionar isso.

— Eles usaram dois cemitérios afastados para se livrar das vítimas — respondi. — E o Forest Park. Você acha que alguém de fora da cidade seria capaz de pegar uma garota na Lexington Avenue e acabar num cemitério no Queens?

— Qualquer um poderia, se pegasse a garota errada. Deixa ver se lembro o que mais ele comentou. Disse que provavelmente estão na casa dos 30, provavelmente foram abusados na infância. Falou um monte sobre coisas bem genéricas. Ah, e outra coisa que me deu um arrepio.

— O quê?

— Bem, o sujeito está no departamento há vinte anos, quase desde que foi criado. Vai se aposentar em breve e está empolgado com isso.

— Porque está cansado?

— Mais do que isso. Ele disse que a taxa desses incidentes vem crescendo de forma bastante assustadora. Mas, pela forma da curva hoje em dia, acredita que esses casos vão chegar ao pico entre agora e o fim do século. Assassinato por esporte, foi como chamou. Acreditam que vai ser a grande sensação dos anos 1990.

Não faziam isso quando entrei para o programa, mas, agora, nas reuniões do AA, geralmente convidam novatos com menos de noventa dias de sobriedade para se apresentar e dar a sua contagem. Na maioria das reuniões, cada um desses testemunhos recebe uma rodada de aplausos. Não na St. Paul's Chapel, contudo, por causa de um antigo membro que aparecia toda noite por dois meses, dizendo antes de cada reunião: "Meu nome é Kevin. Sou alcoólatra e estou sóbrio há um dia. Bebi ontem à noite, mas estou sóbrio hoje!" As pessoas ficaram fartas de aplaudir esse testemunho e na primeira reunião administrativa votamos, depois de muito debate, pelo fim dos aplausos. "Meu nome é Al. Estou sóbrio há onze dias", diria alguém. "Oi, Al", passamos a responder.

Era quarta quando caminhei de Brooklyn Heights até Bay Ridge e peguei o dinheiro das despesas com Kenan Khoury. Na quinta, na reunião de oito e meia, uma voz familiar falou no fundo da sala:

— Meu nome é Peter. Sou alcoólatra e viciado em drogas e estou sóbrio há dois dias.

— Oi, Peter — responderam todos.

Eu havia planejado conversar com ele durante o intervalo, mas me entretive numa conversa com a mulher que estava sentada ao meu lado, e, quando me voltei para procurá-lo ele havia sumido. Liguei para ele do hotel, mas ninguém atendeu. Então liguei para a casa do seu irmão.

— Peter está sóbrio — avisei. — Ao menos estava, uma hora atrás. Eu vi ele numa reunião.

— Conversei com Petey hoje mais cedo. Ele disse que ainda está com a maior parte do dinheiro e que nada de ruim aconteceu com o carro. Respondi que estava cagando para o dinheiro e o carro, que me importo com ele, e ele disse que está tudo bem. Como ele estava?

— Eu não vi Peter. Só o ouvi falar, e, quando fui procurar, ele já havia ido embora. Só liguei para avisar que ele está vivo.

Kenan agradeceu. Duas noites depois, ele ligou e falou que estava no saguão do hotel.

— Estacionei em mão dupla — avisou. — Você já jantou? Desce, me encontra em frente ao hotel.

Desci.

— Você conhece Manhattan melhor que eu — disse quando já estávamos no carro. — Para onde você quer ir? Escolhe um lugar.

Fomos ao Paris Green, na Nona Avenida. Bryce me cumprimentou pelo nome e nos deu uma mesa próxima à janela. Gary lançou um aceno teatral do bar. Kenan pediu uma taça de vinho e eu, uma Perrier.

— Bom lugar — comentou Kenan.

Depois que pedimos o jantar, ele falou:

— Não sei, cara. Não tenho motivo nenhum para estar na cidade. Só entrei no carro e dirigi, e não consegui pensar em nenhum lugar para ir. Costumava fazer isso o tempo todo, apenas dirigir por aí, fazendo a minha parte pela falta de petróleo e pela poluição do meio ambiente. Você faz isso? Ah, como poderia, você não tem carro. Digamos que queira sair da cidade no fim de semana. O que você faz?

— Alugo um.

— É, claro — disse ele. — Não pensei nisso. Faz isso bastante?

— Com alguma frequência quando o tempo está bom. Eu e minha namorada vamos para o norte do estado ou para a Pensilvânia.

— Ah, você tem namorada, hum? Eu vinha me perguntando isso. Estão juntos há muito tempo?

— Nem tanto.

— O que ela faz, se não se importa que eu pergunte?

— Ela é historiadora de arte.

— Muito bom! — elogiou Kenan. — Deve ser interessante.

— Ela parece achar interessante.

— Quis dizer que ela deve ser interessante.

— Muito — respondi.

Kenan estava melhor naquela noite, cortara o cabelo e tinha feito a barba, mas havia nele um ar de cansaço, com um desassossego subjacente.

— Não sei o que fazer comigo mesmo — falou. — Fico à toa em casa e isso me enlouquece. Minha esposa está morta, meu irmão, fazendo sabe Deus o que, meu negócio indo pelo ralo e eu não sei o que fazer.

— O que tem de errado com seu negócio?

— Talvez nada, talvez tudo. Fechei um negócio nessa viagem que acabo de fazer. Recebo um carregamento na semana que vem.

— Talvez você não deva comentar comigo sobre isso.

— Você já fumou haxixe com ópio? Se era estritamente bebum, talvez não.

— Não.

— É o que vou receber. Cultivado no leste da Turquia e embarcado no Chipre, pelo que me disseram.

— Qual é o problema?

— O problema é que eu devia ter recusado o negócio. Tem pessoas nele nas quais não tenho o menor motivo para confiar, mas segui em frente pelo pior motivo possível. Para ter o que fazer.

— Posso trabalhar para você quando o que faço está relacionado à morte da sua esposa. Posso fazer isso independentemente de como você ganha a vida e posso até mesmo infringir algumas leis em seu benefício. Mas não posso trabalhar com você quando isso diz respeito à sua profissão.

— Petey me falou que trabalhar comigo levaria ele a voltar a usar. Isso é um fator para você?

— Não.

— Só é algo em que você não quer botar as mãos.

— Eu diria que sim.

Kenan pensou por um instante, então assentiu.

— Posso entender — disse por fim. — Respeito a sua atitude. Por outro lado, gostaria de ter você comigo porque me sentiria confiante com você na jogada. E é muito lucrativo. Você sabe disso.

— É claro.

— Mas é sujo, não é? Eu sei disso. Como não seria? É um negócio sujo.

— Então sai dele.

— Tenho pensado a respeito. Nunca imaginei transformar isso no meu meio de vida. Sempre considerei mais alguns anos, mais alguns carregamentos, um pouco mais de dinheiro na conta no exterior. É uma história comum, certo? Queria que legalizassem, facilitaria as coisas para todo mundo.

— Um policial me disse a mesma coisa outro dia.

— Isso nunca vai acontecer. Ou talvez aconteça. Vou dizer, eu acharia ótimo.

— E o que você faria?

— Venderia outra coisa. — Ele riu. — Conheci um cara nessa viagem, libanês como eu. Saí algumas vezes com ele e a esposa em Paris. "Kenan", falou, "você tem que sair desse negócio, ele enfraquece a alma." Queria que eu trabalhasse com ele. O sujeito é traficante de armas, pelo amor de Deus, vende armas. "Cara", respondi, "meus clientes apenas se matam com o produto. Os seus matam outras pessoas." "Não é a mesma coisa", ele insistiu. "Lido com pessoas agradáveis, respeitáveis." E passou a me falar das pessoas importantes que conhece, CIA, serviços secretos de outros países. Talvez eu saia do negócio das drogas e me torne um grande mercador da morte. Você acha melhor?

— É a sua única opção?

— Falando sério? Não, claro que não. Posso comprar e vender qualquer coisa. Não sei, meu velho podia viajar um pouco com a história dos fenícios, mas não resta dúvida de que o nosso povo faz comércio no mundo inteiro. Quando larguei a faculdade, a primeira coisa que fiz foi viajar. Fui visitar parentes. Os libaneses estão espalhados pelo mundo todo, cara. Tenho uma tia e um tio em Yucatán, primos por toda a América Central e do Sul. Fui à África, alguns parentes do lado da minha mãe moram num país chamado Togo. Nunca tinha ouvido falar do lugar antes de ir. Meus parentes comandam o mercado negro de moedas em Lomé, capital de Togo. Têm um escritório enorme num prédio no centro da cidade. Nada de placa no saguão e é preciso subir alguns lances de escada, mas funciona basicamente às claras. O dia todo as pessoas chegam com dinheiro para trocar, dólares, libras, francos, cheques de viagem. Ouro, eles compram e vendem, pesam e dão o preço.

"O dia inteiro o dinheiro passa de um lado para o outro na longa mesa que usam. Eu não conseguia acreditar no volume de dinheiro que movimentavam. Eu era novo, nunca tinha visto tanto dinheiro e estava olhando para toneladas. Eles lucram apenas um ou dois por cento por transação, entende, mas o volume é enorme — prosseguiu Kenan. — Eles moravam num condomínio murado nos limites da cidade. A casa era enorme, para acomodar todos os empregados. Eu era um garoto da Bergen Street, cresci dividindo o quarto com meu irmão, e meus primos tinham uns cinco empregados por membro da família. Incluindo as crianças. Sem exagero, a princípio fiquei constrangido, pensei que era esbanjador demais, mas depois me explicaram. Se você é rico, tem a obrigação de empregar muitas pessoas. Você cria empregos, faz algo por elas.

"Fique, me disseram. Queriam que eu entrasse para o negócio. Se eu não gostasse do Togo, eles tinham parentes que atuavam no mesmo ramo em Mali. Mas no Togo é melhor, garantiram."

— Você ainda pode ir?

— Esse é o tipo de coisa que se faz aos 20 anos, começar vida nova em outro país.

— Você tem o que, 32?

— Trinta e três. Um pouco velho para os baixos escalões.

— Talvez não precise começar na sala de correspondência.

Ele deu de ombros.

— O engraçado é que eu e Francine conversamos sobre o assunto. Ela não era muito receptiva porque tinha medo de negros. A ideia de ser uma de um punhado de pessoas brancas num país negro assustava ela. Francey dizia algo como "E se eles decidem assumir o poder?" Eu dizia, "Amor, o que há para assumir? O país é deles. Eles já são os donos". Mas Francey não era totalmente racional nesse assunto. — A voz dele ficou mais dura. — E olha com quem entrou num furgão, olha quem matou ela. Caras brancos. A vida toda você teme uma coisa e outra se esgueira pelas suas costas. — Os olhos dele cravaram nos meus. — É como se não apenas, tivessem matado ela mas também obliterado. Francine deixou de existir. Eu nem ao menos vi um corpo, vi partes, pedaços. Fui à clínica do meu primo no meio da noite e transformei os pedaços em cinzas. Ela se foi e ficou esse buraco na minha vida que eu não sei com que preencher.

— Dizem que isso leva tempo — comentei.

— Pode levar parte do meu. Tenho tempo com o qual não sei o que fazer. Passo o dia inteiro naquela casa e me pego falando sozinho. Alto, quero dizer.

— As pessoas fazem isso quando estão acostumadas a ter alguém por perto. Você vai superar.

— É, mas e se eu não quiser? Se eu falo sozinho, quem vai ouvir, certo? — Ele bebeu um gole do copo de água. — E tem o sexo. Eu não sei o que diabos fazer a respeito do sexo. Eu sinto vontade, entende? Sou jovem, é natural.

— Um minuto atrás você era velho demais para começar uma vida nova na África.

— Você entende o que eu quero dizer. Sinto desejo e não apenas não sei o que fazer com ele como não acho que seja certo *sentir*. Vejo como traição querer ir para a cama com uma mulher, fazendo isso ou não. E com quem eu iria para a cama, se quisesse? O que vou fazer, paquerar uma mulher num bar? Ir a uma casa de massagem, pagar uma coreana zarolha para me masturbar? Sair para um maldito *encontro*, levar uma mulher ao cinema, jogar conversa fora? Tento me imaginar fazendo isso e chego à conclusão de que prefiro ficar em casa e bater punheta, só que também não consigo, porque mesmo *isso* seria traição. — Ele se recostou abruptamente, envergonhado. — Desculpa. Não quis encher você com essa merda toda. Não planejei dizer nada disso. Não sei de onde veio.

Liguei para minha historiadora de arte quando voltei ao hotel. Ela tinha aula naquela noite e ainda não havia chegado. Deixei uma mensagem na secretária eletrônica e me perguntei se ela ligaria.

O clima tinha azedado entre nós algumas noites antes. Depois do jantar, alugamos um filme que ela queria ver e eu não, e talvez eu estivesse mal-humorado. Seja o que for, havia algo de errado. Quando o filme terminou, ela fez um comentário de mau gosto e sugeri que podia fazer um esforço para soar menos como uma puta. Aquilo teria sido uma réplica aceitável em circunstâncias comuns, mas falei como se fosse sério e ela retorquiu com uma grosseria à altura.

Pedi desculpas, ela também, e concordamos que não havia sido nada de mais, porém não era essa a impressão. Quando chegou a hora de irmos para a cama, o fizemos em lados opostos da cidade. Ao nos falarmos no dia seguinte, não tocamos no assunto e ainda não tínhamos tocado. Aquilo pairava no ar entre nós sempre que nos falávamos e mesmo quando não nos falávamos.

Elaine ligou por volta das onze e meia.

— Acabei de chegar — anunciou. — Saímos para beber alguma coisa depois da aula. Como foi o seu dia?

— Normal — respondi, e conversamos a respeito por alguns minutos. Perguntei se estava muito tarde para uma visita.

— Nossa — disse ela —, eu também gostaria de ver você.

— Mas está tarde.

— Acho que sim, amor. Estou morta e só quero tomar um banho e desmaiar. Tudo bem?

— Claro.

— Nos falamos amanhã?

— Ahã. Durma bem.

Desliguei e disse "eu te amo", falando para o quarto vazio, ouvindo as palavras reverberarem nas paredes. Havíamos nos tornado adeptos de expurgar a frase do nosso discurso quando estávamos juntos, e eu me escutava dizê-la agora e me perguntava se era verdade.

Sentia alguma coisa, mas não conseguia definir o quê. Tomei banho, saí e me enxuguei. Ali, de pé, olhando para o meu rosto no espelho acima da pia do banheiro, me dei conta do que sentia.

Há duas reuniões diárias à meia-noite. A mais próxima era na 46 Oeste e cheguei quando já começava. Servi um copo de café e me sentei. Minutos depois ouvi uma voz conhecida dizer:

— Meu nome é Peter e eu sou alcoólatra e viciado em drogas. — Bom, eu pensei. — E estou sóbrio há um dia.

Não tão bom. Na quarta eram dois dias; hoje, um. Pensei em como devia ser difícil tentar voltar ao bote salva-vidas e não ser capaz de agarrá-lo. Deixei de pensar em Peter Khoury, porque estava ali por mim, não por ele.

Escutei o testemunho atentamente, apesar de não saber dizer o que ouvi. Quando o orador terminou e abriu a reunião, levantei a mão de imediato.

— Meu nome é Matt e eu sou alcoólatra. Estou sóbrio há alguns anos e muita coisa se passou desde que entrei por aquela porta, mas às vezes esqueço que ainda estou bem fodido. Estou atravessando uma fase difícil no meu relacionamento e não havia percebido isso até pouco tempo atrás. Antes de vir para cá me senti perturbado e precisei passar cinco minutos debaixo do chuveiro para tentar entender o que sentia. Então vi que era medo, que eu estava com medo.

"Nem ao menos sei do que tenho medo. Suspeito que, se me deixar levar, vou acabar descobrindo que tenho medo de cada maldita coisa nesse mundo. Tenho medo de estar num relacionamento e tenho medo de perder ele. Tenho medo de um dia acordar, olhar no espelho e ver um velho olhando para mim. De morrer sozinho naquele quarto um dia e ninguém me encontrar até o cheiro começar a atravessar as paredes.

"Então me vesti e vim para cá, porque não quero beber e não quero me sentir assim. Depois de todos esses anos, ainda não sei por que ajuda desabafar dessa forma, mas ajuda. Obrigado."

Acho que provavelmente soei como um sujeito perdido e emotivo, mas você aprende a não dar a mínima para como soa, e eu não dava. Era muito fácil colocar tudo para fora naquela sala porque eu não conhecia ninguém ali além de Peter Khoury, e, se estava sóbrio havia apenas um dia, ele provavelmente ainda não conseguia acompanhar frases completas, quanto mais se lembrar delas cinco minutos depois.

Mas talvez eu não soasse tão mal no fim das contas. Ficamos de pé e fizemos a Oração da Serenidade. Depois, um homem que estava duas fileiras na frente veio até mim e pediu meu telefone. Dei a ele um cartão.

— Fico fora a maior parte do tempo — expliquei. — Mas você pode deixar uma mensagem.

Conversamos por um minuto e então fui procurar Peter Khoury, mas ele havia partido. Não sabia se tinha saído antes do fim da reunião ou na surdina, assim que terminou, porém de uma forma ou de outra não estava mais lá.

Suspeitava que ele não quisesse me ver, e entendia. Me lembro das dificuldades que tive no começo, acumulava alguns dias, bebia, recomeçava tudo outra vez. Ele tinha a desvantagem de ter passado um bom tempo sóbrio e a humilhação de ter perdido o que havia conquistado. Com tudo que acontecia com Peter, provavelmente levaria algum tempo para galgar os degraus até a baixa autoestima.

Nesse meio-tempo ele estava sóbrio. Tinha apenas um dia, mas, de certa forma, isso é tudo o que se pode ter.

Na tarde de sábado tirei uma folga dos esportes na TV e liguei para a telefonista. Falei que havia perdido o cartão com as instruções para ativar e desativar a transferência de chamadas. Vi a mulher consultando o sistema, confirmando que eu não havia assinado o serviço, ligando para a polícia e pedindo que viaturas isolassem o hotel.

— Solta esse telefone, Scudder, e saia com as mãos para o alto!

Antes mesmo que concluísse o pensamento, ela transferiu para uma gravação, e uma voz gerada por computador passou a explicar o que eu precisava fazer. Não consegui tomar nota no ritmo da gravação, então precisei ligar uma segunda vez para repetir o procedimento.

Pouco antes de ir para a casa de Elaine segui as instruções para garantir que qualquer ligação recebida pelo meu telefone fosse automaticamente transferida para a linha dela. Ou ao menos essa era a teoria. Não tinha lá muita fé naquele processo.

Ela havia comprado ingressos para um espetáculo no Manhattan Theatre Club, uma peça sombria e melancólica de um dramaturgo iugoslavo. Eu sentia que algo tinha se perdido na tradução, mas o que vimos sob os refletores ainda retinha muita intensidade taciturna. O texto me levou para recantos obscuros do ser sem se dar ao trabalho de acender as luzes.

A experiência foi ainda mais martirizante do que deveria, pois a montagem não tinha intervalo. Assim, finalmente, saímos às quinze para as dez, mas apenas depois de muito suplício. Os atores receberam seus aplausos, as luzes da casa foram acesas e nos arrastamos para fora como zumbis.

— Remédio pesado — comentei.

— Ou veneno pesado. Desculpa, minhas escolhas estão de matar ultimamente, não é? Aquele filme que você odiou e agora isso.

— Não odiei isso — retruquei. — Só tenho a sensação de que acabei de enfrentar dez assaltos, tomando muita pancada na cara.

— Qual você acha que foi a mensagem?

— Acho que fica melhor em servo-croata. A mensagem? Não sei. O mundo é um lugar podre, acho.

— Você não precisa assistir a uma peça para saber isso — disse Elaine. — Pode simplesmente ler o jornal.

— Ah. Talvez na Iugoslávia seja diferente.

Jantamos perto do teatro e o clima da peça nos envolvia.

— Preciso dizer uma coisa — anunciei a certa altura. — Quero me desculpar pela outra noite.

— Já passou, amor.

— Não sei se passou. Me sinto num estado de espírito estranho ultimamente. Parte deve ter a ver com esse caso. A gente fez algumas descobertas, eu achava que estava progredindo, e agora está tudo empacado, estou da mesma forma. Mas não quero que nos afete. Você é importante para mim, nosso relacionamento é importante para mim.

— Para mim também.

Conversamos um pouco e as coisas pareciam ficar mais leves, apesar de o clima da peça não ter sido fácil de digerir. Fomos para a casa dela e Elaine conferiu as mensagens quando fui ao banheiro. Ao sair, ela estava com uma expressão curiosa.

— Quem é Walter? — quis saber.

— Walter.

— Ele acabou de ligar para dar um alô, nada importante, só para dizer que está vivo. Ele provavelmente vai ligar mais tarde.

— Ah. Um sujeito que conheci numa reunião anteontem à noite. Ele está sóbrio há relativamente pouco tempo.

— E você deu o meu telefone para ele?

— Não. Por que eu faria isso?

— Era o que eu estava me perguntando.

— Ah! — exclamei, quando entendi. — Bem, acho que funciona.

— Você acha que o que funciona?

— A transferência de chamadas. Contei que os Kongs me deram transferência de chamadas quando brincavam com a companhia telefônica. Habilitei essa tarde.

— Então as suas ligações são transferidas para cá.

— Pois é. Eu não tinha muita fé que fosse funcionar, mas evidentemente funciona. O que foi?

— Nada.

— Tem certeza?

— Claro. Quer ouvir a mensagem? Posso tocar outra vez.

— Não, se foi tudo que ele disse.

— Posso apagar então?

— Vai em frente.

— Me pergunto o que ele pensou quando discou seu número e a chamada caiu numa secretária eletrônica com voz de mulher — comentou Elaine depois de apagar a mensagem.

— Bem, ele evidentemente não achou que tivesse discado o número errado, ou não teria deixado uma mensagem.

— Me pergunto quem ele acha que eu sou.

— Uma mulher misteriosa com voz sensual.

— Possivelmente acha que a gente mora junto. A não ser que saiba que você vive sozinho.

— Tudo que ele sabe a meu respeito é que sou sóbrio e louco.

— Por que louco?

— Porque desabafei um bocado de merda na reunião em que conheci ele. Até onde sabe, eu posso ser padre e você, a governanta da casa paroquial.

— Essa é uma brincadeira que não tentamos. Padre e governanta. "Abençoe-me, padre, porque fui uma garota muito má e provavelmente preciso de uns bons tapas."

— Eu não ficaria surpreso.

Elaine sorriu. Tomei-a nos braços, e o telefone escolheu esse momento para tocar.

— Atende você — avisou ela. — Deve ser Walter.

Atendi e um homem de voz grave pediu para falar com a Srta. Mardell. Passei o aparelho sem uma palavra e fui para o quarto. Fiquei na janela e olhei as luzes na outra margem do rio East. Depois de alguns minutos Elaine entrou e ficou ao meu lado. Não mencionou o telefonema, tampouco eu o fiz. Então dez minutos depois, o telefone voltou a tocar, ela atendeu e era para mim. Walter, apenas usando bastante o telefone, como encorajam os novatos a fazer. Não foi uma conversa longa.

— Desculpa — falei ao desligar. — Não foi uma boa ideia.

— Bem, você passa bastante tempo aqui. As pessoas devem ser capazes de te encontrar.

Após alguns minutos, ela acrescentou:

— Tira do gancho. Ninguém precisa falar com nenhum de nós hoje à noite.

Na manhã seguinte fui visitar Joe Durkin e acabei indo almoçar com ele e dois colegas do Esquadrão de Crimes Prioritários. Retornei ao hotel e passei na recepção para pegar minhas mensagens, mas não havia nenhuma. Subi e peguei um livro. Às três e vinte o telefone tocou.

— Você se esqueceu de desativar a transferência de chamadas — avisou Elaine.

— Ah, pelo amor de Deus. Por isso não tinha mensagens. Acabei de chegar. Passei a manhã fora, esqueci completamente. Ia voltar direto para casa e desativar, mas esqueci. O telefone deve ter enlouquecido você o dia todo.

— Não, mas...

— Mas como você conseguiu ligar para cá? A ligação não deu sinal de ocupado quando tentou falar comigo?

— Na primeira vez que liguei, sim. Liguei para a recepção e pedi para transferir para o seu quarto.

— Ah.

— Pelo jeito, o serviço não transfere as ligações que passam pela recepção.

— Pelo jeito, não.

— TJ ligou mais cedo. Mas não era importante. Matt, Kenan Khoury acabou de ligar. Você precisa retornar imediatamente. Ele disse que é urgente de verdade.

— Disse?

— Falou que é uma questão de vida ou morte, provavelmente morte. Não sei o que isso significa, mas ele parecia sério.

Liguei em seguida.

— Matt, graças a Deus — disse Kenan. — Não saia daí, meu irmão está na outra linha. Você está em casa, certo? Está bem, espera na linha, falo com você num segundo. — Houve um clique, então outro, mais ou menos, um minuto depois e Kenan estava de volta. — Ele está a caminho. Está indo para o seu hotel, vai esperar por você em frente.

— Qual é o problema com ele?

— Com Petey? Nenhum, ele está bem. Ele vai trazer você para Brighton Beach. Ninguém tem tempo para desperdiçar com o metrô hoje.

— O que tem Brighton Beach?

— Um monte de russos — respondeu. — Como posso explicar? Um deles acabou de me ligar dizendo que está enfrentando dificuldades profissionais semelhantes às que enfrentei.

Aquilo só podia significar uma coisa, mas quis me certificar.

— A esposa?

— Pior. Preciso ir, a gente se encontra lá.

18

No fim de setembro, eu e Elaine passamos uma tarde idílica em Brighton Beach. Descemos na última estação da linha Q, caminhamos até a Brighton Beach Avenue, entramos nas quitandas, olhamos as vitrines e exploramos as ruas vicinais com suas modestas casas de madeira e uma rede de ruelas, calçadas estreitas, becos, vielas e travessas. O grosso da população consistia de judeus russos, muitos dos quais recém-chegados, e a vizinhança tinha um ar bem estrangeiro, apesar de permanecer essencialmente nova-iorquino. Comemos num restaurante georgiano, depois passeamos no calçadão de madeira até Coney Island, observando pessoas mais audazes que nós encararem o oceano. Então passamos uma hora no Aquário e fomos para casa.

Se tivéssemos cruzado com Yuri Landau naquele dia, imagino que não teríamos olhado uma segunda vez. Ele aparentaria estar em casa, como um dia deve ter aparentado nas ruas de Kiev ou Odessa. Era um homem grande, de peito largo, com um rosto que teria servido como modelo para um trabalhador em um mural do realismo soviético. Testa larga, maçãs do rosto salientes, feições angulosas e queixo proeminente. Os cabelos eram castanho-claros, escorridos, e ele era dado a agitar a cabeça para tirá-los do rosto.

Yuri tinha 40 e tantos anos e estava nos Estados Unidos havia dez. Tinha vindo com a esposa e a filha de 4 anos,

Ludmilla. Trabalhava em algum tipo de mercado negro na União Soviética, e no Brooklyn gravitou com facilidade por diversos empreendimentos marginais antes de passar a traficar narcóticos. Faturou alto, mas esse é um negócio em que ninguém empata o investimento. Se não acaba preso ou morto, você geralmente se dá muito bem.

Quatro anos antes a esposa havia sido diagnosticada com câncer de ovário em estágio avançado. A quimioterapia a manteve viva por dois anos e meio. Ela esperava resistir até ver a filha se formar no ensino médio, mas morreu no outono. Ludmilla, que agora chamava a si mesma de Lucia, tinha se formado na primavera e atualmente era aluna do primeiro ano na Chichester Academy, uma pequena escola particular de ensino médio para garotas em Brooklyn Heights. A mensalidade era alta, assim como as exigências acadêmicas. A Chichester tinha um ótimo histórico de colocar alunas em universidades da Ivy League, além de faculdades femininas como a Bryn Mawr e a Smith.

Quando passou a ligar para os colegas de profissão alertando-os da possibilidade de sequestro, Kenan quase riscou Yuri Landau da lista. Eles não eram próximos, mal se conheciam, porém, mais especificamente, Kenan enxergava Landau como invulnerável. A esposa do sujeito já estava morta.

Nem ao menos havia pensado na filha. Contudo, fez o telefonema, que Landau percebeu como uma comprovação do curso de ação adotado quando Lucia passou a frequentar a Chichester. Em vez de permitir que fosse de metrô ou ônibus, tinha contratado uma empresa de transporte particular — um carro a pegava em casa todos os dias às sete e meia e depois, na Chichester, às quinze para as três. Se quisesse ir para a casa de uma amiga, um motorista a levava e ela ligaria para a empresa na hora de voltar. Quando desejava ir a qualquer lugar no bairro, geralmente levava o cão. Era um leão-da-rodésia bastante manso, mas com aparência feroz o suficiente para desestimular contatos indesejados.

No início daquela tarde, o telefone tocou na secretaria da Chichester Academy. Um cavalheiro afável explicou que era assistente do Sr. Landau e solicitou que a escola liberasse Ludmilla meia hora antes, devido a uma emergência familiar.

— Já acertei os detalhes com a empresa de transporte — garantiu à mulher com quem falou. — Eles vão cuidar para que um carro esteja esperando por ela em frente à escola às duas e quinze, apesar de provavelmente não ser o mesmo carro ou o mesmo motorista dessa manhã. — E acrescentou que, se houvesse qualquer dúvida, ela não deveria ligar para a residência do Sr. Landau; em vez disso, deveria falar com ele, o Sr. Pettibone, num número que informaria agora.

A mulher não precisou telefonar, pois não havia problemas em atender ao pedido. Ela chamou Lucia (ninguém na escola a conhecia como Ludmilla) à secretaria e informou que seria liberada mais cedo. Às duas e dez a mulher olhou pela janela e viu que um furgão verde-escuro estava estacionado em frente ao portão da escola, na Pineapple Street. Era bem diferente dos sedãs GM que costumavam levar a garota pela manhã e pegá-la à tarde, mas era claramente o veículo certo. O nome e o telefone da empresa estavam plenamente visíveis na lateral. Transportes Chaverim, com um endereço na Ocean Avenue. E o motorista, que deu a volta no carro de modo a abrir a porta para Lucia, vestia o mesmo blazer azul de sempre, além de um daqueles quepes.

Lucia, por sua vez, entrou no carro sem hesitar. O motorista fechou a porta, deu a volta no carro, sentou-se ao volante e dobrou a esquina com a Willow Street antes que a mulher voltasse aos seus afazeres.

Às quinze para as três as outras alunas foram liberadas e, minutos depois, o motorista regular de Lucia apareceu no Oldsmobille Regency Brougham cinza no qual havia levado a jovem para a escola naquela manhã. Esperou pacientemente, sabendo que Lucia costumava demorar até quinze minutos para sair do prédio. Teria esperado esse tempo sem se queixar, mas uma das colegas de Lucia o reconheceu e disse que devia haver um engano.

— Lucia foi liberada mais cedo hoje — falou a menina. — Outro motorista pegou ela tem uma meia hora.

— Ah, não diga — respondeu ele, achando que a garota estava de brincadeira.

— É verdade! O pai dela ligou para a secretaria e outro motorista veio buscar. Pergunta à Sra. Severance se não acredita em mim.

O motorista não entrou para confirmar com a Sra. Severance; se tivesse, a mulher quase com certeza teria ligado para a residência dos Landaus e, possivelmente, para a polícia. Em vez disso, usou o rádio do carro e ligou para a central da empresa na Ocean Avenue, perguntando o que diabos estava acontecendo.

— Se precisavam pegar ela mais cedo, vocês poderiam ter me mandado. Ou, se eu não pudesse, ao menos ter me informado que não precisava vir.

A funcionária, claro, não sabia do que o motorista estava falando. Quando entendeu, concluiu que a única coisa que faria sentido era que, por algum motivo, Landau tivesse usado outra empresa. Ela poderia ter dado o assunto por encerrado. Talvez todas as linhas estivessem ocupadas, talvez o cliente estivesse com pressa, talvez tivesse pegado a filha ele mesmo e não conseguido cancelar o carro. Mas algo evidentemente a incomodava, visto que ela procurou o telefone de Yuri Landau e ligou para ele.

A princípio Yuri não entendeu qual era o problema. Alguém na Chaverim havia feito confusão e a empresa tinha mandado dois carros em vez de um, e o segundo motorista fora à escola em vão. Por que precisavam ligar para ele por isso? Então se deu conta de que algo fora do comum estava acontecendo. Levantou o máximo possível de informações com a funcionária da central, disse que lamentava qualquer inconveniente e desligou.

Em seguida telefonou para a escola e, quando falou com a Sra. Severance e ficou sabendo do telefonema do assistente, o Sr. Pettibone, não teve dúvida. Alguém havia conseguido atrair sua filha para fora da escola e para dentro de um furgão. Alguém a tinha sequestrado.

Àquela altura, Severance também chegara à mesma conclusão, mas Landau a dissuadiu de ligar para a polícia. O melhor era cuidar daquilo pessoalmente, alegou, improvisando ao prosseguir:

— Alguns parentes do lado da mãe dela são extremamente ortodoxos, pode-se chamar de fanáticos. Eles estão no meu pé para tirar ela da Chichester e mandar para uma escola *kosher* insana em Borough Park. Não se preocupe, tenho certeza de que ela vai estar de volta à escola amanhã.

Yuri colocou o fone no gancho e começou a tremer.

Estavam com sua filha. O que queriam? Ele daria o que quisessem, esses malditos, daria qualquer coisa que tivesse. Mas quem eram? E o que, em nome de Deus, queriam?

Alguém não tinha mencionado algo a respeito de sequestro havia umas semanas?

Então ele lembrou e ligou para Kenan. Que ligou para mim.

Yuri Landau morava num apartamento de cobertura num prédio de tijolos de doze andares na Brightwater Court. No saguão ladrilhado, dois jovens brutamontes russos vestindo paletó de tweed e chapéu nos barraram ao entrarmos. Peter ignorou o porteiro uniformizado e disse à dupla que seu nome era Khoury e que era aguardado pelo Sr. Landau. Um deles nos acompanhou no elevador.

Quando chegamos, por volta das quatro e meia, Yuri havia acabado de receber o primeiro telefonema dos sequestradores. Ainda reagia ao que tinha ouvido.

— Um milhão de dólares — berrou. — Onde vou arrumar um milhão de dólares? Quem está fazendo isso, Kenan? São os pretos? São aqueles jamaicanos loucos?

— Eles são brancos — respondeu Kenan.

— Minha LuscÕa — disse Yuri. — Como isso pôde acontecer? Que país é esse? — Ele parou quando nos viu. — Você é o irmão — falou a Peter. — E você?

— Matthew Scudder.

— Está trabalhando para Kenan. Bom. Obrigado por virem. Mas como vocês entraram? Simplesmente subiram? Coloquei dois homens no saguão, eles deviam ter... — Ele notou a presença do sujeito que havia subido conosco. — Ah. você está aí, Dani. Bom rapaz. Volta para o saguão e fica de olhos abertos. Agora eu uso guarda-costas — falou, para ninguém em especial. — O cavalo foi roubado e eu tranco a porta do celeiro. Para quê? O que podem tirar de mim agora? Deus levou a minha esposa, aquele canalha, e esses outros canalhas levam a minha Luddy, minha LuscÕa. — Ele se virou para Kenan. — E se eu botasse dois homens lá embaixo quando você me ligou, o que teria adiantado? Eles pegaram ela na escola, levaram debaixo do nariz de todo mundo. Eu devia ter feito o que você fez. Você mandou ela para fora do país, sim?

Kenan e eu nos entreolhamos.

— O que é isso? — perguntou Yuri. — Você me disse que mandou sua esposa para fora do país.

— Foi a história que escolhemos, Yuri.

— História? Por que você precisou de uma história? O que aconteceu?

— Ela foi sequestrada.

— A sua esposa.

— Sim.

— Quanto eles arrancaram de você?

— Pediram um milhão. A gente negociou e chegou a um valor menor.

— Quanto?

— Quatrocentos mil.

— E você pagou? Recuperou ela?

— Paguei.

— Kenan — disse Yuri, segurando-o pelos ombros. — Diga, por favor. Você recuperou ela, sim?

— Morta.

— Ah, não. — Yuri hesitou, como se tivesse sido atingido por um soco, e ergueu o braço para cobrir o rosto. — Não. Não diga isso.

— Sr. Landau...

Ele me ignorou. Agarrou o braço de Kenan.

— Mas você pagou — argumentou. — Pagou o valor certo? Não tentou passar a perna neles?

— Eu paguei, Yuri. E eles mataram ela de qualquer forma.

Os ombros de Landau afundaram.

— Por quê? — exigiu saber, não de nós, mas daquele maldito Deus que levou a esposa dele. — *Por quê?*

Eu me adiantei.

— Sr. Landau, esses são homens muito perigosos, cruéis e imprevisíveis. Mataram ao menos outras duas mulheres, além da Sra. Khoury. Pelo andar da carruagem, eles não têm a menor intenção de devolver a sua filha viva. Temo que haja uma forte possibilidade de que ela já esteja morta.

— Não.

— Se estiver viva, temos uma chance. Mas o senhor precisa decidir como quer lidar com isso.

— O que quer dizer?

— O senhor pode ligar para a polícia.

— Eles disseram nada de polícia.

— Claro que disseram isso.

— A última coisa que quero são policiais aqui, metendo o nariz na minha vida. No instante em que levantar o dinheiro do resgate eles vão querer saber de onde veio. Mas se isso trouxer minha filha de volta... O que acha? Temos mais chance se ligarmos para a polícia?

— O senhor pode ter uma chance maior de pegar os homens que levaram ela.

— Para o diabo com isso. E quanto a ter ela de volta?

A menina está morta, pensei, mas falei a mim mesmo que não tinha certeza e que ele não precisava ouvir isso.

— Não acredito que o envolvimento da polícia nesse estágio aumentaria a chance de recuperar sua filha viva. Acho que pode ter o efeito contrário. Se a polícia entrar em cena e os sequestradores souberem disso, vão minimizar os prejuízos e sumir. E não vão deixar a garota viva.

— Então, foda-se a polícia. Vamos fazer isso nós mesmos. E agora?

— Agora preciso dar uma ligação.

— Fique à vontade. Espera, devo manter a linha desocupada. Eles ligaram, eu estava conversando com o sujeito, tinha um milhão de perguntas e ele desligou na minha cara. "Mantenha a linha desocupada. Vamos voltar a entrar em contato." Usa o telefone da minha filha, naquela porta. Adolescentes ficam no telefone o tempo todo, é impossível ligar para casa. Coloquei aquela coisa, chamada em espera, mas é de enlouquecer. Fica apitando no seu ouvido, aí você pede a um para esperar, atende outro. Terrível. Me livrei daquilo, comprei uma linha para ela, para que falasse o quanto quisesse. Deus, leve qualquer coisa que eu tiver, mas traga ela de volta para mim!

Liguei para o pager de TJ e digitei o número pelo telefone do Snoopy da filha de Landau. Snoopy e Michael Jackson pareciam desempenhar papéis centrais na sua mitologia pessoal, a julgar pela decoração do quarto. Andei de um lado para o outro, à espera da ligação, e encontrei um retrato de família na cômoda de laca branca. Ali estavam Yuri, uma mulher de cabelos pretos e uma menina de cabelos escuros, que escorriam pelos seus ombros numa cascata de cachos. Lucia parecia ter dez anos na foto. Em outra estava sozinha, mais velha, ao que parecia, tirada na formatura em junho passado. Os cabelos estavam mais curtos e seu rosto mais sério e maduro para a idade.

O telefone tocou. Atendi.

— Aí, quem quer falar com o TJ?

— É o Matt — eu me anunciei.

— Matt, meu camarada! Tudo bem nessa parada?

— É um assunto sério — respondi. — Uma emergência e preciso da sua ajuda.

— Pode mandar.

— Você consegue entrar em contato com os Kongs?

— Você quer dizer agora? Às vezes é difícil achar eles. Jimmy Hong tem um pager, mas nem sempre carrega.

— Veja se consegue encontrar ele e dá esse número.

— Fechou. Só isso?

— Não — falei. — Lembra da lavanderia onde fomos na semana passada?

— Claro.

— Você sabe chegar lá?

— Linha R até a estação da rua 45, um quarteirão até a Quinta Avenida, quatro ou cinco até aquela joça.

— Não notei que estava prestando atenção.

— Cara, eu sempre tô ligado. Sou ligadão.

— Não apenas criativo?

— Ligadão *e* criativo.

— Você consegue ir até lá agora?

— Agora, agora? Ou ligo primeiro pros Kongs?

— Liga para eles, então vai. Você está perto do metrô?

— Cara, eu sempre tô perto do metrô. Tô falando com você no telefone que os Kongs liberaram, na esquina da 43 com a Oitava.

— Liga para mim assim que chegar lá.

— Fechou. Problemão, né?

— Muito grande.

Deixei a porta do quarto aberta para ouvir o telefone quando tocasse e voltei para a sala. Peter Khoury estava na janela, olhando para o oceano. Não conversamos muito no carro, mas ele me disse que não usava drogas ou bebia desde a reunião em que o havia visto.

— Então faz cinco dias — disse ele.

— Isso é ótimo.

— É a política do programa, não? Um dia ou vinte anos, você diz seu tempo a alguém e a pessoa diz que é ótimo. "Você está sóbrio e é isso que importa." Que diabos, acho que não sei mais o que importa.

Fui até Kenan e Yuri e conversamos. O telefone do quarto não tocou, mas depois de talvez quinze minutos o da sala se fez ouvir e Yuri atendeu.

— Sim, é Landau quem fala — anunciou, e olhou intensamente para mim, então balançou a cabeça para tirar o cabelo dos olhos. — Quero falar com a minha filha. Vocês precisam me deixar falar com a minha filha.

Eu me adiantei e ele me passou o telefone.

— Espero que a garota esteja viva — comentei.

Silêncio, então:

— Quem diabos é você?

— Sou a melhor chance que você tem de fazer uma troca limpa, a garota pelo dinheiro. Mas é bom não encostarem os dedos nela e, se estiverem fazendo alguma coisa, é melhor parar agora. Porque ela precisa estar viva e bem para a troca acontecer.

— Foda-se essa merda! — exclamou o sujeito. Houve uma pausa e achei que ele diria algo mais, porém desligou.

Relatei a conversa a Yuri e Kenan. Yuri estava agitado, temia que eu estragasse tudo jogando duro. Kenan disse a ele que eu sabia o que estava fazendo. Não tinha tanta certeza disso, mas o apoio foi bem-vindo.

— O importante agora é manter ela viva — assegurei. — Eles devem saber que não vão ser capazes de impor seus termos à troca, vão precisar ao menos provar que têm uma refém viva para que paguemos o resgate.

— Mas se você irritar eles...

— Eles já são loucos de pedra. Sei o que você quer dizer, não quer dar a eles uma desculpa para matar sua filha, mas não precisam de uma desculpa. Isso já está nos planos. Eles precisam ter um motivo para deixar ela viva.

Kenan me apoiou.

— Fiz tudo do jeito deles — declarou. — Tudo que quiseram. E mandaram a minha esposa de volta... — Kenan hesitou e eu terminei a frase mentalmente: "em pedaços". Mas ele não tinha dividido esse aspecto da morte de Francine com Yuri e não o fez agora. — ... mandaram a minha esposa de volta morta.

— Vamos precisar de dinheiro — comentei. — Quanto você tem? Quanto consegue levantar?

— Meu Deus, não sei — disse Yuri. — Tenho pouquíssimo dinheiro vivo. Aqueles malditos aceitam cocaína? Tenho quinze quilos a dez minutos daqui. — Ele olhou para Kenan. — Quer comprar? Diga quanto quer pagar.

Kenan fez que não.

— Posso emprestar o que tenho no cofre, Yuri. Estou quase no osso, esperando um negócio com haxixe ir pelo ralo. Adiantei algum dinheiro e acho que foi um erro.

— Que tipo de haxixe?

— Turco, embarcado no Chipre. Haxixe com ópio. Que diferença faz, não vai acontecer. Tenho talvez cem mil no cofre. Quando chegar a hora vou em casa e pego. Você pode ficar com ele.

— Sabe que vou devolver.

— Não se preocupe com isso.

Landau apertou os olhos para segurar as lágrimas. Quando tentou falar, tinha a voz embargada. Mal conseguiu colocar as palavras para fora.

— Escuta esse homem — disse. — Eu mal conheço ele, essa porra de árabe aqui, e está me dando cem mil dólares. — Landau abraçou Kenan e o apertou, chorando.

O telefone tocou no quarto de Lucia. Fui atender.

TJ, falando do Brooklyn.

— Tô na lavanderia — avisou ele. — O que eu faço? Espero um cara branco pintar pra usar o telefone?

— Isso mesmo. Ele deve aparecer mais cedo ou mais tarde. Se você conseguir esperar no restaurante do outro lado da rua e ficar de olho na entrada da lavanderia...

— Vou fazer melhor que isso, cara. Vou ficar aqui mesmo na lavanderia, só tem um cara olhando as roupas girarem. A vizinhança é de todas as cores, aí eu não apareço tanto. Os Kongs já ligaram?

— Não. Conseguiu falar com eles?

— Mandei uma mensagem para o bipe com o seu número, mas se Jimmy não estiver com o pager é como se não tivesse bipando.

— Como aquela história da árvore na floresta.

— Como é?

— Esquece.

— Ligo depois — avisou TJ.

Quando o telefone voltou a tocar, Yuri atendeu dizendo "Só um minuto", e passou para mim. A voz era diferente dessa vez, mais branda, mais educada. Havia maldade nela, porém menos da raiva evidente que ouvi no último interlocutor.

— Percebo que temos um novo jogador em campo — falou. — Não acho que a gente tenha sido apresentado.

— Sou amigo do Sr. Landau, o meu nome não é importante.

— Tem quem goste de saber quem está do outro lado.

— De certa forma — expliquei —, estamos do mesmo lado, não? Ambos temos uma troca a realizar.

— Então, tudo que você precisa fazer é seguir instruções.

— Não, não é assim tão simples.

— Claro que é. Nós dizemos o que você deve fazer e você faz. Isso se quiser voltar a ver a garota.

— Precisa me convencer de que ela está viva.

— Você tem a minha palavra.

— Sinto muito — falei.

— Não é o bastante?

— Você perdeu muita credibilidade quando devolveu a Sra. Khoury em más condições.

Houve uma pausa:

— Que interessante. Você não soa muito russo, sabia? Também não parece ter o sotaque do Brooklyn. As circunstâncias foram muito especiais com a Sra. Khoury. O marido dela tentou pechinchar, algo condizente com a natureza da raça dele. Ele cortou o preço e, em contrapartida, nós... bem, você é capaz de concluir o pensamento, não é verdade?

E quanto a Pam Cassidy?, pensei. O que ela fez para provocar vocês? Mas o que falei foi:

— Não vamos discutir o preço.

— Vocês vão pagar um milhão.

— Pela garota, viva e bem.

— Garanto que é como ela está.

— Ainda assim preciso de mais do que a sua palavra. Coloca ela na linha, deixa o pai falar com ela.

— Lamento, mas isso não vai... — começou ele, então a gravação da NYNEX entrou pedindo mais dinheiro. — Volto a ligar.

— Ficou sem moedas? Diz seu número que eu retorno a ligação.

Ele riu e desligou.

Eu estava sozinho no apartamento com Yuri quando o telefone tocou de novo. Kenan e Peter haviam saído com um dos guarda-costas do saguão para tentar levantar tanto dinheiro quanto fosse possível. Yuri tinha dado a eles uma lista de nomes e telefones, e eles próprios tinham seus contatos. Teria sido mais fácil fazer as ligações da cobertura, mas tínhamos apenas duas linhas e eu queria manter ambas desocupadas.

— Você não é do ramo — comentou Yuri. — É algum tipo de policial, sim?

— Detetive particular.

— Detetive particular. Então estava trabalhando para Kenan. Agora está trabalhando para mim, certo?

— Estou apenas trabalhando. Não espero entrar na sua folha de pagamento, se é o que quer dizer.

Ele fez um gesto com a mão.

— É um bom negócio — avaliou —, mas também ruim. Entende?

— Acho que sim.

— Quero sair dele. É um dos motivos para eu não ter dinheiro vivo. Faturo muito, mas não quero em espécie e não quero em mercadoria. Tenho estacionamentos, tenho um restaurante, vario, sabe? Em pouco tempo vou estar fora do negócio das drogas. Muitos americanos começam como gângsteres, sim? E acabam como homens de negócios legítimos.

— Algumas vezes.

— Alguns são gângsteres para sempre. Mas não todos. Se não fosse por Devorah, eu já estaria fora.

— Sua esposa?

— As contas do hospital, os médicos, meu Deus, quanto dinheiro. E nada de plano de saúde. Éramos novatos, como podíamos saber da Blue Cross? Não importa. Eu pagaria quanto custasse. Fico feliz por ter pagado. Teria pagado mais para manter ela viva, teria pagado qualquer coisa. Teria vendido as obturações dos meus dentes se pudesse comprar mais um dia para ela. Paguei centenas de milhares de dólares e ela teve tudo que os médicos podiam oferecer. Que dias foram aqueles, como sofreu aquela pobre mulher. Mas ela queria a vida que pudesse ter, entende? — Ele passou a mão enorme na testa. Estava para dizer algo mais, no entanto o telefone tocou. Sem palavras, apontou para o aparelho.

Atendi.

O mesmo homem.

— Vamos tentar outra vez? Lamento, mas a garota não pode vir ao telefone. Isso está fora de questão. De que outra forma podemos tranquilizar você quanto ao bem-estar dela?

Cobri o fone.

— Algo que apenas a sua filha saberia.

Yuri deu de ombros.

— O nome do cachorro? — sugeriu.

— Peça a ela para dizer a você... Não, espera um pouco. — Voltei a cobrir o fone. — Eles podem saber. Devem ter seguido sua filha por uma semana ou mais, conhecem os horários de vocês, sem dúvida devem ter visto ela passeando com o cachorro, ouvido Lucia chamar pelo nome. Pense em outra coisa.

— Tínhamos um cachorro antes desse — disse Yuri. — Era pequeno, preto e branco, foi atropelado por um carro. Ela era uma menininha quando tínhamos esse cachorro.

— Mas se lembraria dele?

— Quem poderia esquecer? Ela amava aquele cachorro.

— O nome do cachorro — falei ao telefone — e o nome do cachorro antes desse. Peça que descreva os dois e dê os nomes.

O homem achou graça.

— Não pode ser um só. Precisa ser os dois.

— Sim.

— Então para que você fique duplamente tranquilizado. Vou fazer a sua vontade, meu amigo.

Eu me perguntei o que ele faria.

Havia ligado de um telefone público. Eu tinha certeza disso. Não tinha ficado na linha tempo o bastante para esgotar a moeda, mas não mudaria o padrão agora, não quando tudo dera tão certo. Estava num telefone público e agora precisava descobrir o nome e a descrição de dois cães e ligar de volta.

Vamos supor por enquanto que ele não estivesse ligando do telefone da lavanderia. Vamos supor que estava em algum telefone na rua, longe o bastante de casa para precisar ter ido de carro. Agora voltaria a casa, estacionaria, entraria e perguntaria a Lucia Landau os nomes dos cães. E então pegaria o carro e iria até outro telefone e forneceria as informações para mim.

Eu faria assim?

Bem, talvez. Mas talvez não. Talvez eu poupasse uma moeda e tempo entre idas e vindas ligando para casa, onde o meu parceiro vigiava a garota. Ele que tirasse a mordaça da boca da menina por um minuto e conseguisse as respostas.

Se tivéssemos os Kongs...

Não pela primeira vez, pensei em como seria mais fácil se Jimmy e David estivessem a postos no quarto de Lucia, com o modem plugado no telefone do Snoopy e o computador na penteadeira. Poderiam usar o telefone de Lucia para monitorar o de Yuri e, quando alguém ligasse, rastrearíamos imediatamente a chamada.

Se Ray ligasse para casa para descobrir os nomes dos cães, descobriríamos o número e, antes que ele tivesse a informação, saberíamos onde mantinham a garota. Antes que a transmitisse para mim, poderíamos ter carros em ambos os locais, para pegá-lo e cercar a casa.

Mas eu não tinha os Kongs. Tudo que tinha era TJ, a postos na lavanderia em Sunset Park à espera que alguém usasse o telefone. E, se ele não tivesse sido esbanjador o bastante para torrar metade dos seus recursos num pager, eu não teria nem isso.

— É de enlouquecer — declarou Yuri. — Ficar sentado, olhando para o telefone, esperando que toque.

E estava demorando. Era evidente que Ray — era como eu pensava nele, e uma vez havia chegado alarmantemente perto de chamá-lo pelo nome — não tinha ligado para casa, por qualquer motivo. Digamos dez minutos para chegar em casa, dez minutos para conseguir as respostas da garota, dez minutos para ir até um telefone e ligar para nós. Menos, se estivesse com pressa. Mais, se parasse para comprar um maço de cigarros ou se Lucia estivesse inconsciente e precisassem acordá-la.

Digamos meia hora. Talvez mais, talvez menos, mas digamos meia hora.

Se ela estivesse morta, poderia demorar um pouco mais. Vamos supor que estivesse. Vamos supor que a mataram logo de cara, antes da primeira ligação para o pai. Essa, sem dúvida, era a maneira mais segura de agir. Sem perigo de fuga. Sem preocupações quanto a mantê-la quieta.

E se estivesse morta?

Não poderiam admitir. Se o fizessem, não haveria mais resgate. Não estavam necessitados, tiraram quatrocentos mil de Kenan menos de um mês antes, mas isso não queria dizer que não quisessem mais. Dinheiro é algo que as pessoas sempre querem mais e, se não quisessem, não haveria a primeira ligação, nem o sequestro. É fácil agarrar uma mulher ao acaso na rua se tudo que você quer é emoção. Não é preciso dar uma de engraçadinho.

Então o que eles fariam?

Suponho que provavelmente fincariam o pé. Diriam que estava apagada, que havia sido drogada e não conseguia se concentrar o bastante para responder perguntas. Ou inventariam um nome e insistiriam que era o que a garota tinha dito.

Saberíamos que estavam mentindo e teríamos noventa por cento de certeza de que Lucia estava morta. Mas você acredita no que quer acreditar e nós desejaríamos acreditar na mais tênue possibilidade de ela estar viva, o que poderia nos levar a pagar o resgate de qualquer forma, pois, se não pagássemos, não haveria chance, chance alguma.

O telefone tocou. Agarrei o fone e era engano, algum cretino com o número errado. Me livrei dele e trinta segundos depois voltou a ligar. Perguntei para que número estava ligando, e estava certo, mas no fim das contas ele queria falar com alguém em Manhattan. Lembrei que precisava discar antes o código de área.

— Ah, meu Deus! — exclamou ele. — Faço isso o tempo todo. Que idiota.

— Recebi ligações como essa hoje pela manhã — disse Yuri. — Enganos. Uma chateação.

Concordei. O sequestrador havia ligado enquanto nos livrávamos daquele cretino? Se o fez, por que não voltou a ligar? A linha estava livre agora. O que diabos estava esperando?

Talvez eu tivesse cometido um erro ao pedir provas. Se ela já estivesse morta, eu apenas havia forçado que a evidência viesse à tona. Em vez de tentar blefar, ele poderia decidir abortar a operação e se entocar.

E, nesse caso, eu esperaria para sempre pelo toque do telefone, pois não voltaria a ter notícias dele.

Yuri estava certo. Era de enlouquecer ficar sentado olhando para o telefone. Esperando que tocasse.

Na verdade foram necessários apenas doze dos trinta minutos que calculei como média. O telefone tocou e eu o agarrei. Disse alô e Ray falou:

— Ainda gostaria de saber como você entra nessa história. Só pode ser um traficante. Você é um peixe grande?

— Você ia responder algumas perguntas — lembrei.

— Gostaria que me dissesse seu nome — insistiu Ray. — Pode ser que eu reconheça.

— Posso reconhecer o seu.

Ele riu.

— Ah, duvido muito. Por que tanta pressa, meu amigo? Está com medo de que eu rastreie a ligação?

Na minha mente, podia ouvi-lo zombando de Pam. "Escolhe um, Pam-mii. Um para você e um para mim, então qual vai ser, Pam-mii?"

— A moeda é sua — falei.

— Verdade. Ah, bem. O nome do cachorro, há? Vejamos, quais são os velhos favoritos? Fido, Towser, King. Rover, esse é sempre popular, não é?

Merda, ela está morta, pensei.

— Que tal Spot? "Corre, Spot, corre!" Não é um nome ruim para um leão-da-rodésia.

Mas isso ele já devia saber, depois de semanas espreitando Lucia.

— O nome do cachorro é Watson.

— Watson.

Do outro lado da sala o cão se mexeu, levantou as orelhas. Yuri fez que sim.

— E o outro cachorro? — exigi.

— Você quer demais. Quantos cachorros você quer?

Esperei.

— Ela não soube me dizer a raça do animal. Era criança quando morreu. Precisaram colocar ele para dormir, foi o que disse. Termo bobo, não é? Quando se mata alguma coisa, a gente deve ter a coragem de usar a palavra. Você não está falando nada. Ainda está aí?

— Ainda estou aqui.

— Acho que era um vira-lata. Tantos de nós somos. Agora, o nome é um problema. É uma palavra em russo e talvez eu não tenha entendido direito. Como está o seu russo, meu amigo?

— Um pouco enferrujado.

— Ferrugem é um bom nome para um cão. Talvez fosse Ferrugem. Você é uma plateia difícil, meu amigo. É difícil arrancar uma risada de você.

— Sou uma plateia cativa.

— Ah, antes fosse assim. A gente teria uma conversa muito interessante nessas circunstâncias, você e eu. Ah, bem. Talvez em outra oportunidade.

— Vamos ver.

— Sem dúvida. Mas você quer o nome do cachorro, não é? O cachorro está morto, meu amigo. De que adianta saber o nome?

Esperei.

— Posso estar pronunciando errado. Balalaica.

— Balalaica — falei.

— É o nome de um instrumento musical, ao menos foi o que ela contou. O que me diz? Toquei o acorde certo?

Olhei para Yuri Landau. Seu gesto de assentimento foi inequívoco. Ao telefone, Ray dizia mais alguma coisa, mas eu não registrava as palavras. Me sentia atordoado e precisei me encostar no balcão da cozinha ou poderia ter caído.

A garota estava viva.

19

Assim que desliguei o telefone, Yuri se atirou contra mim e me envolveu num abraço de urso.

— Balalaica — repetiu ele, invocando o nome como se fosse um feitiço. — Ela está viva, a minha LuscŌa está viva!

Eu ainda era abraçado quando a porta foi aberta e os Khourys entraram, acompanhados do guarda-costas de Landau, Dani. Kenan carregava uma bolsa de couro de visual retrô com zíper; Peter, uma sacola plástica do supermercado Kroger.

— Ela está viva — anunciou Yuri para os recém-chegados.

— Você falou com ela?

Landau fez que não.

— Eles disseram o nome do cachorro. Ela se lembrou de Balalaica. Minha LuscŌa está viva.

Não sei quanto sentido aquilo fez para os irmãos, que haviam saído numa missão de levantamento de fundos quando os sinais de reconhecimento foram acertados, mas eles entenderam a ideia.

— Agora tudo de que você precisa é de um milhão de dólares — declarou Kenan.

— Sempre é possível conseguir dinheiro.

— Você está certo — concordou Kenan. — As pessoas não se dão conta disso, mas é uma verdade absoluta. — Ele abriu a bolsa e passou a tirar maços de notas, arrumando-os em fileiras sobre a mesa de mogno. — Você tem alguns bons amigos, Yuri. E o melhor de tudo é que a maioria deles não acredita em bancos. As pessoas não imaginam quanto da economia do país é movimentada em espécie. Você ouve o termo dinheiro vivo e pensa em drogas, pensa em jogo.

— É só a ponta do iceberg — completou Peter.

— Pois é. Não são apenas os negócios clandestinos. Pense em lavanderias, barbearias, salões de beleza, qualquer lugar que movimente muito dinheiro vivo. Eles criam um caixa dois e tiram metade do faturamento das vistas da Receita.

— Pense em cafés — disse Peter. — Yuri, você devia ser grego.

— Grego? Por que eu devia ser grego?

— Tem um café em cada esquina, certo? Cara, eu trabalhei num. Dos dez funcionários no meu turno, seis não eram registrados, a gente recebia em dinheiro. Por quê? Porque tinham toda aquela grana que não era declarada, então precisavam manter as despesas num patamar proporcional. Se declaram trinta centavos de cada dólar que passa pela registradora, é muito. E sabe qual é a cereja do bolo? É cobrado um imposto de oito vírgula vinte e cinco por cento sobre cada venda, a lei diz que deve ser recolhido. Mas como setenta por cento do faturamento não é declarado, eles não podem transferir o imposto, certo? Logo, essa grana também é embolsada. Puro lucro isento de impostos, cada centavo.

— Não apenas os gregos — acrescentou Yuri.

— Não, mas eles transformaram isso em ciência. Se fosse grego, tudo que precisaria fazer era ir a vinte cafés. Não acha que todos teriam cinquenta mil no cofre, debaixo do colchão ou de uma tábua solta no closet? Se fosse a vinte cafés, você teria o seu milhão.

— Mas eu não sou grego — repetiu Yuri.

Kenan perguntou se ele conhecia algum negociante de diamantes.

— Eles têm muito dinheiro vivo — explicou.

Peter, por outro lado, falou que boa parte do negócio de diamantes era movimentado com promissórias, que rodavam de mão em mão. Kenan disse que ainda assim circulava algum dinheiro vivo, mas Yuri replicou que não importava, visto que não conhecia ninguém que trabalhasse com diamantes.

Fui para o quarto e os deixei debatendo o assunto.

Queria ligar para TJ e tirei do bolso a folha de papel com as chamadas feitas para o telefone de Kenan, levantadas pelos Kongs. Encontrei o número do telefone público da lavanderia, mas hesitei. Será que TJ atenderia? E isso o comprometeria se o lugar estivesse cheio? E digamos que Ray atendesse. Era pouco provável, mas...

Então lembrei que havia uma forma mais simples. Podia mandar uma mensagem para o pager e esperar que ele ligasse. Percebi que tinha problemas para me ajustar a essa nova tecnologia. Ainda pensava automaticamente em termos mais primitivos.

Achei o número do pager na minha caderneta, mas, antes que discasse, o telefone tocou. Era TJ.

— O cara tava aqui agorinha — avisou ele. Soava agitado. — Neste telefone.

— Deve ter sido outra pessoa.

— Claro que não, meu irmão. Cara, você olha pro cara e sabe que tá vendo o mal. Saquei na hora, disse, cara, meu parceiro Matt tá falando com esse cara.

— Eu estava, mas desligamos há pelo menos dez minutos. Mais para quinze.

— É, mais ou menos isso.

— Achei que você ligaria em seguida.

— Não dava, cara. Precisei seguir o homem.

— Você seguiu ele?

— O que você achou que eu ia fazer, sair correndo quando visse o cara chegando? Não saí de mãos dadas com ele, mas ele vazou. Esperei um minuto e fui atrás.

— Isso é perigoso, TJ. O sujeito é um assassino.

— Cara, eu devia ficar impressionado? Passo todo dia da minha vida no Deuce. Não dá pra andar naquela rua sem dar de cara com um assassino ou outro.

— Para onde ele foi?

— Foi pra esquerda, andou até a esquina.

— Rua 49.

— Aí foi até a *deli* do outro lado da avenida. Entrou, ficou um minuto ou dois, saiu de novo. Acho que não pediu um sanduba, porque ficou pouco tempo. Pode ter comprado uma caixa de cerva. O pacote que ele tava carregando era mais ou menos desse tamanho.

— Então para onde ele foi?

— Voltou pelo mesmo caminho. O cara cruzou comigo, atravessou a Quinta e foi na direção da lavanderia. Aí eu pensei, merda, não posso seguir esse cara de volta pra lá, preciso esperar do lado de fora até ele fazer a ligação.

— Ele não voltou a ligar para cá.

— Ele não ligou pra lugar nenhum, porque ele não entrou na lavanderia. Entrou no carro dele e foi embora. Eu nem sabia que ele tinha um carro. Tava estacionado na frente da lavanderia, do outro lado da rua. Não dava pra ver de onde eu tava sentado.

— Um carro ou furgão?

— Eu disse carro. Tentei acompanhar, mas não deu. Eu seguia o cara meio quarteirão atrás, pra não dar na pinta quando ele voltou pra lavanderia, aí ele entrou no carro e vazou, e eu não pude fazer nada. Quando cheguei na esquina, ele já tinha sumido.

— Mas você viu ele bem.

— Ele? É, vi.

— Você o reconheceria?

— Cara, você reconhece a sua mãe? Que pergunta é essa? O cara tem um e oitenta de altura, oitenta quilos, cabelo castanho bem claro, usa óculos com armação de plástico marrom. Sapato de couro preto, calça azul-marinho e uma jaqueta azul. E a camisa polo mais brega que você já viu. Xadrez, azul e branca. Se eu reconheceria o cara? Cara, se eu soubesse desenhar, desenhava. Se você chamar aquele artista que me falou outro dia, a gente vai ter uma coisa mais parecida com ele do que uma fotografia.

— Estou impressionado.

— É? O carro era um Honda Civic, cinza azulado, meio detonado. Até ele entrar no carro, eu tava pensando em seguir o cara até o lugar onde está se escondendo. Ele sequestrou alguém, certo?

— Certo.

— Quem?

— Uma garota de 14 anos.

— Filho da puta! — exclamou. — Se eu soubesse, tinha seguido ele mais de perto, corrido mais rápido.

— Você foi ótimo.

— Acho que o que eu vou fazer agora é dar um rolê no bairro. Talvez ache o carro estacionado.

— Se você tiver certeza de que vai reconhecer o carro.

— Bem, eu tenho o número da placa. Tem um monte de Hondas por aí, mas nem tantos com a mesma placa.

TJ leu a placa, eu a anotei e comecei a dizer como estava satisfeito com o seu desempenho. Ele não me deixou terminar.

— Cara — falou, exasperado —, até quando a gente vai continuar assim, com você bolado toda vez que eu faço uma coisa certo?

— Vamos precisar de algumas horas para conseguir o dinheiro — expliquei a Ray quando ele voltou a ligar. — É mais do que ele tem e vai ser difícil levantar tudo a essa hora.

— Você não está tentando pechinchar, está?

— Não, mas se você quer tudo vai precisar ser paciente.

— Quanto vocês têm agora?

— Não tenho nenhum valor.

— Volto a ligar em uma hora.

— Pode usar esse telefone — disse a Yuri. — Ele vai ligar daqui a uma hora. Quanto nós temos?

— Um pouco mais de quatrocentos — respondeu Kenan

— Menos da metade.

— Não é o bastante.

— Não sei — acrescentou. — Vendo a situação de outra forma, para quem mais eles vão vender ela? Se você disser que é tudo que temos, é pegar ou largar. O que ele vai fazer?

— O problema é que você não sabe o que ele pode fazer.

— É, esqueci que ele é um lunático.

— Ele quer um motivo para matar a garota. — Não queria insistir naquilo na frente de Yuri, mas precisava ser dito. — Foi por isso que começaram, antes de mais nada. Eles gostam de matar. Ela está viva e vão manter ela assim enquanto for um bilhete para o dinheiro, mas matarão sua filha no minuto em que acreditarem que vão conseguir se safar, ou que perderam a chance de ficar com o dinheiro. Não quero dizer que temos apenas meio milhão. Prefiro aparecer com meio milhão e dizer que está tudo ali e esperar que não contem o dinheiro antes de termos ela de volta.

Kenan pensou a respeito.

— O problema é que o cuzão já sabe com que quatrocentos mil se parecem.

— Vejam se conseguem mais — falei, e fui usar o telefone do Snoopy.

Costumava haver um número para o qual ligávamos no Departamento de Trânsito. Você dava o número do seu distintivo e a placa que queria rastrear, então alguém consultava o sistema e informava os dados. Eu não sabia mais qual era esse número especial e suspeitava que meu distintivo estivesse desativado há muito tempo. Ninguém atendia no telefone do Departamento.

Liguei para Durkin, mas ele não estava no escritório. Tampouco Kelly estava na sua mesa, e não havia sentido em mandar uma mensagem para o pager, pois ele não seria capaz de fazer o que eu queria fora da delegacia. Me lembrei de quando fui pegar a pasta de Gotteskind com Durkin e vi Bellamy na mesa ao lado, falando sozinho com o computador.

Telefonei para a delegacia de Midtown North e ele estava.

— Matt Scudder — anunciei.

— Ah, oi — saudou ele. — Como vai? Joe não está, infelizmente.

— Tudo bem. Talvez você possa me fazer um favor. Eu estava com um amigo e um filho da puta num Honda Civic bateu no nosso carro e simplesmente foi embora. A coisa mais absurda que já se viu.

— Caramba. E vocês estavam no carro quando aconteceu? O sujeito é um cretino, deixar a cena de um acidente. Provavelmente estava drogado ou alcoolizado.

— Eu não ficaria surpreso. A questão é que...

— Você tem a placa? Eu consulto para você.

— Fico muito agradecido.

— Ei, não esquenta. É só perguntar ao computador. Espera um pouco.

Esperei.

— Droga.

— Algum problema?

— É, eles mudaram a droga da senha para acessar o sistema do Departamento de Trânsito. Tento entrar como sempre e ele não deixa. Fica dizendo "Senha Incorreta". Se você ligar amanhã, tenho certeza que...

— Eu adoraria resolver isso hoje à noite. Antes que o sujeito tenha a chance de curar o porre, se é que você me entende.

— Ah, claro. Se eu pudesse ajudar...

— Não tem como ligar para algum lugar?

— É — falou de forma enfática. — Aquela vadia dos Arquivos, mas ela vai dizer que não pode me dar as informações. Torra a minha paciência o tempo todo.

— Diga que é uma emergência Código Cinco.

— Como é?

— Apenas diga que é uma emergência Código Cinco — sugeri — e que é bom dar a senha para você antes que o sistema todo caia até Cleveland.

— Nunca ouvi essa antes — disse Bellamy. — Espera um minuto, vou tentar.

Ele me colocou em espera. Do outro lado do quarto, Michael Jackson olhava para mim entre os dedos de sua luva branca. Bellamy voltou à linha.

— Caramba, e não é que funcionou? "Emergência Código Cinco." E nada de baboseira. Ela me deu a senha. Vou acessar o sistema. Pronto. Qual é mesmo a placa?

Dei a placa.

— Vamos ver o que temos aqui. Certo, não demorou. O veículo é um Honda Civic duas portas oitenta e oito, a cor é chumbo... Chumbo? Cara, por que não dizem que é cinza? Mas você não está nem aí para isso. O proprietário é... Você tem um lápis? Callander, Raymond Joseph. — Ele soletrou o sobrenome. — O endereço é Penelope Avenue, número 34. Fica no Queens, mas onde no Queens? Já ouviu falar da Penelope Avenue?

— Acho que não.

— Cara, eu moro no Queens e essa é nova para mim. Espera, tem o CEP. Um-um-três-sete-nove. Fica em Middle Village, certo? Nunca ouvi falar de nenhuma Penelope Avenue.

— Eu encontro.

— É, acho que você está motivado, né? Espero que ninguém tenha se machucado.

— Não, só uma lataria um pouco amassada.

— Dá uma lição no cara, fugir de um acidente assim... Por outro lado, se ele informar isso, o seguro do seu amigo vai para o espaço. O melhor pode ser você e ele fazerem um acordo por fora, mas acho que é isso que você tem em mente, certo? — Ele riu. — Código Cinco. Cara, aquela garota parecia que estava sentada numa fogueira. Fico te devendo uma.

— O prazer foi todo meu.

— Não, é sério. Tenho problemas com essa coisa o tempo todo. Isso vai me poupar muitas dores de cabeça.

— Bem, se acha mesmo que me deve uma...

— Manda ver.

— Só estava aqui pensando se ele tem antecedentes, o nosso Sr. Callander.

— Ah, essa é fácil. Como sei a senha não vou precisar do Código Cinco. Espera um pouco. Não.

— Nada?

— No que diz respeito ao estado de Nova York, ele é um escoteiro. Código Cinco. O que isso quer dizer, afinal?

— Digamos apenas que seja prioritário.

— Acho que sim.

— Se tiver dificuldades — falei para ele —, diga apenas que eles devem saber que o Código Cinco suplanta e revoga as normas-padrão.

— Suplanta e revoga.

— Isso.

— Suplanta e revoga as normas-padrão.

— Exato. Mas não use com questões do dia a dia.

— Nem pensar. Não quero que fique batido.

Por um momento, achei que estivesse com as mãos no sujeito. Tinha um nome agora e um endereço, mas não era o local que eu queria. Eles estavam em algum lugar em Sunset Park, no Brooklyn. O endereço ficava em algum lugar em Middle Village, no Queens.

Liguei para o auxílio à lista do Queens e disquei o número que me deram. O telefone emitiu aquele som característico, algo entre um tom de chamada e um guincho, então uma gravação me disse que o número chamado estava fora de serviço. Voltei a ligar para informações e relatei isso. A telefonista consultou o sistema e explicou que o cancelamento da linha era recente e que o número ainda não tinha sido excluído. Perguntei se havia um novo número. Ela disse que não. Perguntei se podia me dizer quando o serviço fora cancelado e ela também disse que não.

Telefonei para o auxílio à lista do Brooklyn e tentei encontrar um número registrado sob o nome Raymond Callander, ou R. ou R. J. Callander. A telefonista informou que havia outras grafias para o sobrenome e consultou mais possibilidades do que me ocorreram. Grafado de uma forma e de outra, havia dois registros, um para R. e outro para R. J., mas os endereços eram distantes, um na Meserole, em Greenpoint, e outro em Brownsville, nenhum deles nem ao menos próximo de Sunset Park.

Enlouquecedor, mas o caso todo havia sido assim desde o começo. Eu era insistentemente zombado, fazia grandes descobertas que não levavam a lugar nenhum. A descoberta de Pam Cassidy era o melhor exemplo. A partir do nada conseguimos identificar uma testemunha viva e, no fim das contas, o resultado foi que a polícia pegou três casos encerrados e os colocou na mesma pasta em aberto.

Pam havia fornecido um nome. Agora eu tinha um sobrenome e até mesmo um nome do meio, graças a TJ e com a ajuda de Bellamy. Também possuía um endereço, que provavelmente deixara de ser válido na mesma época em que a linha telefônica havia sido cancelada.

Não seria tão difícil colocar as mãos nele. É mais fácil quando se sabe quem procura. Eu tinha o bastante para encontrá-lo, se fosse capaz de esperar até o dia seguinte e se tivesse alguns dias para a busca.

Mas não era bom o suficiente. Queria encontrá-lo agora.

Na sala, Kenan estava ao telefone, Peter na janela. Não vi Yuri. Eu me juntei a Peter e ele me informou que Yuri havia saído para arranjar mais dinheiro.

— Não consegui olhar para o dinheiro — comentou ele. — Estava tendo um ataque de ansiedade. Coração acelerado, mãos frias e úmidas, o pacote completo.

— Qual era o medo?

— Medo? Não sei. Aquilo me fez querer usar heroína, só isso. Se eu fizesse um teste de associação de palavras agora, todas as respostas seriam heroína. Num teste de Rorschach, todo borrão iria parecer o mesmo viciado se aplicando na veia.

— Mas você não está fazendo isso, Pete.

— Qual é a diferença, cara? Eu sei que vou. É só uma questão de quando. Bonito lá fora, não?

— O oceano?

Ele fez que sim.

— Só que você não consegue mais ver de verdade. Deve ser bom morar num lugar onde se pode ver a água. Tive uma namorada que curtia astrologia, ela dizia que esse é o meu elemento, a água. Você acredita nessas coisas?

— Não sei muito a respeito.

— Ela estava certa quanto ao meu elemento. Não gosto muito dos outros. Ar, nunca gostei de voar. Não gostaria de arder no fogo ou de ser enterrado na terra. Mas o mar é a mãe de todos nós, não é o que dizem?

— Acho que sim.

— É o oceano lá fora. Não um rio ou uma baía. Nada além de água, até o além, mais longe do que se consegue enxergar. Me sinto limpo só de olhar.

Dei um tapinha no ombro dele e o deixei admirando o oceano. Kenan não estava mais ao telefone, então fui até lá saber em quanto estava o montante.

— Temos um pouco menos da metade — falou. — Tenho cobrado cada favor a que tenho direito e Yuri está fazendo a mesma coisa. Mas vou dizer uma coisa a você: acho que não vamos conseguir muito mais.

— A única pessoa em quem consigo pensar está na Irlanda. Espero que isso fique com cara de um milhão, só isso. Tudo que precisa é passar na contagem por alto que fizerem no local.

— Vamos supor que a gente maquie o dinheiro. Se cada maço de notas de cem tiver cinco notas a menos, temos dez por cento a mais de maços.

— O que é ótimo, a não ser que peguem um maço e contem.

— Bem lembrado — admitiu. — À primeira vista, isso vai parecer bem mais do que entreguei a eles. Eram apenas notas de cem. Mais ou menos um quarto do montante aqui é em notas de cinquenta. E você sabe que tem um jeito para que pareça ser bem mais do que é.

— Rechear os maços com papel.

— Eu estava pensando em notas de um. O papel é o mesmo, a cor, tudo, a não ser o valor de face. Você pega um maço que deveria ter cinquenta notas de cem dólares, cinco mil no total. Você coloca dez notas de cem em cima e dez embaixo e recheia com notas de um. Em vez de cinco mil, você tem pouco mais de dois mil com cara de muito mais. Se correr o dedo pelo maço, tudo que vai ver é verde.

— O mesmo problema. Funciona, a não ser que se confira bem um dos maços maquiados. Então dá para ver que não é o que deveria ser, e sabe, de cara, sem dúvida, que foi maquiado para enganar. E se for um louco com a noite toda à procura de uma desculpa para matar...

— Você mata a garota, bang, e está tudo acabado.

— Esse é o problema com qualquer flagrante. A impressão que transmite é que você quer fazer eles passarem por imbecis...

— Eles levariam para o lado pessoal. — Kenan assentiu. — Talvez não contem os maços. Se misturarmos notas de cem e cinquenta, cinco mil por maço, metade em maços de cinquenta, em quantos maços estamos falando se o total for meio milhão? Cem, se fossem apenas notas de cem; então, digamos, cento e vinte, cento e trinta, algo assim?

— Por aí.

— Não sei, você contaria? Contamos nas negociações de drogas, mas temos tempo; nos recostamos, contamos o dinheiro e conferimos o produto. A história é outra. Mesmo assim, sabe como os grandes traficantes contam? Os caras que negociam mais de um milhão por transação?

— Eu sei que os bancos têm máquinas que podem contar um maço com a mesma rapidez com que se corre um dedo por ele.

— Algumas vezes eles usam — disse Kenan —, mas é basicamente por peso. Quando se sabe quanto o dinheiro pesa, simplesmente o colocamos numa balança.

— Era assim que seus parentes trabalhavam no Togo?

Ele sorriu com aquele pensamento.

— Não, aquilo era diferente. Eles contavam cada nota. Mas ninguém tinha pressa.

O telefone tocou. Trocamos olhares. Eu atendi e era Yuri no telefone do carro dizendo que estava a caminho. Desliguei.

— Cada vez que o telefone toca... — comentou Kenan.

— Eu sei. Eu acho que é ele. Quando vocês estavam fora, um sujeito ligou por engano duas vezes, porque esquecia de discar o dois um dois para Manhattan.

— Um pé no saco — concordou. — Quando eu era adolescente, tínhamos um número que era um dígito diferente da pizzaria na esquina da Prospect com a Flatbush. Você pode imaginar quantas ligações a gente recebia.

— Devia ser insuportável.

— Para os meus pais. Eu e Petey adorávamos. Fazíamos a porra do pedido. "Meia muçarela, meia pepperoni? Sem aliche? Sim, senhor, já vamos preparar." E foda-se, eles que fiquem com fome. Éramos terríveis.

— Pobre dono da pizzaria.

— É, eu sei. Não recebo muitas ligações por engano hoje em dia. Sabe quando recebi duas? No dia em que Francey foi sequestrada. Naquela manhã, como se Deus estivesse mandando uma mensagem, como se tentasse dar algum tipo de alerta.

Meu Deus, quando penso pelo que ela deve ter passado. E pelo que aquela menina está passando agora.

— Eu sei o nome dele, Kenan — avisei.

— De quem?

— Do sujeito do telefone. Não o bruto desse joguinho de policial bom e policial mau. O outro, o que faz a maioria das ligações.

— Você me contou. Ray.

— Ray Callander. Sei o endereço antigo dele no Queens. Sei a placa do Honda dele.

— Achei que fosse um furgão.

— Ele também tem um Civic duas portas. Vamos pegar ele, Kenan. Talvez não hoje à noite, mas vamos pegar.

— Isso é bom — disse ele lentamente. — Mas preciso falar uma coisa. Sabe, entrei nessa pelo que aconteceu com minha esposa. Foi por isso que contratei você, é por isso que estou aqui, antes de mais nada. Mas, nesse instante, nada disso significa droga nenhuma. Nesse instante, a única coisa que importa para mim é essa menina, Lucia, LuscÓa, Ludmilla, ela tem todos esses nomes diferentes e eu não sei como chamar, nunca vi a menina na vida. Mas tudo que me importa agora é trazer ela de volta.

Obrigado, pensei.

Naquele momento não importava onde os dois estavam entocados em Sunset Park, não importava se os encontrasse naquela noite, no dia seguinte ou nunca. Pela manhã, eu podia entregar tudo que tinha para JoŠ Kelly e deixar que assumisse a partir dali. Não importava quem botasse as mãos em Callander e não importava se ele pegasse quinze anos, vinte e cinco anos ou prisão perpétua, ou se morresse num beco qualquer pelas mão de Kenan Khoury ou pelas minhas. Ou se escapasse impune, com ou sem o dinheiro. Isso podia importar amanhã. Ou não. Mas não importava hoje à noite.

Estava muito claro repentinamente, como deveria estar desde o princípio. A única coisa que importava era trazer a garota de volta. Nada mais tinha importância alguma.

Yuri e Dani voltaram alguns minutos antes das oito da noite. Yuri trazia uma bolsa de viagem em cada mão, ambas com o logo de uma companhia aérea extinta. Dani carregava uma sacola de compras.

— Ei, estamos de volta à ativa — anunciou Kenan, e o irmão bateu as mãos num aplauso. Eu não aplaudi, mas sentia a mesma emoção. Era como se o dinheiro fosse para nós.

— Kenan, vem aqui um minuto — pediu Yuri. — Olha isso.

Ele abriu uma das bolsas e despejou o conteúdo, pilhas de notas de cem, todas com invólucros do Banco Chase Manhattan.

— Maravilha! — exclamou ele. — O que você fez, Yuri, um saque não autorizado? Como achou um banco para roubar a essa hora da noite?

Yuri entregou a ele um maço de notas. Kenan puxou o invólucro e olhou para a primeira.

— Não preciso olhar, preciso? Você não me perguntaria se fosse tudo *kosher*. É falso, certo? — Ele examinou a nota de perto, colocou-a de lado e examinou outra. — Falso — confirmou. — Mas de primeira. Todas com o mesmo número de série? Não, esse é diferente.

— Três números diferentes — disse Yuri.

— Não passaria num banco — avaliou Kenan. — Eles têm escâneres que detectam essas coisas eletronicamente. Mas, fora isso, me parecem perfeitas. — Ele amassou uma nota, desamassou-a, levantou-a contra a luz e estreitou os olhos. — O papel é bom. A tinta parece ser a certa. Belas notas usadas, devem ter colocado elas de molho com grãos de café e, depois, numa secadora de roupa. Nada de alvejante, nada de amaciante. Que tal, Matt?

Tirei uma nota verdadeira — ou que supunha ser verdadeira — da carteira e a segurei lado a lado com a que Kenan me estendeu. Tive a impressão de que Franklin estava um pouco menos sereno na falsa, um pouco mais garboso. Mas não teria desconfiado da nota no curso natural das coisas.

— Muito bom — comentou Kenan. — Qual é o desconto?

— Sessenta por cento para quantidade. Você paga quarenta centavos por dólar.

— Caro.

— O que é bom custa caro — falou Yuri.

— Verdade. Além disso, é um negócio mais limpo do que drogas. Porque quem se machuca? Já parou para pensar nisso?

— Desvaloriza a moeda — declarou Peter.

— Não me diga. É só uma gota no oceano Quando uma financeira vai pelos ares, isso desvaloriza a moeda mais do que vinte anos de falsificação.

— Isso é um empréstimo — explicou Yuri. — Sem custo se recuperarmos e devolvermos o dinheiro. Caso contrário, preciso pagar. Quarenta centavos por dólar.

— Isso é muito decente.

— Ele está me fazendo um favor. Mas o que eu quero saber é: eles vão perceber? Se perceberem...

— Não vão — falei. — Vão olhar rápido e com pouca luz. Não acredito que desconfiarão de dinheiro falso. Os invólucros do banco são um bom toque. O sujeito também os imprime?

— Sim.

— Vamos reorganizar os maços ligeiramente — eu disse. — Usamos os invólucros do Chase, mas tiramos seis notas de cada maço e as substituímos por seis de verdade, três em cima e três em baixo. Quanto tem aqui, Yuri?

— Duzentos e cinquenta mil em notas falsas. E Dani está com sessenta mil, um pouco mais. De quatro pessoas diferentes.

Fiz as contas.

— Isso deixa a gente com algo em torno de oitocentos mil. É próximo o bastante. Acho que estamos dentro.

— Graças a Deus — disse Yuri.

Peter puxou um pouco o invólucro de um maço de notas falsas, correu o dedo por elas e ficou com os olhos fixos no dinheiro, balançando a cabeça. Kenan puxou uma cadeira e passou a retirar seis notas de cada maço.

O telefone tocou.

20

— Isso é cansativo — comentou ele.

— Para mim também.

— Talvez seja mais aborrecimento do que vale a pena. Tem muito traficante de drogas por aí, sabe, e a maioria tem esposa ou filha. Talvez a gente devesse simplesmente cortar e cair fora, talvez nosso próximo cliente se mostre mais cooperativo.

Era nossa terceira conversa desde que Yuri tinha voltado com as duas bolsas de viagem cheias de dinheiro falso. Ele havia ligado em intervalos de meia hora, primeiro para sugerir o próprio plano para a troca, então para procurar algo de errado em toda sugestão que eu fazia.

— Especialmente se ele souber como cortamos antes de cair fora — continuou ele. — Vou picotar a jovem Lucia em pedacinhos, meu amigo. E sair em busca de outra caça amanhã.

— Eu quero cooperar — retruquei.

— Não é o que as suas ações estão mostrando.

— A gente precisa se encontrar pessoalmente — expliquei. — Você precisa ter a chance de conferir o dinheiro e nós precisamos verificar que a garota está bem.

— E então vocês caem em cima da gente. Vocês podem cercar a área, sabe Deus quantos homens armados podem reunir. Nossos recursos são limitados.

— Mas ainda assim você pode criar uma posição de vantagem. Pode deixar a garota sob a sua mira.

— Uma faca na garganta.

— Se você quiser.

— O fio da lâmina pressionado contra a pele dela.

— Então nós entregamos o dinheiro — prossegui. — Um de vocês fica com a garota enquanto o outro se certifica de que o dinheiro está todo lá. Depois algum de vocês leva o dinheiro para o carro e o outro continua com a garota. Nesse meio-tempo, o seu terceiro homem fica num lugar onde não possamos ver, dando cobertura com um rifle.

— Alguém pode se esgueirar pelas costas dele.

— Como? — questionei. — Vocês vão se posicionar antes. Vocês nos verão chegar, todos nós ao mesmo tempo. Vão ter uma vantagem estratégica, independentemente de qual for a nossa vantagem numérica. O seu homem com o rifle vai poder cobrir a retirada e vocês estarão em segurança de qualquer forma, porque, a essa altura, já teremos a garota de volta e o dinheiro estará no carro com o seu parceiro, fora do nosso alcance.

— Não gosto dessa história de encontro cara a cara.

Tampouco, pensei, ele podia contar muito com o terceiro homem, o que cobriria a sua retirada com um rifle. Porque eu tinha certeza quase absoluta de que eles eram apenas dois, de modo que não haveria um terceiro homem. Mas, se eu o fizesse pensar que acreditávamos que eram três, talvez ele se sentisse um pouco mais seguro. O valor do terceiro homem recaía não na cobertura que seria capaz de dar, mas na nossa crença de que estava lá.

— Digamos que a gente se posicione a cinquenta metros de distância. Você leva o dinheiro até o meio do caminho e volta para as suas linhas. Nós levamos a garota até o meio do caminho e um de nós fica lá, com uma faca na garganta dela, como você disse...

Como *você* disse, pensei.

— ... enquanto o outro sai com o dinheiro. Então solto a garota e ela corre para vocês, ao mesmo tempo que eu recuo.

— Nada feito. Você tem o dinheiro e a garota ao mesmo tempo e nós estamos do outro lado do campo.

De novo e de novo. A gravação entrou, pedindo mais dinheiro, e ele colocou outra moeda sem pestanejar. Não temia que rastreássemos as ligações, não nesse estágio. As ligações duravam cada vez mais.

Se tivesse conseguido falar com os Kongs, poderíamos pegá-lo enquanto estava ao telefone.

— Certo, vamos tentar assim — falei. — Ficamos a cinquenta metros de distância, exatamente como sugeriu. Você chega antes, vai ver quando a gente chegar. Mostra a garota para que vejamos que levou ela. Logo vou até você com o dinheiro.

— Sozinho?

— Sim. Desarmado.

— Você pode levar uma arma escondida.

— Vou estar com uma mala carregada de grana em cada mão. Uma arma escondida não faria grande diferença.

— Continue.

— Você confere o dinheiro. Quando estiver satisfeito, solta a garota. Ela vai até o pai e o restante de nós. Seu parceiro sai com o dinheiro. Eu e você esperamos. Então você se afasta e eu vou para casa.

— Você pode me agarrar.

— Estou desarmado e você tem uma faca. E uma arma, se quiser. E seu outro parceiro dá cobertura de trás de uma árvore com um rifle. Tudo corre do seu jeito. Não vejo como possa ter um problema com isso.

— Você vai ver o meu rosto.

— Use uma máscara.

— Reduz a visibilidade. E você vai ser capaz de me descrever, mesmo que não consiga ver meu rosto.

Foda-se, pensei, vamos rolar os dados.

— Eu já sei como você é, Ray.

Ouvi-o inspirar, depois um intervalo de silêncio. Por um minuto achei que o tivesse perdido.

— O que você sabe? — perguntou.

— Sei o seu nome. Sei como é a sua aparência. Sei sobre outras mulheres que você matou. E uma que quase matou.

— Aquela putinha. Ela ouviu meu nome.

— Também sei seu sobrenome.

— Prova.

— Por que eu deveria? Olha você mesmo, está bem aí no *calendário.*

— Quem é você?

— Não consegue descobrir por si mesmo?

— Você soa como um policial.

— Se eu sou um policial, por que não tem um monte de viatura na frente da sua casa?

— Porque você não sabe onde fica.

— Que tal Middle Village? Penelope Avenue.

Quase consegui senti-lo relaxar.

— Estou impressionado — comentou.

— Que tipo de policial joga assim, Ray?

— Você está no bolso de Landau.

— Perto. Estamos juntos, somos sócios. Casei com a prima dele.

— Não me surpreende que não tenhamos conseguido...

— Não tenham conseguido o quê?

— Nada. Eu devia pular fora agora, cortar a garganta daquela vadiazinha e pular fora.

— Aí você está morto — afirmei. — Um alerta de procurado é enviado para o país todo em questão de horas e você também vai ter nas costas as mortes de Gotteskind e Alvarez. Faça a troca e eu garanto que espero uma semana ou mais se puder. Talvez para sempre.

— Por quê?

— Você acha que vou querer que isso venha a público? Você pode se estabelecer no outro lado do país. Tem muito traficante em L.A. E muitas mulheres bonitas. Elas vão adorar passear num belo furgão zero quilômetro.

Ray ficou em silêncio por um longo tempo. Então disse:

— Repete tudo. A situação toda, do instante em que chegamos.

Repassei o plano. Ray interrompia de tempos em tempos com uma pergunta, e eu as respondia.

— Gostaria de poder confiar em você — declarou ele por fim.

— Meu Deus do céu! — exclamei. — Quem precisa confiar sou eu. Eu é que vou até você desarmado com uma mala de dinheiro em cada mão. Se decidir que não confia em mim, pode simplesmente me matar.

— Sim, posso.

— Mas é melhor para você se não fizer isso. É melhor para nós dois se a transação correr exatamente como planejamos. Ambos saímos ganhando.

— Você perde um milhão de dólares.

— Talvez isso também se encaixe nos meus planos.

— Hã?

— Faça as contas — repliquei. Ele que ruminasse sobre a minha agenda interfamiliar secreta, alguma estratégia que devia ter para conseguir obter vantagem sobre meu sócio.

— Interessante. Onde você quer fazer a troca?

Eu estava preparado para a pergunta. Havia proposto diversos lugares em telefonemas prévios e vinha guardando esse.

— Cemitério Green-Wood — respondi.

— Acho que sei onde fica.

— E deveria. Foi lá que você deixou Leila Alvarez. É longe de Middle Village, mas você já achou o caminho antes. São nove e vinte. Tem duas entradas no lado da Quinta Avenida, uma na rua 25, outra, dez quarteirões ao sul dessa. Entre pela 25 e desça cerca de vinte metros acompanhando o muro. Nós vamos entrar pela rua 35 e chegaremos até vocês pelo sul.

Despejei aquilo tudo nele como um especialista em jogos de estratégia recriando a Batalha de Gettysburg.

— Dez e meia — avisei. — Isso dá a você mais de uma hora para chegar. Não tem trânsito agora, dessa forma, não deve ser um problema. Ou precisa de mais tempo?

Ele não precisava de nada nem ao menos parecido com uma hora. Estava em Sunset Park, a cinco minutos de carro do cemitério. Mas não precisava saber que eu sabia disso.

— É tempo o bastante.

— E você vai ter tempo mais que suficiente para se posicionar. Entraremos dez quarteirões ao sul às dez e quarenta. Isso garante a você dez minutos, além dos dez minutos da caminhada que vamos percorrer para chegar até lá.

— E vocês vão ficar a cinquenta metros de distância.

— Isso.

— E você vai vir até a gente sozinho. Com o dinheiro.

— Isso.

— Gostei mais de negociar com Khoury — admitiu Ray. — Eu dizia "Vivo" e ele levantava.

— Entendo o porquê. Mas dessa vez você vai receber o dobro.

— Verdade — concordou ele. — Leila Alvarez... Não pensava nela há algum tempo. — A voz de Ray ficou quase sonhadora. — Ela era muito linda. Coisa fina.

Eu não repliquei.

— Meu Deus, como estava assustada. Pobre vadiazinha. Estava aterrorizada de verdade.

Quando finalmente desliguei, tive que me sentar. Kenan perguntou se estava tudo bem. Respondi que sim.

— Você não me parece muito bem — comentou ele. — Está com cara de quem precisa de uma bebida, mas acho que é a última coisa de que precisa.

— Você está certo.

— Yuri acabou de fazer café. Vou pegar uma xícara.

— Estou bem — avisei quando Kenan me entregou o café. — Mas conversar com aquele filho da mãe acaba com a energia da gente.

— Eu sei.

— Mostrei algumas cartas que eu tinha, deixei ele saber parte do que descobri. Tive a impressão de que era a única forma de fazer com que saísse de cima do muro. Ele não ia sair do lugar a não ser que fosse capaz de controlar a situação por completo. Decidi mostrar que ele estava numa posição um pouco mais fraca do que imaginava.

— Você sabe quem ele é? — perguntou Yuri.

— Sei o nome dele, sei como é a sua aparência e a placa do carro que está dirigindo. — Fechei os olhos por um instante, sentindo a presença dele do outro lado da linha, sentindo como a mente dele funcionava. — Sei quem ele é.

Expliquei o que tinha combinado com Callander; passei a rabiscar um diagrama do terreno e percebi que precisávamos de um mapa. Yuri disse que havia um mapa de ruas do Brooklyn em algum lugar no apartamento, mas não sabia onde. Kenan lembrou que Francine deixava um no porta-luvas do Toyota, e Peter desceu para pegá-lo.

Havíamos limpado a mesa. Todo o dinheiro, reembalado para esconder as notas falsas, estava guardado em duas maletas.

Abri o mapa sobre a mesa e risquei uma rota até o cemitério, indicando as duas entradas no lado oeste do terreno. Expliquei como funcionaria, onde nos encontraríamos, como a troca seria feita.

— Você assume todos os riscos — observou Kenan.

— Vou ficar bem.

— Se ele tentar alguma coisa...

— Acho que não vai tentar.

"Pode simplesmente me matar", eu tinha dito. "Sim, posso", ele respondeu.

— Sou eu quem deve levar as maletas — argumentou Yuri.

— Elas não são pesadas — falei. — Eu dou conta.

— Você faz piada, mas estou falando sério. É a minha filha. Eu devo assumir os riscos.

Fiz que não. Se ele chegasse àquela distância de Callander, havia uma boa chance de que colocasse tudo a perder. Mas tinha um motivo melhor a oferecer.

— Quero que Lucia corra para a segurança. Se estiver lá, ela vai querer ficar com você. Preciso de você aqui — apontei para o mapa —, para que a chame.

— Você vai levar uma arma debaixo do cinto — disse Kenan.

— Provavelmente, mas não sei se vai fazer grande diferença. Se ele tentar alguma coisa, não terei tempo para sacar. Se não tentar, não vai ter utilidade alguma. O que eu queria era um colete à prova de balas.

— Ouvi dizer que não consegue parar uma faca.

— Às vezes sim, às vezes não. E nem sempre para uma bala, por sinal, mas aumenta as suas chances.

— Sabe onde conseguir um?

— Não a essa hora. Esquece, não é importante.

— Não? Parece bem importante para mim.

— Eu nem ao menos sei se eles têm armas.

— Você está brincando? Acho que não existe uma pessoa nessa cidade que não tenha uma arma. E quanto ao terceiro homem, o franco-atirador, o cara atrás de uma lápide cobrindo os comparsas? O que acha que ele vai usar, um estilingue?

— Isso se houver um terceiro homem. Fui eu quem mencionei esse homem e Callander foi esperto o bastante para pegar a deixa.

— Você acha que são apenas dois caras nisso?

— Eram apenas dois quando sequestraram a garota na Park Avenue. Não se sai por aí e recruta um cara para uma operação como essa. Isso é assassinato sexual que adquire gancho comercial, não uma operação criminal-padrão em que você sai por aí e reúne alguns homens. Algumas testemunhas sugerem a existência de um terceiro homem nos raptos que presenciaram, mas elas podem simplesmente ter concluído que era o motorista, já que é assim que imaginam que funcione. Mas, se fossem apenas dois, um deles também faria as vezes de motorista. E acho que foi isso que aconteceu.

— Então podemos esquecer o terceiro homem.

— Não — retorqui. — Esse é o problema. A gente precisa presumir que está lá.

Fui à cozinha pegar mais café. Quando voltei, Yuri perguntou quantos homens eu queria.

— Somos eu, você, Kenan, Peter, Dani e Pavel. Pavel está lá embaixo, vocês conheceram ele quando chegaram no prédio. Tenho outros três homens prontos para vir, só preciso dar o sinal verde.

— Posso pensar em uns dez — falou Kenan. — As pessoas com quem conversei, tivessem dinheiro para emprestar ou não, todas disseram a mesma coisa. “Se precisar de uma força é só avisar.” — Ele se curvou sobre o mapa. — Podemos esperar que eles se posicionem, então chegar com dez ou mais homens em três ou quatro carros. Isolamos as duas saídas, além das outras, aqui e aqui. Você está balançando a cabeça. Por que não?

— Quero deixar eles levarem o dinheiro.

— Você nem ao menos quer tentar recuperar? Depois que já estivermos com a garota?

— Não.

— Por que não?

— Porque é loucura começar um tiroteio num cemitério à noite ou trocar tiros por Park Slope em carros cantando pneus. Uma operação como essa não vale de nada a não ser que se possa controlar, e existem muitas formas para isso sair do controle. Escuta, vendi esse plano como uma situação em que ninguém leva vantagem e tive todo cuidado para construir dessa forma. Ninguém leva vantagem. A gente pega a garota, eles pegam o dinheiro, e todo mundo volta vivo para casa. Alguns minutos atrás isso era tudo que queríamos. Ainda é assim que pensamos?

Yuri assentiu.

— É, claro — declarou Kenan. — É tudo o que eu sempre quis. Só odeio ver eles escaparem impunes.

— Não vão. Callander acha que tem uma semana para fazer as malas e sair da cidade. Ele não tem uma semana. Não vou precisar de tanto tempo para encontrar ele. Enquanto isso, de quantos homens precisamos? Acho que estamos bem com o que temos. Digamos três carros. Dani e Yuri em um, Peter e... o nome do rapaz no saguão é Pavel? Peter e Pavel no Toyota e eu e Kenan no Buick. É tudo que precisamos. Seis homens.

O telefone tocou no quarto de Lucia. Atendi e falei com TJ, que estava de volta à lavanderia depois de procurar o Honda sem sucesso pelas ruas e garagens.

Voltei à sala.

— Ou melhor, seremos sete.

21

Quando já estávamos no carro, Kenan disse:

— Pensei em ir pela Shore Parkway e então pela Gowanus. O que acha? — Respondi que ele conhecia o Brooklyn melhor do que eu. — Esse rapaz que vamos pegar, como ele entra na história?

— Ele é um adolescente do gueto que circula pela Times Square. Sabe Deus onde mora. É conhecido pelas iniciais do nome, isso se forem mesmo as iniciais do nome, se não tiver tirado elas de uma tigela de sopa de letrinhas. Ele ajudou bastante, acredite ou não. Me colocou em contato com os hackers, viu Callander hoje à noite e anotou a placa do carro.

— Você acha que ele pode fazer algo por nós no cemitério?

— Espero que não tente. Vamos pegar ele porque não quero que esteja perambulando por Sunset Park, sendo criativo, quando Callander e os amigos estiverem a caminho de casa. Quero manter ele longe do perigo.

— Você disse que ele é um adolescente?

Assenti.

— Tem 15, 16 anos.

— O que ele quer ser quando crescer? — perguntou Kenan. — Detetive, como você?

— É o que quer ser agora. Não quer esperar até crescer. Não posso dizer que censuro ele. Muitos não fazem isso.

— O quê?

— Crescer. Um adolescente negro que vive nas ruas? Eles têm a expectativa de vida média de uma drosófila. TJ é um bom rapaz. Espero que consiga.

— E você não sabe mesmo o sobrenome dele?

— Não.

— Sabe o que é engraçado? — comentou Kenan. — Entre o AA e as ruas, você conhece um bocado de gente sem sobrenome. — Um pouco depois, prosseguiu: — Você sabe de onde veio esse Dani? Ele é parente de Yuri ou coisa parecida?

— Não faço ideia. Por quê?

— Só estava pensando. Os dois rodando por aí naquele Lincoln com um milhão de dólares no banco de trás. A gente sabe que Dani tem uma arma. Digamos que ele atire em Yuri e suma. Nem saberíamos quem procurar, só um cara russo enfiado num paletó com mau caimento. Ele é outro sem sobrenome. Deve ser amigo seu, hum?

— Acho que Yuri confia nele.

— Provavelmente é da família. Em quem mais você vai confiar assim?

— Mas, de qualquer forma, não é um milhão.

— Oitocentos mil dólares. Vai me fazer passar por mentiroso por meros duzentos mil?

— E quase um terço é falso.

— Você está certo, mal vale a pena roubar. Teremos sorte se os dois palhaços que vamos encontrar se dignarem a levar isso. Se não, vai para o porão, esperar pela próxima campanha dos escoteiros de coleta de papel velho. Quer me fazer um favor? Quando estiver lá com uma maleta em cada mão, pode fazer uma pergunta aos nossos amigos?

— O quê?

— Pergunta como diabos eles me escolheram, está bem? Porque isso ainda está me enlouquecendo.

— Ah. Acho que sei o motivo.

— Sério?

— Ahã. Meu primeiro pensamento era que ele estivesse envolvido com drogas em algum nível.

— Faz sentido, mas...

— Mas não está. Tenho quase certeza, porque pedi para levantarem os antecedentes dele e nada.

— Eu também não tenho antecedentes.

— Você é exceção.

— Verdade. E quanto a Yuri?

— Várias prisões na União Soviética, nenhuma pena extensa. Uma prisão aqui, por receptação, mas a acusação foi retirada.

— Mas nada que envolva narcóticos.

— Não.

— Certo, Callander está limpo. Ele não está no negócio das drogas, então...

— A DEA tentou construir um caso contra você há algum tempo.

— Sim, mas não deu em nada.

— Conversei com Yuri. Ele disse que desistiu de um negócio no ano passado porque sentiu que alguma agência estava armando uma arapuca para ele. Falou que teve a impressão de que era federal.

Ele se virou e olhou para mim, logo virou para a frente e fez uma manobra para ultrapassar um carro.

— Jesus Cristo! — exclamou. — Isso é uma nova política nacional de segurança? Eles não conseguem construir um caso contra nós, então matam as nossas esposas e filhas?

— Acho que Callander trabalhou para a DEA — eu disse. — Provavelmente por pouco tempo e, quase com certeza, não como agente. Talvez tenham usado ele uma ou duas vezes como informante, talvez ele fizesse apenas trabalho burocrático. Ele não ascenderia grande coisa e não duraria muito.

— Por que não?

— Porque ele é maluco. Possivelmente entrou nisso motivado por uma obsessão doentia por traficantes. É um trunfo nessa linha de trabalho, mas não se for desproporcional. Escuta, é apenas uma intuição. Callander me disse uma coisa pelo telefone quando falei que era sócio de Landau. Foi como se começasse a entender que isso explicava por que não foram capazes de laçar Yuri.

— Jesus.

— É algo que posso descobrir amanhã ou depois, se conseguir acesso à DEA, para ver se o nome soa familiar. Ou se der uma olhadinha não autorizada nos arquivos deles, se os meus gênios da informática conseguirem.

Kenan ficou pensativo.

— Ele não soava como um policial — avaliou.

— Não.

— Mas o cara que você descreveu não seria um policial de fato, certo?

— Mais um aficionado. Porém um aficionado trabalhando com os federais, obcecado pelo tema narcóticos.

— Ele sabia o preço de atacado de um quilo de cocaína — comentou Kenan —, mas não sei o que isso prova. Seu amigo TJ também deve saber.

— Eu não ficaria surpreso.

— As colegas de Lucia na escola feminina provavelmente também sabem. Esse é o mundo em que vivemos.

— Você devia ter sido médico.

— Como o meu velho queria. Não, acho que não. Mas talvez eu devesse ter sido falsificador. Você convive com uma classe melhor de pessoas. Ao menos eu não teria a merda da DEA na minha cola.

— Falsificação? Você teria o Serviço Secreto.

— Meu Deus! — exclamou. — Se não é um, é outro.

— Aquela é a lavanderia? Ali à direita? — Respondi que sim e Kenan estacionou em frente, mas deixou o motor ligado. — Como estamos de tempo? — Então conferiu o relógio de pulso e o do painel e respondeu a própria pergunta. — Estamos bem. Um pouco adiantados, na verdade.

Eu observava a lavanderia, mas TJ emergiu da entrada de uma casa do outro lado da avenida, atravessou e entrou no carro. Fiz as apresentações e ambos disseram que era um prazer conhecer o outro. TJ se ajeitou no banco e Kenan colocou o carro em movimento.

— Eles chegam lá às dez e meia, certo? — perguntou. — E nós, dez minutos depois; aí caminhamos até onde vão estar nos esperando. É isso mesmo?

Falei que sim.

— Vamos ficar frente a frente numa terra de ninguém por volta das dez para as onze, foi isso que você calculou? — prosseguiu TJ.

— Por aí.

— E quanto tempo pra gente fazer a troca e sair? Meia hora?

— Provavelmente bem menos que isso, se nada der errado. Se a merda for jogada no ventilador, bem, aí é outra história.

— É, então vamos esperar que não seja jogada. Só estava pensando na nossa saída, mas acho que só trancam os portões à meia-noite.

— Trancam os portões?

— É, pensei que era mais cedo, mas acho que você teria escolhido outro lugar.

— Meu Deus! — exclamei.

— Qual é o problema?

— Eu não pensei nisso. Por que você não disse nada antes?

— E o que você ia fazer, ligar pra ele?

— Não, acho que não — respondi. — Não me ocorreu que podiam trancar os portões. Os cemitérios não ficam abertos a noite toda? Por que precisa trancar?

— Pra manter as pessoas do lado de fora.

— Porque todo mundo morre de vontade de entrar? Meu Deus, devo ter ouvido essa no quarto ano. "Por que botam muros nos cemitérios?"

— Acho que por causa dos vândalos — disse Kenan. — Garotos que derrubam as lápides, cagam nos vasos de flores.

— E acha que eles não sabem escalar um muro?

— Ei, cara — falou Kenan. — Não sou eu que crio as regras. Se dependesse de mim, qualquer pessoa podia entrar quando quisesse. O que me diz?

— Só espero que eu não tenha feito cagada. Se eles chegarem e os portões estiverem trancados...

— É? O que eles vão fazer, vender ela pra traficantes de escravas brancas na Argentina? Vão escalar o muro, assim como a gente. E, a propósito, provavelmente não trancam os portões antes da meia-noite. As pessoas podem querer ir até lá depois do trabalho, fazer uma visita noturna aos entes queridos.

— Às onze da noite?

Ele deu de ombros.

— O cara trabalha até tarde. Trabalha num escritório em Manhattan, bebe alguma coisa quando sai, janta, precisa esperar meia hora pelo metrô porque é como certas pessoas que conheço, pães-duros demais para pegar um táxi...

— Meu Deus! — exclamei.

— ... e já está tarde quando chega ao Brooklyn. Então pensa: "Ei, acho que vou até o Green-Wood, ver se encontro onde o tio Vic está plantado. Nunca gostei dele, talvez eu dê uma mijada na sepultura."

— Você está nervoso, Kenan?

— É, estou. O que você acha, porra? Você é que vai andar até uma dupla de assassinos desalmados, armado com nada além de dinheiro. Já deve estar começando a suar.

— Talvez um pouco. Reduz, aquela é a entrada. Acho que está aberta.

— É, parece que sim. Quer saber, acho que, mesmo que devessem trancar os portões, é capaz de não se darem ao trabalho.

— Talvez não. Vamos dar uma volta pelo cemitério todo, certo? Depois procuramos um lugar para estacionar perto da nossa entrada.

Circulamos o cemitério calados. Não havia trânsito e o ar noturno estava parado, como se o silêncio profundo retido pelos muros do cemitério fosse capaz de se propagar e suprimir todo o som do entorno.

Quando estávamos quase de volta ao ponto de partida, TJ falou:

— A gente vai entrar num cemitério?

Kenan virou o rosto para esconder um sorriso.

— Você pode ficar no carro, se preferir — sugeri.

— Por quê?

— Se isso te deixar mais confortável.

— Cara — disse TJ. — Não tenho medo de gente morta. É isso que você acha? Que eu tenho medo?

— Foi mal.

— É, foi mal mesmo. Gente morta não me assusta.

Gente morta também não me assustava. Eram alguns dos vivos que me preocupavam.

Nós nos encontramos no portão da rua 35 e entramos sem demora, para não chamar atenção. Por enquanto, Yuri e

Pavel carregavam o dinheiro. Tínhamos duas lanternas para o nosso grupo de sete. Kenan pegou uma. Eu estava com a outra e seguia à frente.

Usei pouco a luz, apenas ligava e desligava o facho quando precisava ver para onde ia. Não era necessário a maior parte do tempo. A lua crescente brilhava no céu, além de haver alguma luz dos postes da avenida. As lápides eram principalmente de mármore branco e ficavam nítidas depois que os olhos se acostumavam com a escuridão. Abri caminho entre elas e me perguntei nos ossos de quem estaria pisando. Há um ano mais ou menos, um jornal publicou uma matéria sobre onde os corpos são enterrados, um inventário dos cemitérios de ricos e famosos nas cinco regiões da cidade. Não prestei muita atenção, mas parecia lembrar que um bom número de nova-iorquinos eminentes estava no Green-Wood.

Alguns entusiastas, eu li, têm o hobby de visitar sepulturas. Uns tiram fotos, outros fazem decalques das inscrições das lápides. Não conseguia imaginar que prazer podem sentir com isso, mas não soa muito mais pirado que algumas das coisas que faço. A busca era feita apenas de dia. Não perambulavam no escuro, tentando não tropeçar num bloco de granito.

Segui em frente. Fiquei perto o bastante do muro para ver as placas das ruas e diminuí o passo ao chegar à 27. Os outros se aproximaram; gesticulei para que se espalhassem sem avançar mais. Então me virei para onde Raymond Callander deveria estar e apontei a lanterna, piscando o facho três vezes como combinado.

Por um longo tempo, a única resposta que tive foi escuridão e silêncio. Então uma luz piscou três vezes na minha direção, bem à minha frente e um pouco à direita. Eles estavam, estimei, a cerca de cem metros de nós, talvez mais. Não parecia tão longe quando alguém corria com uma bola de futebol americano sob o braço. Agora, entretanto, parecia bem mais distante.

— Fiquem onde estão — gritei. — Vamos nos aproximar mais um pouco.

— Não tão perto!

— Uns cinquenta metros — gritei novamente. — Como a gente combinou.

Flanqueado por Kenan e um dos homens de Yuri, com o restante do nosso grupo mais atrás, cobri metade da distância que nos separava.

— Já está bom — avisou Callander em certo ponto, mas ainda não era o bastante, por isso o ignorei e continuei andando. Tínhamos que ficar próximos o suficiente para que alguém pudesse cobrir a troca. Tínhamos um rifle, que estava aos cuidados de Peter, que havia provado ter boa mira durante os seis meses de serviço na Guarda Nacional. Claro que isso foi antes do longo aprendizado como bebum e viciado em drogas, mas ele ainda devia ser o melhor atirador do grupo. Carregava um bom rifle com mira telescópica que não era infravermelha, de modo que precisaria mirar à luz da lua. Quis reduzir a distância para fazer os tiros valerem a pena se necessário.

Todavia, eu me perguntava que diferença isso faria. O único motivo que o levaria a atirar seria se os caras do outro lado tentassem nos enganar, e, caso o fizessem, me derrubariam no primeiro segundo do primeiro assalto. Se Peter começasse a atirar neles, eu não estaria mais lá para saber de onde vinham as balas.

Pensamentos animadores.

Quando reduzimos a distância pela metade, sinalizei para Peter. Ele se posicionou mais ao lado e escolheu um local, apoiando o cano do rifle sobre uma lápide baixa de mármore. Estreitei os olhos na direção de Ray e seu parceiro e só vi silhuetas. Eles haviam recuado para as sombras.

— Voltem para onde possamos ver vocês — pedi. — E mostrem a garota.

Eles entraram no nosso campo de visão. Duas formas, e, à medida que a luz ficava melhor, era possível distinguir que uma era formada por duas pessoas e que um dos homens trazia a garota à frente. Ouvi Yuri respirar fundo e esperei que mantivesse a calma.

— Tenho uma faca na garganta dela — anunciou Callander. — Se a minha mão escorregar...

— É melhor não.

— Então é melhor você trazer o dinheiro. E não tenta nenhuma gracinha.

Eu me virei, peguei as maletas e passei nossas tropas em revista. Não vi TJ e perguntei a Kenan o que havia acontecido. Ele disse que era possível que TJ tivesse voltado para o carro.

— "Cara, resolve o problema de vocês" — imitou. — Não acho que ele seja louco por cemitérios à noite.

— Eu também não sou.

— Escuta — disse Kenan. — Por que você não diz que a gente mudou as regras, que o dinheiro é pesado demais para uma pessoa carregar? Eu vou com você.

— Não.

— Você precisa ser o herói, hum?

Não posso dizer que me sentisse terrivelmente heroico. O peso das maletas fazia com que o meu caminhar não fosse dos mais altivos. Parecia que um dos homens segurava uma arma, não o que estava com a garota, e parecia que ela estava apontada para mim, mas eu não sentia que corresse o risco de levar um tiro, a não ser que alguém do nosso lado entrasse em pânico, puxasse o gatilho e todo mundo mandasse ver. Se fossem me matar, ao menos esperariam que eu entregasse o dinheiro. Eles podiam ser loucos, mas não eram imbecis.

— Não tenta nada — ordenou Ray. — Não sei se você consegue ver, mas a faca está na garganta dela.

— Eu consigo ver.

— Aí já está bom. Bota as maletas no chão.

Era Ray que mantinha a garota, segurando a faca. Reconhecia a voz, mas o teria feito pela descrição de TJ, que era precisa. O casaco estava fechado, então não conseguia ver a camisa polo brega, mas estava disposto a acreditar na palavra de TJ.

O outro homem era mais alto, tinha cabelos escuros desgrenhados e olhos que, na penumbra, pareciam dois buracos queimados num lençol. Ele não vestia jaqueta, apenas uma camisa de flanela e jeans. Não via seus olhos, mas sentia a raiva no olhar do sujeito e me perguntava o que diabos eu havia feito para provocá-la. Eu estava para entregar a ele um milhão de dólares e ele sentia uma comichão para me matar.

— Abre as maletas.

— Primeiro solta a garota.

— Não, primeiro mostra o dinheiro.

A pistola que Kenan tinha insistido em me entregar estava às minhas costas, o cano por baixo do cinto, seu volume oculto pela minha jaqueta. Não existe uma forma incrivelmente rápida de sacar uma arma nessa posição, mas eu estava com as mãos livres agora e poderia tentar.

Em vez disso, me ajoelhei e abri os fechos das maletas, erguendo as tampas para mostrar o dinheiro. Então levantei. O homem com a arma deu um passo à frente e ergui a mão.

— Agora deixem ela ir — falei. — Depois vocês podem conferir. Não tenta mudar as regras agora, Ray.

— Ah, doce Lucy — disse ele. — Odeio ver você ir, criança.

Ele a soltou. Eu mal havia tido a chance de olhar para a garota, encoberta pelas sombras do corpo de Ray. Mesmo na escuridão, ela parecia pálida e abatida. Tinha as mãos apertadas uma contra a outra em frente à cintura, os braços apertados ao corpo, os ombros curvos. Parecia tentar formar o menor alvo possível no mundo.

— Vem, Lucia — chamei. Ela não se moveu. — Seu pai está ali, querida. Vai para o seu pai. Vai.

Ela deu um passo e parou. Parecia estar sem equilíbrio e agarrava uma das mãos com força.

— Vai — ordenou Callander. — Corre!

Lucia olhou para ele e para mim. Era difícil saber o que ela via, pois seu olhar estava disperso, vazio. Desejei pegá-la, jogá-la sobre o ombro, correr para onde o pai esperava.

Ou afastar a jaqueta com uma das mãos, sacar a arma com a outra e derrubar aqueles dois vermes onde estavam. Mas a arma do homem escuro estava apontada para mim e Callander também tinha uma arma na mão agora, para fazer companhia à longa faca que ainda segurava.

Gritei para Yuri, mandei que a chamasse.

— LuscŐa! — berrou ele. — LuscŐa, é o papai. Vem para o papai!

Ela reconheceu a voz. A testa se contraiu em concentração, como se lutasse para dar sentido às sílabas.

— Em russo, Yuri!

Ele respondeu com algo que não entendi, mas claramente provocou uma reação em Lucia. Suas mãos se soltaram e ela deu um passo e depois outro.

— O que aconteceu com a mão dela? — perguntei.

— Nada.

Quando Lucia passou ao meu lado peguei sua mão. Ela a puxou.

Faltavam dois dedos.

Encarei Callander. Ele pareceu estar quase constrangido.

— Foi antes do nosso acordo — justificou-se.

Houve outra exclamação em russo de Yuri e agora ela se movia mais rápido, porém nem de longe corria. Parecia não conseguir nada além de arrastar os pés desajeitadamente, e não tive certeza se seria capaz de sustentar aquilo por muito tempo.

Mas permaneceu de pé e seguiu em frente. Fiquei sozinho, olhando para os canos de duas armas. O homem escuro me encarava em silêncio, ainda um estudo furioso, enquanto Callander observava a garota. Manteve a arma apontada para mim, mas não conseguia evitar que os olhos gravitassem para Lucia, e pude sentir o quanto queria mover também a arma na direção dela.

— Gostei da menina — falou. — Ela foi legal.

O restante foi fácil. Abri a segunda maleta e recuei alguns passos. Ray se adiantou para inspecionar o conteúdo de ambas, enquanto o parceiro vigiava. As notas receberam uma inspeção apenas superficial. Ele correu os dedos por meia dúzia de maços, porém não contou nenhum, não fez uma estimativa do número de maços. Tampouco notou as notas falsas, mas acho que ninguém teria percebido.

Ele fechou as maletas, voltou a apontar a arma e ficou de lado quando o homem escuro veio pegá-las, grunhindo com o esforço. Foi o primeiro som que emitiu na minha presença.

— Pega uma de cada vez — mandou Callander.

— Não são pesadas.

— Pega uma de cada vez.

— Não me diga o que fazer, Ray — falou, mas colocou uma delas no chão e se afastou com a outra.

Não demorou para voltar. Nem eu nem Ray falamos na sua ausência. Quando voltou, pegou a segunda maleta e afirmou que era mais leve do que a primeira, como se houvéssemos trapaceado na contagem.

— Então deve ser mais fácil de carregar — replicou Callander, paciente. — Vai andando

— A gente devia derrubar esse veado, Ray.

— Outra hora.

— Uma merda de policial traficante. A gente devia estourar a cabeça dele.

— Você nos prometeu uma semana — disse Callander quando o parceiro se foi. — Vai manter a palavra?

— Vou dar mais tempo, se puder.

— Sinto muito sobre o dedo.

— Dedos.

— Como preferir. Ele é difícil de controlar.

Mas foi você que usou o arame em Pam, pensei.

— Agradeço pela semana de vantagem — prosseguiu Ray. — Acho que é hora de uma mudança de ares. Não acho que Albert vai querer ir comigo.

— Você vai deixar ele em Nova York.

— É uma forma de colocar as coisas.

— Como você encontrou ele?

Ray deu um ligeiro sorriso à pergunta.

— Ah, nós nos encontramos. Pessoas com gostos específicos costumam se encontrar dessa forma.

Foi um momento estranho. Tive a sensação de que falava com a pessoa por trás da máscara, que as circunstâncias proporcionaram uma rara janela de oportunidade.

— Posso perguntar uma coisa? — arrisquei.

— Vai em frente.

— Por que as mulheres?

— Ai, ai. É preciso um psiquiatra para responder essa, não? Algo oculto na minha infância, acho. Não é o que sempre acaba sendo? Desmamei cedo ou tarde demais?

— Não foi o que eu quis dizer.

— Hã?

— Não dou a mínima ao porquê você ter ficado dessa forma. Só quero saber por que faz isso.

— Você acha que eu tenho escolha?

— Não sei. Tem?

— Hummm. Essa não é uma resposta fácil. Emoção, poder, apenas pura intensidade... me faltam palavras. Entende o que quero dizer?

— Não.

— Você já andou numa montanha-russa? Odeio montanhas-russas, não entro numa há anos, deixam meu estômago embrulhado. Mas se adorasse, era assim que seria. — Ele deu de ombros. — Eu disse. Me faltam palavras.

— Você não soa como um monstro.

— E por que deveria?

— Porque o que você faz é monstruoso. Mas soa como um ser humano. Como pode...

— Sim?

— Como pode fazer isso?

— Ah — disse Ray. — Elas não são reais.

— O quê?

— Elas não são reais. As mulheres. Elas não são reais. São brinquedos, só isso. Quando come um hambúrguer, você come uma vaca? Claro que não. Você come um hambúrguer. — Um ligeiro sorriso. — Caminhando na rua, ela é uma mulher. Mas no instante em que entra no furgão, isso está acabado. Ela é apenas um pedaço de carne.

Senti um frio na espinha. Quando isso acontecia, minha falecida tia Peg costumava dizer que algo assustador devia ter acabado de andar em cima da minha sepultura. Expressão engraçada, essa. Eu me perguntava de onde teria vindo.

— Mas se tenho escolha? — prosseguiu Ray. — *Acho* que sim. Não é como se eu fosse impelido a agir quando a lua fica cheia. Sempre tenho escolha e posso escolher não fazer nada. Escolho não fazer e, um dia, escolho o contrário. Que tipo de escolha é essa? Posso adiar, mas chega o momento em que não quero mais adiar. E adiar só faz com que fique mais saboroso, na verdade. Talvez seja por isso que eu adie. Li que a maturidade consiste na capacidade de resistir à gratificação, mas não sei se era bem isso que eu tinha em mente.

Ele parecia estar a ponto de fazer mais uma revelação, mas algo mudou, e a janela de oportunidade foi fechada. Qualquer que fosse o "eu" real com quem conversei, voltou a se refugiar na armadura protetora.

— Por que você não está com medo? — perguntou, petulante. — Tenho uma arma apontada para você e age como se fosse uma pistola d'água.

— Temos um rifle com mira telescópica apontado para você. Você não daria um passo.

— Não, mas que bem isso faria a você? Seria de esperar que estivesse com medo. Você é um homem corajoso?

— Não.

— Bem, não vou atirar. E deixar Albert ficar com tudo? Não, acho que não. Mas acho que é chegada a hora de voltar para as sombras. Vira, pode começar a andar na direção dos seus amigos.

— Tudo bem.

— Não existe um terceiro homem com um rifle. Você achou que houvesse?

— Não tinha certeza.

— Você sabia que não havia. Tudo bem. Vocês estão com a garota e nós, com o dinheiro. Tudo correu bem.

— Sim.

— Não tenta me seguir.

— Não vou.

— Não, sei que não vai.

Ele não falou mais nada e achei que tivesse ido embora. Continuei andando. Depois de eu ter dado uns dez passos, ele me chamou.

— Sinto muito pelos dedos. Foi um acidente.

22

— Você tá calado — disse TJ.

Eu dirigia o Buick de Kenan. Assim que Lucia Landau chegou ao pai, ele a carregou nos braços, colocou-a sobre o ombro e se apressou de volta ao carro, seguido por Dani e Pavel.

— Eu falei para ele não esperar — avisou Kenan. — A garota precisava de um médico. Yuri conhece alguém que mora no bairro, o cara vai até a casa deles.

Assim, havia dois carros para nós quatro. Quando chegamos ao lugar onde estavam estacionados, Kenan lançou as chaves do Buick para mim e disse que iria com o irmão.

— Venham para Bay Ridge — convidou. — Pedimos uma pizza ou algo parecido. Depois deixo vocês em casa.

Estávamos parados num sinal quando TJ comentou que eu estava quieto. Não podia argumentar. Não tínhamos dito uma palavra desde que entramos no carro. Ainda não havia me livrado do efeito da conversa com Callander. Disse algo na linha de que nossas atividades cobraram seu preço.

— Mas você tava tranquilo — falou TJ. — Lá, com aqueles caras.

— Onde você estava? A gente pensou que tivesse voltado para o carro.

Ele fez que não.

— Fui por trás daqueles caras. Achei que talvez pudesse ver o terceiro homem, o do rifle.

— Não havia um terceiro homem.

— Sem dúvida isso tornou mais difícil de encontrar. O que fiz foi dar a volta pelos caras bem de longe e ir na manha até o lugar de onde vieram. Achei o carro.

— Como você conseguiu isso?

— Não foi difícil. Eu já conhecia o carro, era o mesmo Honda da outra vez. Fiquei atrás de um poste e mantive o olho aberto. Aí o cara sem jaqueta saiu apressado do cemitério e jogou uma maleta no porta-malas. Então se virou e voltou correndo.

— Ele voltou para pegar a outra maleta.

— Eu sei, e pensei que, enquanto ele pegava a segunda maleta, eu podia pegar a primeira. O porta-malas tava trancado, mas dava pra abrir do mesmo jeito que o cara fez, apertando o botão. Porque as portas não tavam trancadas.

— Fico feliz que não tenha feito isso.

— É, eu podia ter feito, mas e se ele voltasse e a maleta não tivesse lá? O que ele ia fazer? Voltar e atirar em você, provavelmente. Achei que não era uma boa.

— Bem pensado.

— Aí pensei, se isso aqui fosse um filme, eu ia entrar e me esconder entre os bancos da frente e o de trás. Eles iam botar o dinheiro na mala e sentar na frente, nem iam olhar pro banco de trás. Pensei, eles vão voltar pra casa, ou pro lugar onde se escondem, e, quando chegarem lá, eu saio, ligo pra você e digo onde estou. Mas aí pensei: "TJ, isso não é um filme, e você é novo demais pra morrer."

— Que bom que chegou a essa conclusão.

— E tem mais, você podia não estar no mesmo número, aí o que eu ia fazer? Então esperei, ele voltou com a segunda maleta, jogou no porta-malas e entrou no carro. Aí o outro, o que fez a ligação, chegou e entrou do lado do motorista. Eles vazaram, voltei pro cemitério e me encontrei com todo mundo. Cemitério é uma coisa estranha, cara. Até entendo ter uma placa de pedra, dizendo quem tá lá embaixo, mas alguns têm aquelas casinhas e tudo mais, mais bonitas do que as que tinham quando estavam vivos. Você ia querer uma coisa daquela?

— Não.

— Nem eu. Só uma pedrinha, com nada escrito, só TJ.

— Sem datas? Sem nome completo?

Ele fez que não.

— Só TJ — repetiu. — E talvez o número do meu bipe.

De volta à Colonial Road, Kenan pegou o telefone e tentou encontrar uma pizzaria aberta. Não conseguiu, mas não fez diferença. Ninguém estava com fome.

— A gente devia estar comemorando — comentou ele. — Trouxemos a garota de volta, ela está viva. E que ar de festa temos por aqui...

— É um empate — falou Peter. — Não se comemora um empate. Ninguém vence e ninguém solta fogos. Quando o jogo termina empatado, a sensação é pior do que perder.

— Eu me sentiria bem pior se a garota estivesse morta — replicou Kenan.

— Porque não é um jogo de futebol, é real. Mas mesmo assim não dá para comemorar, querido. Os bandidos foram embora com o dinheiro. Isso dá vontade de jogar o chapéu para o alto?

— Eles não estão a salvo — intercedi. — Vai levar um dia ou dois, e só. Mas não vão a lugar nenhum.

Apesar disso, eu sentia tanta vontade de comemorar quanto eles. Como qualquer jogo que termina empatado, esse deixou um ranço de oportunidades perdidas. TJ tinha achado que poderia se esconder no Honda ou encontrar alguma forma de seguir o carro até o esconderijo. Peter havia tido algumas chances de acertar Callander com o rifle, em momentos onde não haveria perigo para mim ou para a garota. E eu podia pensar numa dezena de formas que poderíamos ter tentado recuperar o dinheiro. Correu tudo como planejado, mas deveria ter havido uma forma de fazer mais.

— Quero ligar para Yuri — disse Kenan. — A menina estava um lixo, mal conseguia andar. Acho que perdeu mais que os dedos.

— Temo que esteja certo.

— Devem ter aprontado de verdade com ela. — Kenan discou os números no aparelho. — Não gosto de pensar nisso porque começo a pensar em Francey e... — Ele interrompeu o que dizia quando atenderam. — Ah, alô, Yuri está? Sinto muito. Liguei para o número errado. Sinto muito por incomodar. Ele colocou o fone no gancho.

— Uma mulher hispânica. Acho que tirei ela do décimo quinto sono. Meu Deus, odeio quando isso acontece.

— Enganos — falei.

— É, não sei o que é pior, ligar ou receber a ligação. Eu me sinto um imbecil incomodando alguém assim.

— Você recebeu algumas ligações por engano no dia que sua esposa foi sequestrada.

— É verdade. Foi como um mau agouro, só que não me pareceu agourento. Apenas irritante.

— Yuri também recebeu duas ligações por engano essa manhã.

— E daí? — Ele franziu a testa, então assentiu. — Você acha que eram eles? Ligam para ter certeza de que tem gente em casa? Talvez, mas e daí?

— Você usaria um telefone público?

Eles olharam para mim, confusos.

— Digamos que você vai fazer uma ligação que supostamente é apenas engano — prossegui. — Você não vai dizer nada e ninguém pensará duas vezes a respeito. Você se daria ao trabalho de rodar dez quarteirões e gastar uma moeda num telefone público? Ou usaria o de casa?

— Acho que usaria o de casa, mas...

— Eu também — falei. Arranquei a caderneta do bolso, à procura da folha de papel que Jimmy Hong tinha me dado, a lista de ligações para a casa dos Khourys. Ele havia copiado todas as ligações recebidas a partir da meia-noite, apesar de eu apenas ter precisado daquelas a partir do pedido de resgate. Tinha usado aquela folha de papel mais cedo, havia procurado o número da lavanderia com a intenção de ligar para TJ, mas onde diabos estava?

Encontrei o papel e o desdobrei.

— Aqui — avisei. — Duas ligações, ambas de menos de um minuto. Uma às nove e quarenta e quatro da manhã, a outra às duas e meia da tarde. O número é 243-7436.

— Cara — disse Kenan —, só lembro que recebi duas ligações por engano. Não lembro os horários.

— Mas você reconhece o número? — Ele fez que não. — Não soa familiar. Por que não ligamos para ver quem atende?

Kenan levou a mão ao telefone e coloquei a minha sobre a dele.

— Espera. Não vamos alertar eles.

— Alertar do quê?

— De que sabemos onde estão.

— E sabemos? Tudo que temos é um número.

— Os Kongs devem estar em casa — comentou TJ. — Quer que eu confira?

Balancei a cabeça.

— Acho que dou conta disso sozinho. — Peguei o telefone, disquei para o Auxílio à Lista, esperei que a telefonista atendesse. — Policial solicitando auxílio à Lista. Quem fala é o investigador Alton Simak, distintivo número 2491-1907. O que tenho é um número de telefone e o que preciso é o nome e o endereço do proprietário. Sim, isso mesmo. O número é 243-7436. Obrigado.

Coloquei o fone no gancho e anotei o endereço antes que me fugisse.

— O telefone está registrado em nome de A. H. Wallens. Ele é amigo seu? — Kenan fez que não. — Acho que o *A* corresponde a Albert. Foi como Callander chamou o parceiro. — Li o endereço que anotei. — Rua 51, número 692.

— Sunset Park — confirmou Kenan.

— Sunset Park. A dois ou três quarteirões da lavanderia.

— Temos o nosso desempate — disse Kenan. — Vamos.

Era uma casa de madeira e, mesmo à luz da lua, era possível perceber que havia sido negligenciada. As tábuas pediam desesperadamente por uma pintura e o jardim estava tomado por mato. Na frente, alguns degraus levavam a uma varanda fechada por uma tela que, perceptivelmente, cedia no meio. Na lateral direita, um caminho de concreto com asfalto aqui e ali levava a uma garagem para dois carros separada da casa. Havia uma porta lateral um pouco atrás e uma terceira nos fundos do imóvel.

Fomos até o Buick, que estava estacionado perto da esquina com a Sétima Avenida. Todos estávamos armados. Devo ter parecido surpreso quando Kenan ofereceu um revólver a TJ, porque ele me olhou e disse:

— Se for com a gente, ele vem armado. É um cara corajoso, deixa ele vir. Sabe como isso funciona, TJ? É só apontar e disparar, como uma câmera japonesa.

O portão da garagem estava trancado, a fechadura, bem firme. Havia uma porta de madeira estreita na lateral da construção, também trancada. Meu cartão de crédito não abriria o ferrolho. Pensava na forma mais rápida de quebrar o vidro da porta quando Peter me estendeu uma lanterna e por um segundo pensei que pretendia que eu usasse aquilo. Então entendi. Encostei a parte da lâmpada no vidro e apertei o botão. O Honda Civic estava lá, reconheci a placa. Do outro lado, mais difícil de ver mesmo quando eu inclinava a lanterna, havia um furgão escuro. A placa estava fora do nosso campo de visão e a cor era impossível de determinar naquela luz, mas era o bastante. Estávamos no lugar certo.

Luzes estavam acesas por toda a casa. Havia sinais de que o imóvel não era conjugado — apenas uma campainha na porta lateral, uma única caixa de correio ao lado da porta da varanda —, e eles podiam estar em qualquer lugar no interior. Nos fundos, entrelacei os dedos e dei apoio para Kenan subir. Ele segurou a moldura da janela e ergueu a cabeça, observou por alguns instantes e desceu.

— A cozinha — sussurrou. — O louro está lá dentro, contando o dinheiro. Está abrindo cada maço e contando as notas, fazendo anotações numa folha. Perda de tempo. O negócio já está feito, por que se importar tanto com o que conseguiu?

— E o outro?

— Não vi.

Repetimos o procedimento nas demais janelas. Tentamos a porta lateral quando passamos por ela. Estava trancada, mas uma criança conseguiria arrombá-la. A porta dos fundos, que dava para a cozinha, não parecia ser muito mais forte.

Mas eu não queria derrubá-la até saber que os dois estavam ali.

Na frente, Peter arriscou chamar a atenção de algum passante e usou a lâmina de um canivete para abrir o ferrolho da porta da varanda. A porta que levava da varanda ao interior da casa tinha uma fechadura mais forte, mas também havia uma janela que poderia ser quebrada para rápido acesso. Ele não a quebrou, mas olhou para dentro e confirmou que Albert não estava na sala.

Ele voltou para nos colocar a par das descobertas e concluí que Albert estava no segundo andar ou havia saído para tomar uma cerveja. Eu tentava pensar numa forma de pegarmos Callander em silêncio e, depois, prosseguir com a Fase Dois, quando TJ me alertou estalando os dedos. Olhei, e ele estava agachado em frente à janela do porão.

Fui até lá, me abaixei e olhei para dentro. Ele estava com a lanterna e, com o facho, vasculhou o interior de um amplo porão. Havia um tanque grande num canto, com uma secadora e uma lavadora ao lado. Uma bancada de trabalho ficava no canto oposto, flanqueada por algumas ferramentas elétricas. Havia um quadro na parede em frente à bancada com dezenas de ferramentas penduradas.

Ao fundo, vi uma mesa de pingue-pongue com a rede frouxa. Uma das maletas estava sobre ela, aberta, vazia, e Albert Wallens, ainda com as roupas que vestia no cemitério, estava sentado à mesa, numa cadeira de madeira. Ele poderia estar contando o dinheiro na maleta, não fosse pelo fato de que não havia dinheiro nela e que era uma atividade curiosa de se fazer no escuro. Fora a lanterna de TJ, não havia luz no porão.

Eu não conseguia enxergar, mas podia jurar que havia uma corda de piano enrolada no pescoço de Albert, muito provavelmente a mesma usada para executar uma mastectomia em Pam Cassidy, talvez também em Leila Alvarez. Na atual circunstância, não teria sido tão cirurgicamente precisa, pois havia encontrado osso e cartilagem em vez da carne que não tinha oferecido resistência. De qualquer forma, dera conta do trabalho. A cabeça de Albert havia inchado de forma grotesca, visto que o sangue fora capaz de fluir para dentro, mas não para fora. O rosto parecia uma lua com um tom arroxeado, os olhos saltando das órbitas. Eu já tinha visto uma vítima de garrote antes, portanto, soube de imediato o que estava diante de mim, mas nada prepara alguém para uma visão daquelas. Era uma das piores coisas que tinha visto na vida.

Mas reduzia as adversidades.

Kenan olhou novamente pela janela da cozinha e não viu arma alguma. Eu suspeitava que Callander a havia guardado. Ele não tinha brandido uma arma em nenhum dos sequestros, usara uma no cemitério apenas para resguardar a faca na garganta de Lucia e a rejeitara em favor do garrote quando dissolveu a parceria com Albert.

O problema logístico consistia no tempo que levaríamos para chegar de qualquer uma das portas ao cômodo onde Callander contava o seu dinheiro. Se entrássemos pela porta dos fundos ou da lateral, seria preciso galgar um lance de escadas até a cozinha. Se entrássemos pela porta da frente, pela varanda, seria preciso ganhar terreno por todo o interior da casa até os fundos.

Kenan sugeriu que entrássemos em silêncio pela frente. Não haveria escadas rangentes e a porta da frente era a mais distante de onde ele se encontrava; absorto como estava na contagem, poderia não ouvir o vidro quebrar.

— Cola fita adesiva — sugeriu Peter. — O vidro quebra mas não cai no chão. Faz bem menos barulho.

— Coisas que se aprende como viciado — comentou Kenan.

Mas não tínhamos fita adesiva e as lojas da vizinhança que a venderiam há muito estavam fechadas. TJ lembrou que quase com certeza haveria fita na bancada de trabalho ou no quadro de ferramentas, mas precisaríamos quebrar a janela para entrar, de modo que era inútil. Peter retornou à varanda e disse que o chão da sala era acarpetado. Trocamos olhares e demos de ombros.

— Que diabos! — exclamou alguém.

Dei apoio para TJ e ele olhou pela janela da cozinha enquanto Peter quebrava o vidro da porta da frente. Não ouvimos nada de onde estávamos e, ao que parecia, Callander tampouco. Fomos todos até a frente e entramos, pisando cuidadosamente nos cacos de vidro, esperando, escutando, então nos movendo lentamente e sem ruídos pela casa silenciosa.

Eu estava à frente quando chegamos à porta da cozinha, com Kenan à minha direita. Ambos estávamos com armas em punho. Raymond Callander estava sentado, então o víamos de perfil. Ele tinha um maço de dinheiro numa das mãos e um lápis na outra. Armas letais nas mãos de um bom contador, como eu bem sabia, mas muito menos intimidadoras do que pistolas ou facas.

Não sei quanto tempo esperei. Provavelmente não mais do que quinze ou vinte segundos, porém pareceu mais. Esperei até que algo mudasse na postura dos seus ombros, demonstrando que a consciência da nossa presença de alguma forma recaíra sobre ele.

— Polícia — falei. — Não se mexa.

Ele não se mexeu, nem ao menos voltou os olhos na direção da minha voz. Apenas permaneceu imóvel, como se uma fase da sua vida chegasse ao fim e outra começasse. Então olhou para mim, com uma expressão que não demonstrava medo ou raiva, apenas profundo desapontamento.

— Você disse uma semana. Você prometeu.

O dinheiro parecia estar todo lá. Enchemos uma maleta. A outra estava no porão e ninguém estava muito disposto a pegá-la.

— Eu mandaria TJ — declarou Kenan —, mas vi como ele ficou no cemitério, acho que iria surtar se ficasse sozinho lá embaixo com um cara morto.

— Você só tá dizendo isso pra eu ir. Tá tentando me enrolar.

— É — concordou Kenan. — Achei que você fosse dizer algo do tipo.

TJ revirou os olhos e desceu para pegar a maleta. Quando voltou, falou:

— Cara, tá fedendo pra cacete lá embaixo. Gente morta sempre fede assim? Se um dia eu for matar alguém, me lembrem de fazer isso de longe.

Foi curioso. Trabalhamos ao redor de Callander, tratando-o como se não estivesse presente, e ele facilitou bastante isso, ficando onde estava e de bico fechado. Parecia menor ali sentado, fraco e impotente. Sabia que não era nenhuma dessas coisas, mas sua passividade alheia me dava essa impressão.

— Tudo pronto — avisou Kenan, abaixando os fechos da segunda mala. — Podemos levar tudo de volta para Yuri.

— Tudo que Yuri queria era a garota de volta — comentou Peter.

— Então hoje é a noite de sorte dele. Vai ter o dinheiro também.

— Ele falou que não se importava com o dinheiro — disse Peter pensativo. — Que não estava nem aí para o dinheiro.

— Petey, você está querendo dizer alguma coisa?

— Ele não sabe que a gente esteve aqui.

— Não.

— Foi só uma ideia.

— Não.

— É muito dinheiro, querido. E você perdeu muita grana. A história do haxixe vai pelo ralo, não vai?

— E daí?

— Deus deu uma chance de acertar as contas. Você não vai querer cuspir na cara Dele.

— Ahhh, Petey — disse Kenan. — Você não lembra o que o velho nos dizia?

— Ele falava todo tipo de baboseira. Quando demos ouvidos?

— Ele dizia: "Nunca roube a não ser que possa roubar um milhão de dólares, Petey." Lembra?

— Bem, é a nossa chance.

Kenan fez que não.

— Não. Errado. São oitocentos mil, duzentos e cinquenta mil em notas falsas e cento e trinta mil são meus, para começo de conversa. Então quanto sobra? Quatrocentos e poucos mil. Quatrocentos e vinte? Por aí.

— O que acerta as contas, querido. Quatrocentos mil que esse filho da puta tirou de você mais os dez mil que você deu a Matt, além das despesas. Isso dá quanto? Quatrocentos e vinte mil? Muito perto disso.

— Não quero acertar as contas

— Hein?

Ele encarou o irmão.

— Eu não quero acertar as contas — repetiu. — Paguei por Francey com dinheiro sujo e você quer que eu roube dinheiro sujo de Yuri. Cara, você tem essa porra de mentalidade de viciado: rouba a carteira dele e ajuda a procurar.

— É, você está certo.

— Quero dizer, pelo amor de Deus, Petey...

— Não, você está certo. Está absolutamente certo.

— Vocês me pagaram com dinheiro falso? — perguntou Callander.

— Seu merda — disse Kenan. — Eu estava começando a esquecer que estava aí. Está com medo do que, de ser pego tentando gastar o dinheiro? Tenho novidades. Você não vai ter a chance de gastar.

— Você é o árabe. O marido.

— E daí?

— Estava apenas me perguntando.

— Ray, onde está o dinheiro que você tirou do Sr. Khoury? — perguntei. — Os quatrocentos mil.

— A gente dividiu.

— E o que aconteceu com o dinheiro?

— Não sei o que Albert fez com a parte dele. Sei que não está na casa.

— E a sua metade?

— Num cofre no banco. Brooklyn First Mercantile, esquina da New Utrecht com a Fort Hamilton Parkway. Vou passar lá amanhã quando estiver de saída da cidade.

— Você vai, hum?

— Não sei se levo o Honda ou o furgão — prosseguiu Callander.

— Ele está meio baratinado, não está? Matt, acho que ele está falando a verdade sobre o dinheiro. Podemos esquecer a metade no banco. A metade de Albert, não sei, podemos virar a casa de cabeça para baixo, mas não acho que vamos encontrar, você acha?

— Não.

— Ele provavelmente enterrou no quintal. Na porra do cemitério ou em algum outro lugar. Foda-se. Esse dinheiro já era. Eu soube disso desde o começo. Vamos fazer o que temos que fazer e dar o fora.

— Você tem uma escolha a fazer, Kenan — declarei

— Como assim?

— Eu posso levar ele. Existem muitas provas contundentes contra Ray agora. O parceiro morto no porão, e o furgão na garagem vai estar cheio de fibras, rastros de sangue e sabe Deus o quê. Pam Cassidy pode identificar ele como o homem que mutilou ela. Outras provas vão fazer a conexão com Leila Alvarez e Marie Gotteskind. Ele deve pegar umas três sentenças de prisão perpétua, mais um bônus de uns vinte ou trinta anos.

— Você tem como garantir que ele vai pegar a prisão perpétua?

— Não — respondi. — Ninguém tem como garantir nada quando se trata de justiça criminal. Meu melhor palpite é que acabe no Manicômio Judiciário Estadual em Matteawan e que nunca vai sair de lá vivo. Mas qualquer coisa pode acontecer. Você sabe disso. Não consigo imaginar que saia pela porta da frente do tribunal, mas já disse a mesma coisa a respeito de outras pessoas e elas não pegaram um dia sequer.

Kenan pensou a respeito.

— Voltando ao nosso acordo — disse ele. — Nosso acordo não falava em você levar ele para a polícia.

— Eu sei disso. Por isso estou dizendo que a escolha é sua. Mas, se você fizer a outra escolha, preciso sair antes.

— Você não quer ficar aqui.

— Não.

— Porque não aprova?

— Não aprovo nem desaprovo.

— Mas é o tipo de coisa que você jamais faria.

— Não — repliquei. — Não é isso, nem de longe. Porque já *fiz* isso, já me coloquei como carrasco. Não é um papel que gostaria de transformar em hábito.

— Não.

— E não tem motivo para fazer isso nesse caso. Eu poderia entregar ele para o Departamento de Homicídios do Brooklyn e dormiria como um bebê.

Kenan pensou naquilo.

— Não acho que eu consiga — falou, por fim.

— Por isso eu disse que a decisão precisa ser sua.

— É, bem, acho que acabo de tomar. Preciso cuidar disso eu mesmo.

— Então acho que vou andando.

— É, você e todo mundo. Vamos fazer assim. É uma pena que a gente não tenha vindo em dois carros. Matt, você, TJ e Petey levam o dinheiro para Yuri.

— Uma parte é sua. Quer tirar o dinheiro que você emprestou?

— Separa na casa dele, está bem? Não quero acabar com dinheiro falso.

— Está nos maços com invólucros do Chase — disse Peter.

— Sim, mas ficou tudo misturado quando esse imbecil contou o dinheiro, confiram na casa de Yuri, certo? Depois vocês me pegam. Daqui a quanto tempo? Vinte minutos até a casa de Yuri, vinte para voltar, vinte aqui, digamos uma hora. Vocês voltam e me pegam na esquina daqui a uma hora e quinze minutos.

— Tudo bem.

Kenan pegou uma maleta.

— Vamos — chamou ele. — Vamos levar essas maletas para o carro. Matt, fica de olho nele, hum?

Eles saíram. TJ e eu ficamos com Raymond Callander. Ambos estávamos armados, mas qualquer um de nós poderia vigiá-lo com um mata-moscas àquela altura. Ele mal parecia estar presente.

Olhei para Callander e me lembrei da nossa conversa no cemitério, naquele minuto ou dois quando algo humano falava. Queria conversar com ele novamente e ver o que saía dessa vez.

— Você ia simplesmente deixar Albert aqui?

— Albert? — Ele precisou pensar. — Não — respondeu algum tempo depois. — Eu ia limpar tudo antes de sair.

— O que ia fazer com ele?

— Cortar. Embrulhar os pedaços. Tem um bom estoque de sacos de lixo no armário da cozinha.

— E depois? Entregar ele para alguém no porta-malas do carro?

— Ah — falou, lembrando. — Não, aquilo foi só para o árabe. Mas é fácil. Você espalha por aí, em caçambas, tonéis de lixo. Ninguém percebe. Coloca no lixo de um restaurante e os sacos passam por restos de comida.

— Você já fez isso antes.

— Ah, sim — respondeu. — Houve mais mulheres do que as que você descobriu. — Callander olhou para TJ. — Me lembro de uma negra. Ela era mais ou menos da sua cor. — Ele respirou fundo. — Estou cansado.

— Não vai demorar.

— Você vai me deixar com ele. E ele vai me matar. Aquele árabe.

Fenício, pensei.

— Eu e você, a gente se conhece — declarou Callander. — Sei que mentiu para mim, sei que quebrou sua promessa, era o que você precisava fazer. Mas eu e você, a gente conversou. Como você pode deixar ele me matar?

Suplicante, lamentoso. Era impossível não pensar em Eichmann na doca em Israel. Como podíamos fazer aquilo com ele?

Pensei, também, numa pergunta que havia feito a ele no cemitério e usei seu próprio pungente comentário como resposta.

— Você entrou no furgão.

— Não entendi.

— Depois que entra no furgão — expliquei —, você é apenas um pedaço de carne.

Como combinado, pegamos Kenan às quinze para as três da manhã em frente a uma joalheria barata na Oitava Avenida, a uma esquina da casa de Albert Wallen. Ele me viu ao volante e perguntou onde estava o irmão. Respondi que o tinha deixado havia alguns minutos na casa da Colonial Road. Peter ia pegar o Toyota, mas mudou de ideia e disse que ia direto para a cama.

— É? Já eu estou tão ligado que precisaria de uma marretada na cabeça para apagar. Não, fica aí, Matt. Você dirige. — Kenan deu a volta no carro, olhou para TJ, esparramado como uma boneca de pano no banco de trás. — Ele passou da hora de dormir. Aquela bolsa de viagem é familiar, mas espero que não esteja cheia de dinheiro falso dessa vez.

— São os seus cento e trinta mil. Fizemos o nosso melhor. Não acho que haja notas falsas misturadas.

— Se houver não tem problema. São quase tão boas quanto as verdadeiras. Sua melhor opção é pela Gowanus. Sabe voltar até lá?

— Acho que sim.

— E então pela ponte ou pelo túnel, você decide. Meu irmão se ofereceu para levar o dinheiro e ficar de olho nele para mim?

— Senti que era parte do meu trabalho entregar ele pessoalmente.

— É, bem, essa é uma forma diplomática de colocar as coisas. Gostaria de poder voltar atrás em algo que disse a Petey, sobre ele ter mentalidade de viciado. É uma coisa péssima para se dizer a alguém.

— Ele concordou com você.

— E isso é o pior, ambos sabemos que é verdade. Yuri ficou surpreso ao ver o dinheiro?

— Perplexo.

Ele riu.

— Aposto que sim. Como a garota está?

— O médico disse que ela vai ficar bem.

— Machucaram ela de verdade, não foi?

— Acho que é difícil separar os danos físicos do trauma emocional. Ela foi estuprada várias vezes e deduzi que teve ferimentos internos além da perda dos dois dedos. Foi sedada, é claro. E acho que o médico deu algo para Yuri.

— Ele devia dar algo para todos nós.

— Yuri tentou, por sinal. Queria me dar algum dinheiro.

— Espero que tenha aceitado.

— Não.

— Por que não?

— Não sei. É um comportamento nada característico da minha parte, isso posso assegurar.

— Não foi o que ensinaram no 78º Distrito?

— Nem de longe foi o que me ensinaram lá. Eu disse a ele que tinha um cliente e que já havia sido pago. Talvez o que você falou sobre dinheiro sujo tenha tocado em algum ponto sensível.

— Cara, isso não faz sentido. Você estava trabalhando e fez um bom serviço. Se ele quer dar alguma coisa, você deve aceitar.

— Tudo bem. Eu disse que ele podia dar algo a TJ.

— O que ele deu?

— Não sei. Alguns trocados.

— Quanto? — perguntou TJ.

— Ah, você está acordado, TJ? Achei que estivesse dormindo.

— Não, só fechei os olhos, só isso.

— Cola no nosso amigo Matt, aqui. Acho que ele é uma boa influência.

— Ele estaria perdido sem mim.

— É verdade, Matt? Você estaria perdido sem ele?

— Completamente — respondi. — Todos nós estaríamos.

Peguei a BQE e a ponte. Quando chegamos a Manhattan, perguntei a TJ onde poderia deixá-lo.

— No Deuce está ótimo.

— São três da manhã.

— Não tem cerca no Deuce, Bruce. Ele não fecha.

— Você tem um lugar para dormir?

— Ei, eu tenho grana no bolso — disse TJ. — Quem sabe confiro se o meu velho quarto no Frontenac está vago. Tomo uns três ou quatro banhos, ligo pro serviço de quarto. Eu tenho um lugar pra dormir, cara. Não precisa esquentar comigo.

— De qualquer forma, você é criativo.

— Você acha que tá curtindo, mas sabe que é verdade.

— E atento.

— As duas coisas.

Deixamos TJ na esquina da Oitava com a rua 42 e paramos num sinal vermelho na 44. Olhei para os dois lados. Não havia ninguém, mas eu não estava com pressa. Esperei que abrisse.

— Não achava que você fosse capaz — comentei.

— Do quê? Callander?

Assenti.

— Também não achava que fosse — concordou Kenan. — Nunca matei ninguém. Já fiquei furioso o bastante para matar uma vez ou outra, mas a raiva passa.

— Sim.

— Ele não era nada, você entende? Um homem completamente insignificante. E pensei, como vou matar esse verme? Mas sabia que precisava. Então descobri o que precisava fazer.

— E o que era?

— Fiz o cara falar — respondeu. — Fiz algumas perguntas, ele deu respostas de duas palavras, mas insisti e fiz o cara falar. Ele me disse o que fizeram com a filha de Yuri.

— Ah.

— O que fizeram, como ela ficou assustada e tudo mais. Depois que começou, ele quis falar de verdade. Como se fosse uma forma de reviver a experiência. Não era como caçar, sabe, como depois de atirar num veado, empalhar a cabeça e pendurar na parede. Quando terminava com uma mulher, tudo que restava eram as memórias, então ele aproveitou a chance de tirar elas da gaveta, soprar a poeira e ver como eram bonitas.

— Ele falou sobre sua esposa?

— É, falou. E também gostou de contar para mim. Tanto quanto gostou de devolver ela em pedaços, esfregar no meu nariz. Eu queria calar sua boca, não queria ouvir aquilo, mas foda-se, você entende? Quero dizer, ela se foi, alimentei a porra das chamas com ela, cara. Não pode mais machucar Francey. Deixei ele falar o quanto quisesse, então eu conseguiria fazer o que precisava.

— Então você matou ele.

— Não.

Olhei para Kenan.

— Nunca matei ninguém. Não sou assassino. Olhei para ele e pensei, não, seu filho da puta, eu não vou te matar.

— E?

— Como eu poderia ser um assassino? Eu deveria ter sido médico. Já falei disso, não?

— Ideia do seu pai.

— Eu deveria ter sido médico. Petey, arquiteto, porque ele era um sonhador, mas eu era o prático, por isso seria médico. "É a melhor coisa que se pode ser no mundo", dizia meu pai.

"Você faz algum bem ao mundo e leva uma boa vida." Ele até mesmo decidiu que tipo de médico eu deveria ser. "Seja cirurgião", dizia. "É aí que está o dinheiro. É a elite, o topo. Seja cirurgião." — Ele ficou em silêncio por um longo tempo. — Então tudo bem. Fui cirurgião hoje à noite. Eu operei.

Havia começado a chover, mas era apenas uma garoa. Não liguei os limpadores de para-brisa.

— Levei ele para o porão — disse Kenan. — Para onde estava o amigo, e TJ tinha razão, fedia demais lá embaixo. Acho que o intestino solta algo quando você morre daquela forma. Pensei que fosse vomitar, mas não, e acho que me acostumei. Eu não tinha anestésico, mas não teve problema, já que ele desmaiou imediatamente. Usei a faca dele, um canivete grande com uma lâmina de uns quinze centímetros, e havia todo tipo de ferramenta na bancada de trabalho, tudo que eu pudesse precisar.

— Não precisa me contar, Kenan.

— Não — replicou —, você está enganado, é exatamente o que eu preciso fazer. Se não quiser ouvir é outra história, mas eu vou contar.

— Tudo bem.

— Arranquei os olhos dele — relatou Kenan —, para que nunca mais olhasse para outra mulher. E cortei fora as mãos, para ele nunca mais tocar numa. Usei torniquetes para que não sangrasse até a morte. Usei arame. Cortei as mãos com um cutelo, que ferramenta terrível. Acho que era o que eles costumavam fazer, é...

Kenan respirou profundamente; inspirou, expirou, inspirou, expirou.

— Para desmembrar os corpos — prosseguiu. — Abri a calça dele. Eu não queria tocar no cara, mas me forcei e cortei fora as partes dele, porque não teria mais uso para elas. Então os pés, cortei fora a merda dos pés, porque para onde ele iria? Depois as orelhas, porque o que ele precisa ouvir? E a língua, parte da língua, não consegui tirar toda, mas usei um alicate e puxei para fora da boca e cortei o que pude, porque quem quer ouvir ele falar? Quem quer ouvir aquela merda? *Para o carro.*

Freei e encostei o carro. Kenan abriu a porta e vomitou na sarjeta. Dei a ele um lenço, que usou para limpar a boca e depois jogou na rua.

— Desculpa — disse, fechando a porta. — Achei que já tivesse botado tudo para fora. Que o tanque estivesse vazio.

— Você está bem, Kenan?

— É, acho que sim. Acredito que sim. Falei que não matei ele, mas não sei se isso é verdade, você entende? Ele estava vivo quando saí, mas pode estar morto agora. E se não estiver morto, merda, o que restou? Foi a porra de um trabalho de açougueiro o que fiz com ele. Por que não consegui simplesmente dar um tiro na cabeça? Bang, já era.

— Por que não deu?

— Não sei. Talvez tenha pensado olho por olho, dente por dente. Ele devolveu a minha esposa em pedaços então vou mostrar como se faz. Algo assim, talvez. Não sei. — Kenan deu de ombros. — Foda-se, está feito. Se ele viver ou morrer, tanto faz, está terminado.

Estacionei diante do meu hotel. Descemos do carro e ficamos frente a frente, um pouco constrangidos. Kenan apontou para a sacola de viagem e perguntou se eu queria um pouco do dinheiro. Eu disse o que havia me pagado cobria mais do que valia o meu tempo. Tem certeza? Sim, respondi. Tinha certeza.

— Bem — disse Kenan. — Se você tem certeza... Liga qualquer noite, vamos jantar. Vai fazer isso?

— Claro.

— Agora se cuida. E dorme um pouco.

23

Mas não consegui dormir.

Tomei um banho e deitei na cama, mas não consegui nem ao menos encontrar uma posição em que fosse capaz de ficar mais de dez segundos. Estava inquieto demais para sequer pensar em dormir.

Levantei, fiz a barba e vesti roupas limpas. Liguei a TV, circulei pelos canais e desliguei o aparelho. Saí e caminhei até encontrar um lugar onde pudesse tomar um café. Já passava das quatro e os bares estavam fechados. Não sentia vontade de beber, nem ao menos havia pensado num drinque naquela noite, mas, de qualquer forma, fiquei feliz pelos bares estarem fechados.

Terminei o café e caminhei um pouco mais. Tinha muita coisa na cabeça e era mais fácil ruminá-las andando. Acabei voltando ao hotel e pouco depois das sete peguei um táxi para o centro e fui à reunião das sete e meia na Perry Street. Terminou às oito e meia; depois tomei o café da manhã num café grego na Greenwich Avenue e me perguntei se o dono embolsaria o imposto sobre vendas, como tinha dito Peter Khoury. Fui de táxi para o hotel. Kenan ficaria orgulhoso de mim, estava pegando táxis a torto e a direito.

Liguei para Elaine quando cheguei ao meu quarto. A secretária eletrônica atendeu; deixei uma mensagem e esperei que retornasse. Ela o fez por volta de dez e meia.

— Estava esperando que ligasse — disse ela. — Fiquei me perguntando o que aconteceu. Depois daquela ligação...

— Muita coisa aconteceu — confirmei. — Quero contar para você. Posso ir até aí?

— Agora?

— A não ser que já tenha algo planejado.

— Nada.

Desci e peguei o terceiro táxi da manhã. Quando abriu a porta, seus olhos perscrutaram meu rosto e ela ficou preocupada com o que viu.

— Entra — disse Elaine. — Senta, fiz café. Está tudo bem?

— Está — respondi. — Não dormi ontem à noite, só isso.

— De novo? Você não vai transformar isso num hábito, vai?

— Acho que não.

Ela me trouxe uma xícara de café e nos sentamos na sala de estar, Elaine no sofá e eu numa cadeira. Comecei pela primeira conversa com Kenan Khoury no dia anterior e passei por tudo até chegar à nossa última conversa, quando ele me deixou no Northwestern. Ela não interrompeu, tampouco desviou a atenção. Levei bastante tempo para contar tudo, sem deixar nada de fora e relatando conversas ocasionais basicamente ao pé da letra. Elaine se aferrou a cada palavra.

Quando terminei, ela disse:

— Estou pasma, eu acho. Essa é uma história e tanto.

— Apenas mais uma noite no Brooklyn.

— Ahã. Estou surpresa que tenha me contado tudo.

— Eu também, de certa forma. Não foi o que vim até aqui dizer.

— Ah?

— Mas não quis deixar nada de fora — disse —, porque não quero ter coisas que não digo para você. E foi *isso* que vim aqui contar. Tenho ido a reuniões e contado coisas a um bando de estranhos que não me permito contar a você, e isso não faz sentido.

— Acho que estou com medo.

— Você não é a única.

— Quer mais café? Eu posso...

— Não. Vi Kenan ir embora essa manhã, subi e fui para a cama. Só conseguia pensar em coisas que não disse para você. Seria de se esperar que o que Kenan me contou deixasse uma pessoa acordada, mas aquilo nem mesmo passou pela minha cabeça. Não havia espaço, ela estava tomada por uma conversa, mas uma conversa unilateral, já que você não estava lá.

— Às vezes é mais fácil assim. Você pode escrever as falas da outra pessoa. — Elaine franziu a testa. — Para ele. Para ela. Para mim?

— Era melhor alguém escrever as suas falas, se é assim que saem quando você mesma diz. Ah, meu Deus, a única forma de dizer é dizer. Não gosto do que você faz para viver.

— Ah.

— Eu não sabia que me incomodava — prossegui —, e no começo provavelmente não era o caso, é possível que me excitasse, se voltarmos lá atrás, até o começo. O nosso começo. E então houve um período em que eu não acreditava que me incomodasse, depois um estágio onde sabia que incomodava, mas tentava dizer a mim mesmo que não era verdade. Além do mais, que direito eu tinha de dizer qualquer coisa? Não é como se eu não soubesse onde estava me metendo. A sua ocupação era parte do pacote. Como eu podia dizer para você continuar com isso e mudar aquilo?

Fui até a janela e olhei para o Queens, ao longe, na outra margem do rio. O Queens é o bairro dos cemitérios, transborda deles, enquanto o Brooklyn tem apenas o Green-Wood.

Eu me virei para olhá-la de frente.

— Além disso, eu tinha medo de dizer qualquer coisa. Talvez isso levasse a um ultimato, escolha entre uma coisa ou outra, pare de fazer programa ou estou fora. E digamos que você não me escolhesse. Ou digamos que escolhesse. Como isso me compromete? Dá a você o direito de me dizer o que não gosta na maneira como vivo a minha vida?

"Se você deixar de ir para a cama com clientes, isso significa que não posso ir para a cama com outras mulheres? Por sinal, não estive com ninguém desde que nos reaproximamos, mas sempre senti que tinha o direito. Não aconteceu, e uma ou duas vezes fiz a escolha consciente de evitar que acontecesse, mas não me senti comprometido com essa atitude. Ou, se senti, foi um comprometimento inconsciente. Não estava disposto a deixar que nenhum de nós soubesse.

"O que acontece com o nosso relacionamento? Significa que precisamos nos casar? Não sei se quero. Já fui casado uma vez e não gostei muito. E não fui dos melhores maridos.

"Significa que precisamos morar juntos? Não sei se quero isso também. Não moro com ninguém desde que deixei Anita e os meninos, e isso foi há muito tempo. Tem coisas que gosto sobre morar só. Não sei se quero abrir mão delas.

"Mas me corrói por dentro saber que você está com outros caras. Sei que não há amor, sei que há pouquíssimo sexo, sei que parece mais com uma massagem do que com fazer amor. Saber disso não parece importar. E não ajuda em nada. Telefonei essa manhã e você retornou uma hora depois. Me perguntei onde você estava quando liguei, mas não disse nada porque você podia responder que estava com um cliente. Ou poderia não dizer e eu me perguntaria o que estava escondendo."

— Fui ao cabeleireiro — explicou ela.

— Ah. Está bonito.

— Obrigada.

— Está diferente, não é? Muito bonito. Não percebi, nunca percebo, mas gostei.

— Obrigada.

— Não sei onde vou chegar com isso — falei. — Mas cheguei à conclusão de que precisava dizer como me sinto e o que vem acontecendo comigo. Eu te amo. Sei que essa é uma palavra que não usamos e um motivo pelo qual tenho dificuldade com ela é não saber o que diabos significa. Mas, seja o que for, é o que sinto por você. O nosso relacionamento é importante para mim. Na verdade, essa importância é parte do problema, porque tive tanto medo que ele se transformasse em algo de que eu não gostasse que tenho evitado me entregar. — Parei para recuperar o fôlego. — Acho que é isso. Não sabia que ia dizer tanta coisa e não sei se usei as palavras certas, mas acho que é isso.

Elaine me fitava. Era difícil retribuir o olhar.

— Você é um homem muito corajoso — falou, então.

— Ah, por favor.

— "Ah, por favor." Você não estava com medo? *Eu* estava com medo e nem ao menos disse nada.

— Sim, eu estava com medo.

— Isso é coragem, fazer o que dá medo. Encarar aquelas armas no cemitério deve ter sido moleza em comparação.

— O engraçado — comentei — é que não senti tanto medo no cemitério. Um pensamento que me ocorreu foi que já vivi o bastante para não precisar me preocupar em morrer jovem.

— Deve ter sido reconfortante.

— Foi, por mais estranho que pareça. Meu maior medo era que algo acontecesse com a garota e fosse culpa minha, por fazer algo errado e não tomar a atitude certa. Assim que ela voltou para o pai, eu relaxei. Acho que não acreditava de verdade que fosse acontecer algo comigo.

— Graças a Deus você está bem.

— Qual é o problema?

— Só algumas lágrimas.

— Eu não quis...

— O quê? Me tocar emocionalmente? Não se desculpe.

— Tudo bem.

— O meu rímel está escorrendo. E daí? — Ela secou os olhos com um lenço de papel. — Ah, meu Deus. Isso é tão constrangedor. Me sinto ridícula.

— Por causa de algumas lágrimas?

— Não, pelo que preciso dizer. É a minha vez agora, certo?

— Certo.

— Não interrompa, ok? Tem uma coisa que eu não disse para você, me sinto ridícula e não sei por onde começar. Tudo bem, vou falar de uma vez: eu parei.

— Hein?

— Parei. Parei de trepar, certo? Meu Deus, a sua cara. Com outros homens, seu bobo. Parei.

— Você não precisa tomar essa decisão — retruquei. — Eu só queria dizer como me sinto e...

— Você não ia interromper.

— Desculpa, mas...

— Não estou dizendo que parei agora. Parei uns três meses atrás. Mais de três meses atrás. Por volta do Ano-Novo. Talvez até mesmo antes do Natal. Não, acho que teve um cara depois do Natal. Posso olhar. Mas não importa. Posso olhar se um dia quiser celebrar o aniversário de quando parei, da forma como você celebra a data do seu último drinque, mas talvez não. Não sei.

Era difícil não dizer nada. Eu tinha coisas a dizer, perguntas a fazer, mas a deixei continuar.

— Não sei se já contei isso para você — disse Elaine —, mas alguns anos atrás me dei conta de que a prostituição salvou a minha vida. Estou falando sério. A infância que tive, minha mãe louca, o tipo de adolescente que acabei me tornando, acho que provavelmente teria me matado ou encontrado alguém para fazer isso por mim. Em vez disso, passei a vender meu corpo e isso me deu consciência do meu valor como ser humano. Destrói muitas garotas, destrói de verdade, mas me salvou. Vai entender.

"Consegui levar uma boa vida. Juntei dinheiro, investi, comprei esse apartamento. Tudo funcionava bem.

"Mas em algum momento, no verão passado, percebi que não estava mais funcionando. Por causa do que temos. Você e eu. Falei para mim mesma que era maluquice, que o que você e eu temos é um compartimento, e o que faço para ganhar dinheiro é outro, mas ficou mais difícil manter as portas dos compartimentos fechadas. Eu me senti desleal, o que era estranho, me senti suja, algo que nunca senti quando me prostituía ou, se sentia, nunca tive consciência.

"Então pensei, bem, Elaine, você teve uma carreira bem mais longa que a maioria e, além disso, está um pouco velha para fazer programa. E tem todas essas novas doenças, você não tem trabalhado tanto assim nos últimos anos de qualquer forma e quantos executivos acha que vão se atirar da janela se pendurar as chuteiras?

"Mas tive medo de contar para você. Antes de mais nada, como eu podia saber que não mudaria de ideia? Concluí que era melhor deixar as minhas opções em aberto. E então, depois que contei aos meus clientes regulares que estava aposentada, depois que vendi a minha agenda e fiz tudo, a não ser mudar o número do meu telefone, tive medo de te contar, porque não sabia o que poderia acontecer. Talvez você não me quisesse mais. Talvez eu deixasse de ser interessante, me transformasse numa balzaquiana que sai por aí fazendo cursos livres. Talvez se sentisse preso, como se eu estivesse pressionando você a casar. Talvez *você* quisesse casar ou morar junto, e eu nunca fui casada, mas também nunca quis ser. Moro sozinha desde que saí da casa da minha mãe, sou boa nisso e já me acostumei. E se um de nós quiser casar e o outro não, como ficamos?

"Então esse é o meu segredinho, se quiser chamar assim, e peço a Deus que consiga parar de chorar porque quero ficar apresentável, se não glamourosa. Estou parecendo um guaxinim?"

— Só o rosto.

— Bem... Já é alguma coisa. Você é só um urso velho. Sabia disso?

— Se está dizendo.

— Bem, é verdade. Você é o meu urso e eu te amo.

— Eu te amo.

— Essa merda toda é bem *O presente dos magos*, não é? É uma bela história e para quem podemos contar?

— Ninguém diabético.

— Ia dar um choque de glicose na pessoa, não é?

— Acho que sim. Para onde você vai quando some para compromissos misteriosos? Eu achei, sabe...

— Que eu tinha ido chupar um cara num quarto de hotel. Bem, às vezes ia ao cabeleireiro.

— Como essa manhã.

— Isso. E às vezes eu ia ao psiquiatra e...

— Eu não sabia que você estava vendo um psiquiatra.

— Ahã, duas vezes por semana, desde meados de fevereiro. Boa parte da minha identidade está associada ao que fiz todos esses anos e, de uma hora para outra, tenho muitas coisas com que lidar. Acho que ajuda falar com ela. — Elaine deu de ombros. — E também fui a algumas reuniões da Al-Anon.

— Eu não sabia disso.

— Como saberia? Eu não contei. Achei que pudessem dar dicas de como lidar com você. Mas, em vez disso, o programa trata de lidar consigo mesmo. Achei dissimulado.

— É, eles são ardilosos.

— Enfim — disse Elaine —, eu me sinto uma idiota por não ter dividido tudo isso com você, mas fui puta por muitos anos e sinceridade não faz parte da descrição do cargo.

— Em oposição ao trabalho policial.

— Certo. Pobre urso, ficou de pé a noite inteira, rodando pelo Brooklyn com gente louca. E não vai ter chance de dormir tão cedo.

— Ah, é?

— Ahã. Você é a minha única válvula de escape sexual agora. Entende o que isso quer dizer? Posso me provar insaciável.

— Vamos ver.

Mais tarde, ela perguntou:

— Você não ficou mesmo com ninguém desde que estamos juntos?

— Não.

— Bem, provavelmente vai. Como a maioria dos homens. Digo isso com conhecimento profissional de causa.

— Talvez — repliquei. — Mas não hoje.

— Não, hoje não. Mas, se ficar, não é o fim do mundo. Contanto que volte para casa, que é o seu lugar.

— Como desejar, amor.

— "Como desejar, amor." Você só quer dormir. Ouça, no que diz respeito ao outro, podemos casar ou não, e podemos morar juntos ou não. Podemos viver juntos sem casar. Podemos casar sem morar juntos?

— Se quisermos.

— Acha mesmo? Sabe o que isso parece, uma piada de polonês. Mas talvez funcione para a gente. Você pode ficar com seu quarto de hotel esquálido e, várias noites por semana, ativar a transferência de chamadas e passar a noite com *moi*. E nós podemos... Quer saber?

— O quê?

— Acho que isso é uma coisa que vamos precisar viver um dia de cada vez.

— Essa é uma ótima frase — eu disse. — Preciso me lembrar dela.

24

Mais ou menos um dia depois, uma denúncia anônima levou policiais do 72º Distrito no Brooklyn à casa que Albert Wallens havia herdado após a morte da mãe, três anos antes. Lá encontraram Wallens, trabalhador da construção civil desempregado, 28 anos, fichado por agressões sexuais e crimes menores. Ele estava morto, com uma corda de piano enrolada no pescoço. No mesmo porão, também encontraram o que parecia ser o corpo mutilado de outro homem, mas Raymond Joseph Callander, 36 anos, cujo histórico profissional incluía sete meses de serviço civil no escritório de Nova York da Drug Enforcement Administration, ainda estava vivo. Ele foi levado para o Maiomonedes Medical Center, onde recobrou a consciência, mas foi incapaz de se comunicar, emitindo apenas grunhidos até sua morte, dois dias depois.

Evidências encontradas na casa de Wallens e em dois veículos na garagem adjacente implicavam fortemente os dois homens em diversos assassinatos que o Departamento de Homicídios do Brooklyn recentemente havia determinado estarem ligados e serem obra de um grupo de assassinos em série. Diversas teorias foram levantadas para explicar a cena, a mais persuasiva, sugeria haver um terceiro homem no grupo, que tinha matado os parceiros e fugido. Outra conjectura, recebida com menos credibilidade por qualquer um que visse

Callander ou lesse a descrição de seus ferimentos no prontuário médico, sustentava que ele havia ficado completamente fora de controle, matando primeiro o parceiro com um garrote e então se lançando numa orgia intermitente de automutilação. Levando-se em conta que ele de alguma forma tinha conseguido se livrar de mãos, pés, orelhas, olhos e órgãos genitais, "intermitente" não seria uma palavra capaz de começar a descrever aquilo.

Drew Kaplan representou Pam Cassidy nas negociações com um tabloide nacional. Publicaram sua história — "Perdi um seio para os açougueiros de Sunset Park" — e pagaram a ela o que Kaplan descreveu como "uma alta quantia de cinco dígitos". Numa conversa que tivemos sem a presença do seu advogado, fui capaz de garantir a Pam que Albert e Ray foram de fato os homens que a sequestraram e que não havia um terceiro homem.

— Você quer dizer que Ray se matou, mesmo, daquela forma? — perguntou Pam. Elaine respondeu que há certas coisas que é melhor não descobrir.

Cerca de uma semana depois da morte de Callander, o que seria por volta do fim da semana seguinte à nossa ida ao cemitério, Kenan Khoury me ligou da recepção e disse que estava estacionado em fila dupla. Eu poderia descer para tomarmos um café ou coisa parecida?

Viramos a esquina e fomos ao Flame. Pegamos uma mesa em frente à janela.

— Pensei em passar por aqui, dar um alô. É bom ver você.

Também era bom vê-lo. Ele parecia bem, e comentei isso.

— Bem, tomei uma decisão — anunciou Kenan. — Vou fazer uma viagem.

— É?

— Mais precisamente, vou sair do país. Resolvi algumas pendências nos últimos dias. Vendi a casa.

— Assim tão rápido?

— Estava quitada e recebi em dinheiro. Vendi bem barato. Os novos donos são coreanos e o velho foi fechar o negócio com os dois filhos e uma sacola de compras cheia de dinheiro. Lembra que Petey disse ser uma pena que Yuri não fosse grego, que dessa forma teria sido bem mais fácil levantar dinheiro vivo? Cara, ele devia ser coreano. Eles atuam num ramo que não conhece cheques, cartões de crédito, folha de pagamento, impostos, nada. É tudo feito em espécie. Peguei a grana e eles, o certificado de propriedade, e quase pariram quando mostrei como usar o alarme. Adoraram aquilo. Coisa de primeira, cara. Tinham mesmo que adorar.

— Para onde você vai?

— Primeiro para Belize, visitar alguns parentes. Depois, Togo.

— E entrar para o negócio da família?

— Vamos ver. Por algum tempo, de qualquer forma. Para ver se gosto, se sou capaz de suportar viver ali. Sou um garoto do Brooklyn, você sabe. Nascido e criado. Não sei se consigo ficar muito tempo longe do velho bairro. É provável que fique irremediavelmente entediado em um mês.

— Ou pode ser que adore.

— Não tem como saber sem tentar, certo? Sempre posso voltar.

— Claro.

— Mas não é uma má ideia partir agora — disse ele. — Falei sobre o negócio com o haxixe, certo?

— Você disse que não tinha muita fé que desse certo.

— É, enfim, pulei fora. Tinha muito dinheiro investido e pulei fora. Se não fizesse isso, você precisaria falar comigo através de grades.

— Polícia?

— Sim, e eles tinham um convite com o meu nome, mas mesmo que os caras deem com a língua nos dentes, como tenho certeza de que vão fazer, eles não têm nada concreto contra mim. Mas para que me aborrecer com essa merda de *habeas corpus* e tudo mais, você entende? Nunca fui preso, então, por que não dou o fora do país enquanto ainda sou virgem?

— Quando você vai?

— O avião sai do JFK daqui a, o que, seis horas? Daqui vou para uma concessionária da Buick no Rockway Boulevard e pego o que quiserem me dar pelo carro. "Vendido", vou dizer, "contanto que me deem uma carona até o aeroporto", que fica a uns cinco minutos de lá. A não ser que você queira o carro, cara. Pode ficar com ele pela metade do que vale só para me livrar da irritação.

— Não posso ficar com ele.

— Bem, eu tentei. Fiz a minha parte para tentar manter você longe do metrô. Você aceitaria ele como presente? Estou falando sério. Me dá uma carona até o Kennedy e pode ficar com o carro. Que diabos, se não quiser ficar com ele, pode ir até uma concessionária, faturar alguns dólares com o negócio.

— Eu não faria isso e você sabe.

— Mas poderia. Você não quer o carro, hum? É minha última pendência. Nos últimos dias vi alguns parentes de Francine, disse mais ou menos o que aconteceu. Tentei deixar de fora parte do horror, sabe? Dá até para abrandar um pouco a história, mas permanece o fato de que uma mulher boa, gentil e bonita está morta pela porra de motivo nenhum. — Kenan levou as mãos ao rosto. — Meu Deus, você pensa que superou e isso vem e te agarra pelo pescoço. O que importa é que eu disse aos parentes que ela está morta. Disse que foi algo terrorista, que aconteceu fora do país, que estávamos em Beirute, que foi político, gente louca, sabe, e eles acreditaram, ao menos acho que acreditaram. Da forma como falei, foi rápido e indolor, os terroristas acabaram mortos pela milícia cristã e o serviço foi reservado e discreto porque o incidente precisou ser abafado. Parte é mais ou menos paralela com a realidade. Gostaria que um pouco da história fosse verdade. A parte rápida e indolor.

— Pode ter sido rápido. Você não sabe.

— Eu estava lá no fim, Matt. Lembra? O cara me contou o que fez com ela. — Kenan fechou os olhos e respirou fundo. — Mudando de assunto. Você viu meu irmão em alguma reunião recentemente? Qual é o problema? Assunto delicado?

— De certa forma — respondi. — Veja, o AA é um programa anônimo e uma das tradições é que você não conta a uma pessoa de fora o que é dito numa reunião ou quem vai ou não a elas. Relevei isso antes porque estávamos todos envolvidos num caso, mas, de modo geral, essa provavelmente não é uma pergunta que eu possa responder.

— Na verdade, não foi uma pergunta — replicou Kenan.

— O que você quer dizer?

— Acho que só quis sondar, ver o que você sabe ou não. Foda-se, não tem jeito fácil de dizer. Recebi uma ligação da polícia anteontem à noite. O Toyota está no meu nome, entendeu. Para quem mais eles iam ligar?

— O que aconteceu?

— Eles encontraram o carro abandonado no meio da ponte do Brooklyn.

— Ah, meu Deus, Kenan.

— É.

— Sinto muito.

— Sei que sente, Matt. É triste demais, não é?

— Sim, é.

— Ele era um belo cara, era sim. Tinha suas fraquezas, mas quem não tem, sabe?

— Eles têm certeza de que...

— Ninguém viu ele pular — interrompeu Kenan — e não encontraram o corpo, mas disseram que é possível que nunca seja encontrado. Espero que nunca seja. Sabe por quê?

— Acho que sim.

— É, aposto que sabe. Ele contou que queria ser sepultado no mar, certo?

— Não em tantas palavras. Mas disse que a água era o seu elemento e que não queria queimar ou ser enterrado. A implicação era clara, e pela forma como falou...

— Como se aguardasse por isso.

— Sim — eu disse. — Como se ansiasse por isso.

— Ah, meu Deus. Ele me ligou, não sei, um dia ou dois antes. Se alguma coisa acontecesse com ele, eu devia cuidar para que fosse sepultado no mar. Eu respondi: "Claro, Petey. Vou providenciar uma cabine na porra do *Queen Elizabeth II* e jogar você da vigia." A gente riu, eu desliguei e esqueci do assunto; então me ligam e dizem que encontraram o carro na ponte. Ele amava pontes.

— Peter me disse.

— É? Petey amava pontes quando criança. Ficava no pé do nosso pai para levar ele a pontes. Não se cansava, achava que eram as coisas mais lindas do mundo. A que ele escolheu, a do Brooklyn, aquela é uma bela ponte.

— Sim.

— Mas é a mesma água que corre debaixo de todas. Ah, ele está em paz, pobre cara. Acho que sempre foi o que quis, no fim das contas. A única paz que tinha na vida era quando se aplicava nas veias, e, fora o barato, a coisa mais deliciosa da heroína é que é exatamente como a morte. Só que é temporário. É o que ela tem de bom. Ou de ruim, acho, depende do ponto de vista.

Alguns dias depois, estava para me deitar quando o telefone tocou. Era Mick.

— Você acordou cedo — falei.

— Ah, foi?

— Devem ser umas seis da manhã por aí. É uma da manhã aqui.

— É, sim — disse ele. — Meu relógio parou, sabe, e liguei na esperança de que você me informasse as horas.

— Bem, deve ser uma boa hora para ligar — respondi —, porque a ligação está perfeita.

— Clara, não é?

— Como se você estivesse no quarto ao lado.

— Bem, era o que seria de se esperar, já que estou no Grogan's. Rosenstein limpou a minha barra. Meu voo atrasou, caso contrário teria chegado há horas.

— Fico feliz que esteja de volta.

— Não mais do que eu. A Irlanda é um país grande e antigo, mas você não ia querer morar lá. Como vão as coisas? Burke contou que você não tem aparecido.

— Não, não apareci mesmo.

— Então por que não dá um pulo aqui agora?

— Por que não?

— Bom homem — comentou Mick. — Vou preparar café para você e abrir uma garrafa de Jameson Tenho um bom estoque de histórias para contar.

— Também tenho algumas.

— Ah, então acho que vamos varar a noite.

— É bem capaz — eu disse. — Isso não me surpreenderia.

Este livro foi composto na tipologia Adobe Garamond Pro, em corpo 11,5/15, e impresso em papel off-white no Sistema Cameron da Divisão Gráfica da Distribuidora Record.